教育部人文社会科学研究规划基金项目资助
批评理论与批评实践的相互发明——新批评实践家
布鲁克斯、沃伦小说批评研究（批准号：10YJA751001）

王有亮——著

布鲁克斯
沃伦小说批评研究

Brooks and Warren

中国社会科学出版社

图书在版编目（CIP）数据

布鲁克斯、沃伦小说批评研究／王有亮著．—北京：中国社会科学出版社，2017．12

ISBN 978－7－5203－1076－5

Ⅰ．①布…　Ⅱ．①王…　Ⅲ．①小说研究—世界　Ⅳ．①I106．4

中国版本图书馆 CIP 数据核字（2017）第 238676 号

出 版 人　赵剑英
责任编辑　郭晓鸿
特约编辑　席建海
责任校对　赵雪娇
责任印制　戴　宽

出　　版　中国社会科学出版社
社　　址　北京鼓楼西大街甲 158 号
邮　　编　100720
网　　址　http://www.csspw.cn
发 行 部　010－84083685
门 市 部　010－84029450
经　　销　新华书店及其他书店

印刷装订　北京君升印刷有限公司
版　　次　2017 年 12 月第 1 版
印　　次　2017 年 12 月第 1 次印刷

开　　本　710×1000　1/16
印　　张　19．25
插　　页　2
字　　数　219 千字
定　　价　86．00 元

凡购买中国社会科学出版社图书，如有质量问题请与本社营销中心联系调换
电话：010－84083683

目　录

绪论

一 “新批评”概说

“新批评”不是笼统的“新的批评”，它的全称是英美“新批评”，是英美20世纪现代文学理论、文学批评、文学教育发展过程中的一个重要环节。按杨周翰先生的说法，“新批评”作为一种方法，产生于20世纪初的英国；“新批评”作为一个批评流派，产生于20世纪30年代的美国。① 按赵毅衡的说法，它是一个西方现代文学理论派别。它于20世纪20年代肇端于英国，30年代形成于美国，四五十年代统治着美国文坛。②

事实上，绝对没有一个单质化、标准化的“新批评”。不同的文化互有差异，不同的人因为不同文化背景和着眼点，不同的人眼里的“新批评”当然也就各有不同。正如同为中国人的赵毅衡与杨周翰对“新批评”有不同的理解一样，同为英国人的特里·伊格尔顿

① 参见杨周翰《新批评派的启示》，《国外文学》1981年第1期。
② 参见赵毅衡《重访新批评·引言》，百花文艺出版社2009年版，第3页。

与拉曼·塞尔登，对“新批评”的理解也不完全一样。①

由此可见，与其说“新批评”是一个语言实体，毋宁说它是一种文化建构、语言建构之物。“新批评”是被中外学界共同建构出来的，而不是具有“固定本质”的先验实体。因此，梳理“新批评”被建构的过程和历史，就成为深入理解“新批评”的一个必要前提。

（一）众说纷纭“新批评”

“新批评”有哪些成员，这似乎是一个非常简单也极易回答的问题。

著名的比较文学家、文学批评家韦勒克曾著文指出，在评述“新批评派”是非曲直之前，“必须形成一个共识：哪些人物我们应该视之为新批评派”②。

但吊诡的是，自从韦勒克20世纪50年代提出这个问题之后，半个多世纪过去了，他所期望的“共识”非但没有形成，就连他本人也时而被列为“新批评派”，时而被排除在外。其他“新批评派”成员如罗伯特·潘·沃伦（Robert Penn Warren）、奥斯汀·沃伦（Austin Warren）、比尔兹利（Monroe C. Beardsley）、燕卜逊（William Empson）以及克莱恩（R. S. Crane）诸人，也遭遇了同韦勒克一样的命运。

看来，“哪些人物我们应该视之为新批评派”，见仁见智、言人人殊。学界之所以在“新批评”的成员构成上“斤斤计较”，是因

---

① 特里·伊格尔顿在英国文学兴起的大背景下，对“新批评”做了宏观扫描，他强调“新批评”与英语文学学科的联系以及它的理论特性；塞尔登等人在对“新批评”定位的同时，极力凸显了其“实践特征”及其内部的复杂性。详见《二十世纪西方文学理论》（特里·伊格尔顿著）、《当代文学理论导读》（拉曼·塞尔登等编著）相关部分。

② ［美］雷内·韦勒克：《近代文学批评史》（第六卷），杨自伍译，上海译文出版社2009年版，第259页。

为“范围划得不一样，被称为‘新批评’理论的具体内容就会很不相同”[①]；即便所划范围大体相同甚至完全一样，人们对“新批评”的定位和理解也会多有不同，甚至在一系列重要问题上也难以达成共识。为此，厘清学界对“新批评”构成成员的不同理解，势必成为认识、引进和运用“新批评”的一个重要前提。

下面，我们以时间为序选取国内外有关研究和文论教材，检视一下“哪些人物我们应该视之为新批评派”这样的基础性问题，以便充分理解“新批评”的丰富性、立体性和复杂性，推进国内的“新批评”研究向纵深发展。

1. 国内学界对“新批评”成员构成的理解

首先，按时间顺序，我们将新时期以来国内学者关于新批评派成员的一些代表性观点，做一个简单梳理。

新时期以来，国内学者最早介绍“新批评”的是北京大学西语系教授杨周翰先生。1981 年《国外文学》第 1 期，杨周翰先生发表了《新批评派的启示》。杨周翰于 1949 年毕业于英国牛津大学英文系，20 世纪四五十年代曾与“新批评派”代表人物瑞恰兹、燕卜逊有不同程度的接触，对“新批评派”及其成员如数家珍，他提及的新批评家有 8 人：布鲁克斯、罗伯特·潘·沃伦、瑞恰兹、韦勒克、奥斯汀·沃伦、维姆萨特、比尔兹利，以及其他研究者少有提及的克莱恩（R. S. Crane），并被称为“新批评派的创始人之一”。

两年后，1983 年第 7 期《读书》杂志，张隆溪发表的《作品本体的崇拜——论英美新批评》[②]，是新时期以来首次较为系统地介

① 赵毅衡：《重访新批评·引言》，百花文艺出版社 2009 年版，第 8 页。

② 该文后收入张隆溪《二十世纪西方文论述评》中，并于 1986 年 7 月由生活·读书·新知三联书店出版。

绍、评述英美“新批评”的一篇文章。在这篇文章中，张隆溪称理查兹和艾略特为“新批评派”的“思想先驱”，认为文萨特（即维姆萨特）、比尔兹利以及兰色姆、布鲁克斯、马克·肖莱尔、韦勒克和奥斯汀·沃伦等人为“本体论倡导者”，还对燕卜逊、布鲁克斯和塔特的“细读式分析”做了充分肯定。张隆溪的研究涉及的新批评家有11位。

新时期以来，国内“新批评”研究影响最大的当属赵毅衡先生了。他的“新批评”研究专著《新批评——一种独特的形式主义文论》[①] 以及他编选的《“新批评”文集》[②]，在国内“新批评”研究中的影响和地位，至今无出其右者。前者对“新批评派”的由来、发展和演变，对“新批评派”关于文学基本性质的理论，对“新批评派”的批评方法论及诗歌语言研究等都做了全面、深入的阐述；“文集”共五部分，分别编选了“新批评理论与方法论”“新批评派的诗歌语言研究”“新批评派的细读式评论”及“新批评派自辩”等代表性文章29篇。两本书一纵一横、史论结合，具有浓郁的“中国化”色彩，“深刻影响了中国学者的文论思考，塑造了他们对新批评的基本认识”[③]。

说到“新批评派”的成员，赵毅衡《新批评——一种独特的形式主义文论》一书“附录三”列出了15位“新批评派重要人物简传”，他们分别是T. E. 休姆、埃兹拉·庞德、T. S. 艾略特、I. A.

① 赵毅衡《新批评——一种独特的形式主义文论》，由中国社会科学出版社于1986年出版；2009年，百花文艺出版社出版的赵毅衡著《重访新批评》，实为《新批评——一种独特的形式主义文论》的修订版。

② 赵毅衡编选的《“新批评”文集》，由中国社会科学出版社于1988年出版，发行量达5000册；2001年，百花文艺出版社再版了《“新批评”文集》一书，发行量达4000册。

③ 赵毅衡、姜飞：《英美“新批评”在中国“新时期”——历史、研究和影响回顾》，《学习与探索》2009年第5期。

瑞恰兹、约翰·克娄·兰色姆、艾伦·塔特、克林斯·布鲁克斯、罗伯特·潘·沃伦、威廉·燕卜逊、R. P. 布莱克墨尔、肯尼思·伯克、威廉·K. 维姆萨特、雷内·韦勒克、墨雷·克里格和埃里西奥·维伐斯。《"新批评"文集》中，除埃兹拉·庞德、肯尼思·伯克、墨雷·克里格、埃里西奥·维伐斯4人外，赵毅衡收录了其余12位新批评家（包括《新批评——一种独特的形式主义文论》一书中未做"人物简传"的蒙罗·C. 比尔兹利）的文章。

史亮编选的《新批评》（出版于1989年），收录了包括兰色姆、艾伦·塔特（塔特）、布鲁克斯、罗伯特·潘·沃伦、维姆萨特、比尔兹利、韦勒克、奥斯汀·沃伦8位新批评家的论文11篇，外加3篇附录。3篇附录中，有2篇分别出自韦勒克和罗伯特·潘·沃伦之手，另外1篇为"外国学者论新批评"的集锦（出自11本专书、辞书）。说到新批评派的核心成员，编选者持6人说，"不管怎样，现在大家公认的新批评家是兰色姆、艾伦·塔特、克林斯·布鲁克斯、罗伯特·潘·沃伦以及稍后一些的威廉·K. 维姆萨特和雷内·韦勒克。前四人可以说是新批评的开拓者加实干家，后两人则具有更浓的理论家色彩"[①]。而像R. P. 布莱克墨尔、肯尼思·伯克和艾伏尔·温特斯等人最多"也只是新批评阵营中的过客"[②]。值得一提的是，史亮编选的《新批评》一书，其影响虽不及赵编《"新批评"文集》，但作为《"新批评"文集》的补充（兰色姆的《批评公司》、布鲁克斯和沃伦对艾略特《阿尔弗瑞德·普鲁弗洛克的情歌》的分析以及3个附录，都是赵毅衡《"新批评"文集》未选录的），起到

---

① 史亮的这个区分很值得注意。所谓"开拓者加实干家""更浓的理论家色彩"之类的说法，至少提醒我们："新批评"的广度、幅度及其丰富性和复杂性，远不是那些教科书式的概括性描述所能涵盖的。

② 史亮编：《新批评·新批评概述》，四川文艺出版社1989年版，第26页。

了共同建构国内“新批评”“知识图景”的作用。截至目前，这两部“新批评”文选，仍为国内学界认识、了解英美“新批评”最基本的入门书。

1994年，盛宁先生的《二十世纪美国文论》出版，使国内“新批评”研究有了更开阔的视野。该书虽然不是研究“新批评”的专书，但因其将“新批评”置于美国20世纪文学理论动态发展的宏阔背景下，从而在展现动态“新批评”的过程中大大凸显了它的丰富性、复杂性乃至层次性。盛宁以“‘新批评’的崛起”“‘新批评’的鼎盛与衰落”为题，专门对“新批评”的发展和演变做了梳理。他认为，“新批评”的“思想渊源至少可以追溯到康德、柯勒律治，而从理论到实践的结合上提供了完备的楷模的，则是艾略特和瑞恰兹”。而约翰·克娄·兰色姆、艾伦·塔特、罗伯特·潘·沃伦、克林斯·布鲁克斯等人，“把新古典主义和唯美主义糅合在一起，结合自己的诗歌创作实践，提出了一系列从文学作品的‘本体’和语言结构角度进行分析批评的主张”。“从四十年代末开始，‘新批评’开始出现由注重实践批评朝注重批评理论的转折。从某种意义上说，‘新批评’迎来了自己的黄金时代，可是从另一个意义上说，这不啻又是极盛而衰的先兆。”① 盛宁注意到“新批评”的两个维度，即理论维度和实践维度，注意到“新批评”在20世纪40年代“由注重实践批评朝注重批评理论的转折”的动态过程；盛宁的评述，也充分注意到“新批评”在不同时期的贡献和特点。盛宁的研究涉及的新批评家有12人：艾略特、瑞恰兹、燕卜逊、约翰·克娄·兰色姆、艾伦·塔特、罗伯特·潘·沃伦、克林斯·布鲁克斯、韦勒克、

① 盛宁：《二十世纪美国文论》，北京大学出版社1994年版，第71—72、101页。

奥斯汀·沃伦、维姆萨特、比尔兹利、克里格。

《二十世纪美国文论》之后整个90年代，国内“新批评”研究再无突破性成果，但朱立元先生主编、出版于1997年的《当代西方文艺理论》（2005年发行第2版）某种程度上弥补了这一缺憾。该书对“新批评”的介绍和研究（“语义学与新批评派”），突破了赵毅衡、盛宁原有的“叙述”体例，在简介其“理论背景和发展概况”的基础上，对新批评派诸家尤其对新批评派的奠基者、关键人物及核心成员做了专题性介绍，从而呈现出“新批评”的丰富性和复杂性。该教材“新批评”部分的执笔人，为张德兴先生。关于“新批评”成员，张德兴持11人说。张德兴认为，新批评派知识谱系中的代表人物先后有瑞恰兹、艾略特、兰色姆、布鲁克斯、燕卜逊、维姆萨特、韦勒克以及塔特、布莱克墨尔、利维斯、沃伦。前面7人，该教材做了专门论述；后面4人，只是简要提及。

20世纪80年代以来，国内文论教材（包括“文论史”“文学理论”“文学批评”等），如雨后春笋般层出不穷。除《当代西方文艺理论》外，颇具代表性的还有马新国先生主编的《西方文论史》[①]、朱刚编著的《二十世纪西方文论》[②] 等。马新国的《西方文论史》为集体编撰，系统介绍了柏拉图以来西方文学理论发展演变的历史；朱刚的《二十世纪西方文论》为个人独撰，除理论介绍外，还编选了一些理论文本。这两种教材，对于英美“新批评”均有专章，说到其成员构成，马新国主编的《西方文论史·英美“新批评”》[③] 持

---

① 马新国主编：《西方文论史》，高等教育出版社1994年第1版、2002年修订版、2008年第3版。

② 朱刚编：《二十世纪西方文论》，南京大学出版社2006年版。

③ 《西方文论史·英美“新批评”》第2版执笔人为季广茂先生，第3版为季广茂先生、马新国先生合写。

11 人说，即“新批评的先驱”为瑞恰兹和艾略特，“形成期的新批评理论”代表人物为燕卜逊、塔特和兰色姆，以及“极盛期的新批评理论”的批评家为维姆萨特、比尔兹利、布鲁克斯、罗伯特·潘·沃伦、韦勒克和奥斯汀·沃伦；朱刚的《二十世纪西方文论·英美新批评》持 9 人说，他们是：起始阶段（1910—1930）的艾略特与瑞恰兹，成形阶段（1930—1945）的燕卜逊、塔特和兰色姆，鼎盛阶段（1945—1957）的维姆萨特、比尔兹利、布鲁克斯、韦勒克。

2. 国外学界对“新批评”成员构成的理解

新时期以来国内学界关于“新批评”成员构成的代表性观点，已如上述。

下面，我们按时间顺序，依次介绍英、美学者威尔弗雷德·L. 古尔灵、雷内·韦勒克、戴维·罗比、特里·伊格尔顿、拉曼·塞尔登等人的观点。

20 世纪 60 年代中期，一部由古尔灵等合著、介绍诸多批评方法的普及读本 *A Handbook of Critical Approaches to Literature*① 在美国出版。这是一本文学批评方法的普及读本，既有批评方法的阐述，又有实践应用的例证。书中，兰色姆、塔特、沃伦和布鲁克斯等，被看成新批评派的核心成员，罗伯特·B. 海尔曼、雷·B. 韦斯特、罗伯特·W. 斯托尔曼和卡罗琳·戈顿等被看成新批评派的追随者。该书不仅一般性地讨论“可以用来把握形式的原则”，还致力于“具

① 此后，该书于 1979 年、1999 年、2004 年、2005 年，著者对原有内容、体例等，做了进一步完善和大幅度修改后多次修订再版，被译成西班牙文、葡萄牙文、日文、朝鲜文等多种文字广为传播。

体地应用一下这些原则”[①]。因此，新批评派成员及其追随者的批评实践，被置于非常重要的地位：布鲁克斯和沃伦（一译华伦）的《理解诗歌》（第一版，1939）、《理解小说》（1943），布鲁克斯与罗伯特·B. 海尔曼的《理解戏剧》（1945），雷·B. 韦斯特和罗伯特·W. 斯托尔曼合著的《现代小说艺术》，卡罗琳·戈顿和艾伦·塔特合著的《小说之屋》（1950）等著述，都成为该书专门讨论的具体内容。

1978 年，雷内·韦勒克在美国《批评探索》杂志第 4 期发表了《新批评派的利弊得失》一文，后来这篇文章收入其《近代文学批评史》第六卷。说到“新批评”成员时，韦勒克认为，兰色姆无疑是其中最重要、最关键的人物，但在他的《新批评》一书出版之际，“新批评派的观点和方法早已确立”[②]。在“新批评派”概述中，韦勒克按时间先后指陈了新批评派的代表人物；但在分人介绍和论述过程中，韦勒克又按这些人物的重要程度，重新做了排列，他们依次是：兰色姆、塔特、布鲁克斯、罗伯特·潘·沃伦、布莱克墨尔、伯克、温特斯、维姆萨特 8 人。

1982 年，一部系统介绍西方文学理论重要流派的著作 *Modern Literary Theory: A Comparative Study*[③] 在美国出版。该书由四位分别从事英国、法国、德国、意大利等语言和文学的英国学者合著。对英语、意大利语言文学多有研究的戴维·罗比负责“英美新批评派”

① ［美］威尔弗雷德·L. 古尔灵等：《文学批评方法手册》，姚锦清等译，春风文艺出版社 1988 年版，第 115 页。

② ［美］雷内·韦勒克：《新批评派的利弊得失》，《近代文学批评史》第六卷，杨自伍译，上海译文出版社 2009 年版，第 259 页。

③ 目前该书国内有两个中译本：包华富、陈昭全、樊锦鑫编译《西方现代文学理论概述与比较》，湖南文艺出版社 1986 年版；李广成译《现代西方文学理论流派》，北京大学出版社 1992 年版。

部分的撰写。在戴维·罗比的视野中，瑞恰兹、艾略特、维姆萨特、布鲁克斯、塔特、比尔兹利、兰色姆和克里格 8 人，为“新批评”构成成员。在书中，戴维·罗比不是简单、孤立地看待“新批评派”，而是用开阔的视野和比较研究法，先后对美国“新批评”与英国“新批评”、美国“新批评”与俄国形式主义、美国“新批评”与索绪尔及法国结构主义等的异同点进行了深入解读，对新批评派的独特性做了颇富创见的审视和总结：“新批评派一方面总是强调文学的特殊品质，尤其强调不能用降低文学为普通表现方式的方法去解释文学的意义和效果，另一方面主张文学与‘现实的’世界有联系，并在处理日常生活中的问题上能够做出贡献。新批评派和形式主义及结构主义相对比，是经验主义的和人文主义的。”① 笔者以为，这样的评价，道他人所未道，深得“新批评”之精髓，很是到位，颇受启发。

1983 年，英国著名文学理论家与批评家伊格尔顿出版了 *Literary Theory*：*An Introduction*②，1996 年又出版了第 2 版。书中，伊格尔顿在英国文学兴起的大背景下，对“新批评”做了宏观扫描。伊格尔顿不无保留地认为，“新批评”由 10 人构成，“通常被认为包括了艾略特、瑞恰兹，也许还有利维斯和威廉·恩普森，以及一些重要的美国文学批评家，其中有约翰·克娄·兰色姆、W. K. 维姆萨特、

① ［英］A. 杰弗逊、D. 罗比等：《现代西方文学理论流派》，李广成译，北京大学出版社 1992 年版，第 84 页。

② 到目前为止，国内共有 6 个中文译本：伍晓明译《二十世纪西方文学理论》，陕西师范大学出版社 1986 年初版、1987 年再版；刘锋等译《文学原理引论》，文化艺术出版社 1987 年版；王逢振译《当代西方文艺理论》，中国社会科学出版社 1988 年版；王逢振译《现象学，阐释学，接受理论——当代西方文艺理论》，江苏教育出版社 2006 年版；伍晓明译《二十世纪西方文学理论》，北京大学出版社 2007 年版；［英］泰瑞·伊果顿著，吴新发译《文学理论导读》，书林出版社 2011 年版。

克林斯·布鲁克斯、艾伦·塔特、门罗·比尔兹利和R. P. 布莱克墨尔”。而其中的英国批评家威廉·恩普森（中译一般为燕卜逊）“却可以被更有意思地读为新批评的主要理论的一个无情反对者”①。伊格尔顿对新批评派的文化保守主义做了鞭辟入里的分析：美国的新批评“植根于经济落后的南方——一个重视传统的血缘和教养的地区”。“新批评是失去依傍的、处于守势的知识分子的意识形态，这些知识分子在文学中重新虚构了他们在现实中所无法找到的一切。诗是新宗教，是一个挡开工业资本主义的异化而使人可以怀旧的避风港。”它“是开给政治惰性的一个处方，因而也是一个让人屈服于政治现状的处方”②。

1985年，英国学者拉曼·塞尔登与彼得·威德森、彼得·布鲁克等合著的《当代文学理论导读》③（*A Reader's Guide to Contemporary Literature Theory*）出版。该书以“新批评、道德形式主义与利维斯”为题，对“新批评”做了不同于伊格尔顿的解读：艾略特、瑞恰兹和燕卜逊被看作“新批评”的起源；兰色姆、布鲁克斯、罗伯特·潘·沃伦、维姆萨特、比尔兹利、马克·肖莱尔、R. S. 克莱恩等被看作“美国新批评”；英国的F. R. 利维斯的道德形式主义“在英国的语境中，成了新批评理论唯一的遭受攻击的主要目标”等。这一切均表明塞尔登等人在“新批评”成员构成问题上持11人说。值得一提的是，在不长的篇幅里，塞尔登等人在对新批评定位的同时极力凸显了其“实践特征”及其内部的复杂性：“新批评运动就是当时的‘现代主义’批评。”“正如新批评的名字标明的，它主要是一

① ［英］特里·伊格尔顿：《二十世纪西方文学理论》，伍晓明译，北京大学出版社2007年版，第45、50页。

② 同上书，第45—46、49页。

③ 此书后来于1991年、1993年、1997年和2005年多次修订再版。

种批评实践，因此，它的大部分理论都包含在其较为具体的实践性文章中，而不是以理论文章的面目出现的。”该书还称赞布鲁克斯“是新批评典范的、最有技能的实践者”，他的《精致的瓮：诗歌结构研究》“是新批评实践的范文，无论就显在与隐含的意义而言，都是我们看到的最好的论述”①。该书还认为，“把燕卜逊看作一个纯粹的新批评家可能是不确切的”，但他“却对‘新批评’产生了特别重大的影响”。而“利维斯对道德的热衷使他与新批评家们那种抽象的或审美的形式主义判然不同，他那来自经验的社会学思想与历史感也使他与新批评家们有所区别”②。

3. 摆脱困难的几种路径

到底“哪些人物我们应该视之为新批评派”？归纳众说，大家涉及的所谓“新批评家”有一长串名字，计有25人之众。

他们分别是T. E. 休姆（Thomas Ernest Hulme）、埃兹拉·庞德（Ezra Pound）、T. S. 艾略特（T. S. Eliot）、I. A. 瑞恰兹（Ivor Armstrong Richards）、约翰·克娄·兰色姆（John Crowe Ransom）、艾伦·塔特（Allen Tate）、克林斯·布鲁克斯（Cleanth Brooks）、罗伯特·潘·沃伦（Robert Penn Warren）、威廉·燕卜逊（William Empson）、R. P. 布莱克墨尔（R. P. Blackmur）、肯尼思·伯克（Kenneth Burke）、威廉·K. 维姆萨特（William K. Wimsatt，Jr.）、门罗·C. 比尔兹利（Monroe C. Beardsley）、雷内·韦勒克（Rene Wellek）、墨雷·克里格（Murry Krieger）、埃里西奥·维伐斯（Eliseo Vevas）、克莱恩（R. S. Crane）、马克·肖莱尔（Mark Schorer）、奥斯汀·沃

① ［英］拉曼·塞尔登、彼得·威德森、彼得·希鲁克：《当代文学理论导读》，刘象愚译，北京大学出版社2006年版，第19、23页。

② 同上书，第20、30页。

伦（Austin Warren）、艾伏尔·温特斯（Yvor Winters）、利维斯（Frank Raymond Leavis）、罗伯特·B. 海尔曼（Robert B. Heilman）、雷·B. 韦斯特（Ray B. West）、罗伯特·W. 斯托尔曼（Robert W. Stallman）、卡罗琳·戈顿（Caroline Cordon）以及朱尼尔（Jr. 或 Journal）25 人。

罗列中外学界各家各派的不同认识，其目的不是要得出一个最终、最权威的结论，而是从中找出国内学界存在的问题，以推进国内的“新批评”研究向纵深发展。

鉴于国内学界对“新批评派”成员构成认识上存在着诸多问题，故提出以下几点解决办法以供参考。

（1）难成共识，需分人分层分国籍。

到底“哪些人物我们应该视之为新批评派”？事实表明，“所有的新批评派都矢口否认他们是名为‘新批评’的一个文学理论派别的成员”[①]。因此，中外学界永远无法，也不必达成什么“共识”。不同论者从不同视阈、从不同目的出发形成不同的认识，是可以理解的。但这并不意味着我们支持相对主义甚至虚无主义的观点。在这个问题上，笔者认为韦勒克的做法是可取的。韦勒克认为，“只要浏览一下这份名单（引者按：指《新批评派》的名单。韦勒克持 8 人说，已如上述），很快就发现，这群人物远谈不上志同道合”，他们之间的观点往往分歧很大，将他们视为一个学派的见解可谓荒谬透顶。因此，不应把他们简单理解为单质化的学派，而“应该根据各自的功过，分别论述”。“尽管如此，有些迹象晓示我们，将这些批评家归为同类不无道理。十分明显，他们之所以同气相求，原因

① 赵毅衡：《重访新批评·引言》，百花文艺出版社 2009 年版，第 8 页。

在于他们反抗前面提到的先前或当代的批评学派和观点。”韦勒克认为，这些批评家全都排斥印象主义批评、新人文主义批评、马克思主义批评、学院派学术研究的臆说和先入之见等，又使得我们可以大体上把他们“归为同类”①。

之所以说韦勒克的做法可取，是因为其不把“新批评派”刮垢磨光给出本质主义②的解释，而是根据不同成员的功过“分人论述”。上引朱立元主编《当代西方文艺理论》的“分人论述法”，笔

① ［美］雷内·韦勒克：《新批评派的利弊得失》，《近代文学批评史》第六卷，杨自伍译，上海译文出版社2009年版，第261—262页。

② “本质主义”是一个非常复杂的概念，是英国哲学家首次提出的。英国哲学家波普尔在其《开放社会及其敌人》（1945）一书中说：“我用方法论本质主义这个名称来表示柏拉图和许多他的后继者所主张的观点。这种观点认为，纯粹知识或‘科学’的任务是去发现和描述事物的真正本性，即隐藏在它们背后的那个实在或本质。”维特根斯坦在《哲学研究》（1945）一书中提出的“家族相似”概念是对“本质主义”的反动。他以各种各样、具体的“游戏”为例，试图说明：在各种具体的“游戏”中，“我们看到一种错综复杂的互相重叠、交叉的相似关系的网络：有时是大部分相似，有时是小部分相似”，“游戏”是一个家族，没有比“家族相似”更好的表达方式来刻画这样的相似关系了。（［奥］维特根斯坦：《哲学研究》，李步楼译，商务印书馆1996年版，第48页）因为，它们虽然是同一个家族，但并没有一个所有成员都具有的“共同之处”，家族成员之间是靠相似的一个链条来建立联系的，并没有一个共有的“本质特征”把它们统摄起来。受英国哲学家的启发和影响，国内学者在此基础上做了自己的阐发。有学者对西方“本质主义”历史做了研究，认为西方的“本质主义”不是铁板一块，而是有一个动态的发展演变过程，既有“亚里士多德的本质主义”，又有“现代的本质主义”。“现代的本质主义与亚里士多德的本质主义有很大区别，最根本的是采用了模态逻辑的可能世界语义学来分析事物的本质，从而使亚里士多德的本质主义发展到了一个新阶段。”（张家龙：《论本质主义》，《哲学研究》1999年第11期）有学者对“本质主义”的本质、表现形式等做了全面梳理后指出，本质主义“就是承认世界上万事万物皆有其本质，人们可以运用理智与知识，通过严谨的科学推理和哲学的洞察力，透过现象给揭示出来。‘本质主义’有三种表现形式：绝对主义、基础主义（原子主义）和科学主义。绝对主义相信世界万物存在着某种唯一的、永恒不变的、超历史的本质；基础主义相信世界可以被分析为最终的可作为基础性的东西，人类的知识和信仰都可以建立在这样一个稳定而不变的基础之上；而科学主义则强调一切都可以用科学的方法来处理，科学的任务就是要去发现和描述隐藏在事物背后的实在或本质”。“本质主义是西方社会，尤其是西方古典社会所坚持的一种精神诉求。……但随着社会的发展，人们开始怀疑这一本质——普遍永恒的本质的存在，由此而出现了反本质主义的思潮。”“以尼采、海德格尔、萨特等人为代表的存在主义，以福柯、德里达等人为代表的解构主义，以罗蒂（Rorty）等人为代表的新实用主义，以及哲学家维特根斯坦等，一起构成了这股反本质主义的思潮。”（和磊：《反本质主义》，《国外理论动态》2006年第11期）

者认为是极为可取的方法。

不仅要分人论述，还要“分层”论述，即区分“新批评派”的不同层级。其中有“远祖”① 与本体之分、核心与边缘之别、主流与非主流的不同、创建者与追随者的差异。中外学界提及的 25 人中，T. S. 艾略特、瑞恰兹常被研究者称为“新批评派的直接开拓者”（赵毅衡语）、“新批评派的奠基者”（张德兴语）；威廉·燕卜逊的《含混七型》（*Seven Types of Ambiguity*）被称为“新批评的第一个实践范例”（赵毅衡语）；约翰·克娄·兰色姆被称为“新批评派承上启下的关键人物”（赵毅衡语）、“新批评理论的真正奠基者”（张德兴语）、“新批评派承上启下的重要人物”（季广茂、马新国语）；艾伦·塔特、克林斯·布鲁克斯、罗伯特·潘·沃伦等被称为“新批评派”的“主将”“正式成员”（赵毅衡语）；威廉·K. 维姆萨特、雷内·韦勒克与布鲁克斯、沃伦组成的“耶鲁集团”被称为“‘第三代’新批评家”和“新批评后期中心”（赵毅衡语），雷内·韦勒克还被称为新批评派“批评理论的集大成者”和“新批评最忠实的辩护人”（朱刚语）；美学家门罗·C. 比尔兹利与维姆萨特多次合作并“试图从美学上确立新批评地位”（赵毅衡语）。一般而言，将这 10 人②列为新批评派成员应该毫无争议。

不仅“分层”，还要分国籍，避免简单地将它们“一锅煮”。在这一方面，国外学人如戴维·罗比、伊格尔顿、塞尔登等的著述值

---

① 赵毅衡称休姆和庞德为“新批评派”的两个“远祖”，盛宁更是把“新批评”的“远祖”追溯到德国美学家康德。

② 姜飞在其《英美新批评在中国》中也提出了新批评派“族谱”的 10 人名单：“早期艾略特、‘部分’瑞恰兹，以及兰色姆、塔特、布鲁克斯、罗伯特·潘·沃伦、燕卜逊、维姆萨特、奥斯汀·沃伦、韦勒克。”（陈厚诚、王宁主编：《西方当代文学批评在中国》，百花文艺出版社 2000 年版，第 44 页）姜飞所谓“早期艾略特、‘部分’瑞恰兹”的说法，充分考虑到了这些批评家思想发展变化及深刻复杂性，似较准确。

得借鉴。他们充分注意到英国“新批评”与美国“新批评”的联系与区别，注意到不同文化语境之于“新批评”理论与实践的制约和影响。

（2）统一译名，避免混淆用全称。

检视国内学界对“新批评派”构成成员的汉译，很多译名都不统一，如 Ivor Armstrong Richards 中文译名除瑞恰慈外，还有瑞恰兹、理查兹；John Crowe Ransom 除兰色姆外，还有兰塞姆、兰索姆；Allen Tate 除艾伦·塔特外，还有泰特、塔特；William Empson 除燕卜荪外，还有恩普森、燕卜逊；两个 Warren 的名字除沃伦外，还有华伦；R. P. Blackmur 除布莱克墨尔外，还有布莱克莫尔、布拉克墨尔、布拉克默尔；Kenneth Burke 除伯克外，还有勃克；William K. Wimsatt 除维姆萨特外，还有文萨特；Rene Wellek 除勒内·韦勒克外，还有雷内·韦勒克；R. S. Crane 除克莱恩外，还有克莱因；Mark Schorer 一译肖莱尔，又译肖勒尔；Frank Raymond Leavis 一译利维斯，又译李维斯、里维斯。

“新批评”成员译名的不一致，极易造成研究和运用中的混乱和失误。①

为避免混乱，中译本最好统一译名。但由于不同时期、不同译

① 熟悉“新批评”的人应该知道，“新批评”中有两个不可混淆的“沃伦”。一个是奥斯汀·沃伦（Austin Warren，1899—1986）：美国文学评论家，曾与韦勒克合著《文学理论》，并产生了世界级的影响。另一个是罗伯特·潘·沃伦（Robert Penn Warren，1905—1989）：兰色姆的学生，美国第一任桂冠诗人，集诗人、小说家和学者于一身。罗伯特·潘·沃伦与布鲁克斯合著的《理解诗歌》（*Understanding Poem*）和《理解小说》（*Understanding Fiction*），使“新批评”的文本细读法深入人心。但据不完全统计，新时期以来国内各种文论教材谈及“新批评”时，有的无意区分两个“沃伦”，如《西方二十世纪文论史》（中国社会科学出版社 1988 年版）、《当代西方文艺理论》（华东师范大学出版社 1997、2005 年版）和《文学批评实践教程》（中南大学出版社 2007 年版）即如此；有的张冠李戴、混淆两个“沃伦”，如《西方文论史》（高等教育出版社 2002、2008 年版）就错把与韦勒克合作的奥斯汀·沃伦，当作了罗伯特·潘·沃伦。

者的参照或喜好不同，译名混乱的局面已然成为现实，一时半会儿“统一译名”更绝非易事。因此，最简单的解决办法是，干脆直接用英文名，用英文全名；或者，至少在中文译名后面附以英文全名。如此一来，大可避免译介、研究和运用过程中的混乱和失误。

（3）去单质化，还原“新批评派”的丰富性和复杂性。

不得不说，与国外“新批评”研究相比，国内不少学者对“新批评派”的理解，明显存在单质化、简单化和贴标签的倾向。这一倾向突出表现为：国内学界更多突出了所谓“新批评派”的理论特点，有意无意忽略了其实践品格。

赵毅衡认为：“我们欲对新批评派有个全面理解，就必须从新批评派对文学的基本特征和作品结构的理论出发，由此才能顺利地评价他的方法论。”“新批评派基本上是一个英美文学理论派别。”① 赵毅衡先生的这一定位，在30年来，一直影响甚至导引着国内的“新批评”研究的走向。

成书于1994年的《二十世纪美国文论》，盛宁先生突出的是“文论”二字。“文论”者，“文学理论”也。但书中各章节名，并非“文论”或“文学理论”，而是均以“文学批评”名之。② 明眼人一看便知，这样的称谓与文本的实际内容，可谓名实不符。个中内容明明是“文学批评”，却名曰“文论”。在中国语境中，“文学理论”并不等于“文学批评”，这是一个常识。但盛宁先生为什么会“违背”这一“常识”呢？不得不说，这里隐含了一个非常有趣的问题，即中外学界对“文学理论”（literary theory）有不同的指称。

---

① 赵毅衡：《重访新批评·引言》，百花文艺出版社2009年版，第17、81页。

② 盛宁先生分别以“十九世纪美国文学批评的回顾”“二十世纪初期的美国文学批评”“两次世界大战之间的美国文学批评”“第二次世界大战以后的美国文学批评”4章，评述“二十世纪美国文论”。

也就是说，“文学理论”（literary theory）这一能指虽然是同一个，但中国学界和西方学界（主要指美国学界）对它的理解很不一样。在中国语境中，尤其是20世纪以来，在“文艺学”这一学科体制的规约下，“文学理论”“文学批评”“文学史”均为“文艺学”的下属。按照一般人的理解，“文学理论”指导“文学批评”和“文学史”，它比后二者似乎高一个级别。① 在“文艺学”这一学科体制的熏染下，在我们不少学者心目中，似乎有一种放之四海而皆准的“文学理论”，文学理论工作者，终其一生，就是要做这项事业。但这个东西，在国外理论家、批评家看来，是根本不存在的。② 在西方学界，所谓“文学理论”，在一般情况下，它几乎就是“文学批评（流派）”的同义语，起码二者有很多交叉，上引戴维·罗比、伊格尔顿、塞尔登等人，都是在这个意义上使用“文论”这一术语的。但长期以来，我们耳濡目染，不知不觉，明显具有西方理论家不可理解或不可思议的“文学理论情结”。即便是一些很优秀的学者，也带有一种“元理论”情结。出身英语专业、具有丰富美

① 著名学者谢泳在《从“文学史”到“文艺学”——1949年后文学教育重心的转移及影响》（发表于《文艺研究》2007年第9期）一文中，采用历史研究的方法，梳理了中国大学学科设置中“文艺学”学科的建立及完善的历史。他条分缕析地梳理了这一历史现象从无到有的基本过程，阐发了它与意识形态之间的关系，并从这一历史现象对当代中国文学研究形成的作用中，提出中国文学教育重心偏移对中国学术造成的影响。

② 国内外文论界关于“文学理论”观的比较研究，可参考陈晓明先生《元理论的终结与批评的开始》，《中国社会科学》2004年第6期。文中，陈晓明分析了“文学理论”与“文学批评”的关系，区分了中外学者对“文学理论”的不同理解。陈晓明指出，对于西方学者而言，“理论只是批评，他们无法理解什么‘元理论’，那些能解释所有的文学现象的理论模式，能把所有的文学本质规律一网打尽的大框框。这种东西，他们想都不敢想”。“中国的主流文学理论一直被宏大观念所笼罩，被本质规律之类的思维定式所迷惑，以为这样就最接近真理，这样就最能穷尽文学的意义。这种整体性的、合目的性的元理论思维方式，直到今天也在支配着人们，以至于人们一直在呼唤的建立中国的文学理论学派，这一诉求依然是一种本质主义的元理论诉求。”作者呼吁，应该告别“元理论”，回到“文学批评”。

国文化背景[①]的盛宁先生，其《二十世纪美国文论》可谓中美理论文化的“混血儿”，他所谓的“文论”与“文学批评”虽为异名，但其所指为一，既保留了美国文化的影响，又是中国20世纪理论文化的产物。

相比于赵毅衡的“重理论轻实践”、盛宁的“名实不符”（以“文论”之名行“批评”之实），国外学者对“新批评派”的理解，就相对通脱得多，无论是韦勒克的“分人论”说、D. 罗比的比较研究、特里·伊格尔顿在英国文学兴起的大背景下对“新批评”的宏观审视，还是古尔灵对新批评实践维度的凸显，抑或是拉曼·塞尔登诸人将英国“新批评”与美国“新批评”区别对待的做法，因其各自具有专门研究和他人无可替代的学术个性，从而展示了“新批评派”无比的丰富性和复杂性。这些无不为我们深入理解“新批评”提供了重要的参照和启示。

（二）科学理解“新批评”

通过梳理中外学界关于“新批评派”成员构成的众多不同认识，我们已经充分注意到：在文学理论、文学批评历史上“新批评”是被建构起来的。本着还原本真、求真务实的科学态度，对“新批评”的传播、接受、研究和运用，我们应做如下区分。

1. 区分“新批评”的理论家与实践家

在“新批评”内部，一些人擅长理论研究，另一些人则在批评实践方面投入了极大热情，还有些人在理论研究和批评实践方面均

① 盛宁先生曾于1984年9月至1986年2月，在美国哈佛大学、斯坦福大学做访问学者；1997年4月至1998年4月，在美国哈佛大学进修。

有建树。

在上述列出的25位新批评家中，I. A. 瑞恰兹、约翰·克娄·兰色姆、威廉·K. 维姆萨特、门罗·C. 比尔兹利、雷内·韦勒克等就特别擅长理论研究；威廉·燕卜逊、R. P. 布莱克墨尔、罗伯特·B. 海尔曼诸人，则在批评实践方面兴趣浓厚；艾伦·塔特、克林斯·布鲁克斯、罗伯特·潘·沃伦等，在理论研究和批评实践两方面都有很高造诣。

为了使我们摆脱本质主义的思维方式，对“新批评”的理解不至于陷入单质化和标签化的泥淖，我们有必要在较为宽广的幅度上理解“新批评”：既不能以理论研究代替批评实践，也不能因为重视批评实践而忽视或否定其理论建树。

2. 区分新批评家的理论表述及其批评实践

《论语·公冶长》：“今吾于人也，听其言而观其行。”其中涉及人们“言”与“行”的关系。对同一个主体而言，从理论上讲，言行可以一致、理应一致；但从现实中看，“言”与“行”二者可能一致，也可能不一致，而且二者的不一致，也极为普遍。“言”与“行”二者一致与否，会因语境之不同而不同，所谓“此一时彼一时”，应该就是这个意思。对不同的主体而言，“言”与“行”的关系，就更为复杂了，也更多表现出不一致。

以此观照“新批评家”理论表述（即“言”）及其批评实践（即“行”）的关系，我们发现“此一”新批评家的理论表述与“彼一”新批评家的批评实践，有时候是一致的，有时候则不一致或很不一致。即便是同一个新批评家，要么“言行不一”（此一理论表述与彼一批评实践多有龃龉），要么在理论表述或批评实践层面大量存在“此一时彼一时”的现象。

因此，我们既不能拿“这一个”理论表述去要求“那一个”批评实践，也不能用后者去否定前者，要充分考虑到理论表述与批评实践之间的复杂关系。

3. 区分新批评家不同时期的理论主张及其批评实践

著名的新批评家艾略特在一次演讲中指出：“经常有人引用我的话，可能是我三四十年前说的，却当作是我昨天才说的。这让人很恼火。……作家们都会经常见到，有并不十分严谨的论者断章取义，在自己的话里安上原本没有的意思。但把多年以前的言论当作昨天才说的来引用，这种现象更为常见，因为绝大多数情况下完全是没有恶意的。”① 艾略特这段文字所描述的现象，实际上是指文学批评和一般学术研究中经常出现的一种“去语境化”或“抽离语境”的简单化做法。诚如艾略特所言，在大多数情况下，犯此类毛病的人可以说“完全是没有恶意的”。艾略特实际上是在告诫我们，学术研究中的这种“去语境化”的做法，极为普遍，必须倡导一种“语境还原”的入思方式，即在理解一个理论主张或观点时，不应该脱离具体的历史背景、语言环境去断章取义，而应该结合一定的文化背景、文学背景和语言背景去阐发。

国内有研究者在研究“新批评”时，就有人经常犯艾略特所批评的那种毛病，即抽离新批评家理论主张的具体语境、无视新批评家批评实践的历史内容，有意无意把不同论者、不同时期、不同语境下发表的观点，“嫁接”为一个“整体”，并对此评头论足、随意评判。这一做法，给人的感觉好像这些话语实践是在真空中发生的

① ［英］托·斯·艾略特：《批评批评家》，李赋宁等译，上海译文出版社 2012 年版，第 6 页。

一样。为此，我们一定要充分注意到新批评家之理论主张及其批评实践的历史文化语境。

4. 区分个别新批评家与“整体”新批评家

不以偏概全，把某一位新批评家的理论思想或文本分析方法等同于大部分甚至整个新批评流派的理论与实践方法。

国内新批评研究专家赵毅衡先生在其著名的《重访新批评》中指出：“我们欲对新批评派有个全面理解，就必须从新批评派对文学的基本特征和作品结构的理论出发，由此才能顺利地评价他的方法论。”① 但问题是，我们如何才能“全面理解”新批评派，如何才能避免拿某一个人（哪怕是新批评派的关键人物或核心成员）的观点当作整个“新批评派”的观点？

“对新批评派有个全面理解”，此话说着容易，也很有道理，但在实际的操作中，我们难免会出现以偏概全的弊端，即以个别新批评家的观点当作整个“新批评派”的观点。比如赵毅衡在该书第一部分“新批评派关于文学基本性质的理论”中，或以瑞恰兹的观点作为新批评派“认识论”诗辩的代表，或以兰色姆、瑞恰兹、维姆萨特、艾略特和韦勒克等在不同语境下的理论表述作为新批评派关于“本体论”的宣言，等等。这样的研究方法（即以个别新批评家的观点当作整个新批评派的观点），很容易把“新批评派”本质化

① 赵毅衡：《重访新批评·引言》，百花文艺出版社 2009 年版，第 17 页。这段文字在论及理论与方法之关系时，明显表现出“重理论轻实践”的倾向。对此，我们能否反过来说，如果不对“新批评”的批评实践有一个全面深入的了解，我们既难以理解它的方法论，也不可能顺利地理解和评价它的文论思想？我们能否进一步说，无论是“新批评”的方法论，还是它的文论思想，均离不开它的批评实践？可以肯定地说，“新批评”的文论思想，既有一般理论的存在方式，又有其特殊的存在方式。正如英国学者塞尔登等所认为的那样，“正如新批评的名字标明的，它主要是一种批评实践，因此，它的大部分理论都包含在其较为具体的实践性文章中”。（《当代文学理论导读》，刘象愚译，北京大学出版社 2006 年版，第 23 页）

甚至单质化。因此，我们在“新批评”研究中，一定要谨防那种以偏概全的方法，即有意或无意地把某一位新批评家的理论思想或文本分析方法当作大部分甚至整个新批评流派的理论思想或分析方法。

5. 区分英国“新批评”与美国“新批评”，注意二者之间的联系与差异

国内很多论者在研究“新批评”时，习惯于以“新批评”或“英美新批评”笼统称之，具体论述过程中往往把它想象为一个“整体”，对其“重要理论”“理论概述”“基本特征”“批评特色”等做一些概要性的描述，很少区分英国“新批评”与美国“新批评”；即便在“发展过程”中对英国“新批评”与美国“新批评”分别进行介绍，也存在用线性发展史的逻辑，进行“本质主义”的概括。

在这一方面，国外学者的研究就很谨慎，比如戴维罗比、伊格尔顿和塞尔登等，在论述“新批评”时，没有笼统地指称，而是将英国“新批评”和美国“新批评”分而述之，既注意到它们之间的相似处，又对二者做了仔细区分，从而显示出极大的严谨性和科学性。在《现代西方文学理论流派》一书中，D. 罗比首先对“新批评”做了如下概要描述：“‘新批评派’这一术语通常指第二次世界大战前 I. A. 瑞查兹和 T. S. 艾略特在英国所创始的文学理论和批评，后来在四十年代、五十年代和六十年代则由 J. C. 兰萨姆、W. K. 维姆萨特、C. 布鲁克斯及 A. 泰特等人继续发展。”① 之后，在比较“新批评”与形式主义和结构主义的异同中，比较了“新批评”在

① ［英］A. 杰弗逊、D. 罗比等：《现代西方文学理论流派》，李广成译，北京大学出版社 1992 年版，第 83 页。

英国和美国的不同影响，概括了“新批评”的总体特点[1]后，正文部分以“I. A. 瑞查兹：价值论”和“美国的新批评派：篇章本身”为题，着重评述了英国、美国“新批评”的不同路径和发展。D. 罗比认为：“美国的新批评派一直恪守瑞查兹的著作的精神，强调诗或文学的独特性质，而且他们不仅从经验主义、人文主义及有机论等方面，并且在理论上研究文学的特性。他们的文学观至少在一个基本问题上与瑞查兹的不同，他们不很关心阅读经验，而对媒介（即文学篇章本身）的客观特征更注意，所以美国新批评派对描述和分析比对评价用的力量要大得多。从这方面说，他们比瑞查兹更接近俄国形式主义者及其后继者。但是这一重点的转移并不是因为受到形式主义者的影响……而是受到一股更亲近美国的诗人艾略特的影响。人们常说美国的新批评派是瑞查兹和艾略特的理论的汇合发展，这是很正确的。”[2] 我们暂且不去评价罗比的这些分辨和比较所得出的结论是否正确，仅就其这一做法本身来看，它比那些对“新批评”想象式、拼凑式的中国式建构，也许更为科学、更为可取。

6. 区分作为“流派”和作为“方法”的“新批评”的不同

我国著名比较文学研究专家杨周翰先生从发生学角度，专门区分了作为“方法”的“新批评”和“流派”的“新批评”的差异：“新批评”作为一种方法，产生于20世纪末的英国；“新批评”作为一个批评流派，产生于20世纪30年代的美国。[3] 韦恩·C. 布斯

---

① D. 罗比对“新批评”的整体概括，突出强调了它与俄国形式主义、法国结构主义的联系与区别，强调了它的经验主义和人文主义特性，称它是“形式主义和结构主义的理论变体”，是“经验主义和人文主义的”。

② ［英］A. 杰弗逊、D. 罗比等：《现代西方文学理论流派》，李广成译，北京大学出版社1992年版，第91—92页。

③ 参见杨周翰《新批评派的启示》，《国外文学》1981年第1期。

在1988年的一次访谈中，对于“新批评”历史及其影响的一段话，暗含了将作为“流派”和“方法”的“新批评”区分开来的必要性：“新批评完全注重内在的东西，注重诗歌本身。在研究一首诗时，新批评力图排除一切外在因素和环境：读者的感情、作者的意图、社会背景，等等，力图只谈论‘诗歌本身’。而目前的倾向是一种爆炸式地向外在因素如社会力量、历史力量等扩展；伦理批评、政治批评、马克思主义、女权主义等一齐爆炸开来。现在有许多人本质上仍属于新批评派，仍然干着出色的工作，新批评并未死亡。”①

当下国内很多教科书中，表面上虽然做了这一区分，但实际上并没有真正落到实处。许多教科书在一味强调“新批评”的理论特色的同时，有意无意放大“新批评派”的所谓“不足”和“局限性”，未能看到作为一种文学批评方法的“新批评”对于各种各样后起的文学批评流派的影响。比如，下面这一段文字就很有代表性：“尽管新批评派的理论和方法有不少有价值的东西，新批评派也因此而风靡一时，然而，由于它本身一味强调文学的内部因素，而对文学外部因素完全弃之不顾，割裂了文学与作者、与社会历史、与现实生活的联系，从而具有明显的狭隘性。作为一个形式主义的批评流派，它不断地受到各方面的批评，从20世纪50年代起，它终于盛极而衰，随着结构主义、现象学等批评流派的崛起而日趋衰落。”②

今后的“新批评”研究，有必要借鉴国外学者的方法，把产生于不同文化形态、不同文学传统下的理论及批评，放在具体的文化

① ［美］韦恩·C. 布斯：《当代美国文学理论》，程锡麟译，《外国文学评论》1990年第1期。

② 朱立元主编：《当代西方文艺理论》，华东师范大学出版社2005年版，第93页。

语境下理解，避免在“去语境化”的层面上，对原本丰富复杂的研究对象做同质化、单质化理解。

二　布鲁克斯、沃伦在“新批评”中的地位[①]

“新批评”的复杂性（仅仅从其成员构成的角度）已如上述。

“新批评”的复杂性要求我们，在研究“新批评”时一定要做到“五个区分”：区分“新批评”的理论家与实践家，区分新批评家的理论表述及其批评实践，区分新批评家不同时期的理论主张及其批评实践，区分个别新批评家与“整体”新批评家，区分英国“新批评”与美国“新批评”。事实上，只有做到这“五个区分”，我们才可能把握丰富的、立体的“新批评”，而不至于人云亦云，做出不切合“新批评”实际的本质主义、单质化、标签化的认定。

众多“新批评”成员中，布鲁克斯和沃伦无疑是其中的两员大将，在“新批评”阵营中均有不可取代的地位和贡献。他们二人不仅在批评理论方面有其独到建树[②]，在批评实践方面更是取得了令人钦羡的成就。克林斯·布鲁克斯与罗伯特·潘·沃伦有过多次合作，其中《文学入门》（*An Approach to Literature*，1936）、《理解诗歌》（1938）、《理解小说》（1943）等书，甚至成为美国各大学必备的教科书，这些教学用书对后来欧美乃至全世界的文学研

① 本部分参阅了河北教育出版社网站、互动百科、百度百科“罗伯特·潘·沃伦”“克林斯·布鲁克斯”“重农派”“逃亡者派”等词条，还参阅了《美国文学纲要》修订本“第六章　现代主义和文学试验（1914—1915）”中的部分内容。特此声明，致谢！

② 至少包括：布鲁克斯的反讽理论，他对文学作品意义存在方式的研究、对文本结构的思考以及对悖论的阐发，他与维姆萨特合著的《西洋文学批评史》（1957）等；罗伯特·潘·沃伦的《纯诗与不纯的诗》（1942）对纯诗问题的研究等。这一方面，国内有比较多的研究。

究、文学批评、文学阅读和文学教育产生过深远影响，此种影响即便今天仍然能感觉到。[①] 另外，布鲁克斯、沃伦还与刘易斯（R. W. B. Lewis，1917— ）合著了一本《美国文学：创作者与创作过程》（*American Literature*：*The Makers and the Making*）。下面，我们分别就他们在“新批评”中的历史地位，予以简要介绍。

（一）罗伯特·潘·沃伦

罗伯特·潘·沃伦（Robert Penn Warren，1905—1989），是20世纪美国文坛上不可多得的全能作家，在诗歌、小说、戏剧、散文和文艺理论等方面成绩斐然。他既是诗人、作家，又是著名文学批评家、大学教授。沃伦的诗集《诺言：诗，1954—1956》（*Promises*：*Poems*，1954—1956），曾为他赢得锡德尼·希尔曼奖、埃德娜·圣文森特·米莱纪念奖、国家图书奖以及普利策奖等。1972—1988年，沃伦担任美国诗人学会负责人。1985年，他被授予“第一位美国桂冠诗人”的光荣称号。沃伦同时还以小说家而知名，他的《国王的人马》（*All the King's Men*，1946）为他赢得巨大声誉，并获得1947年的普利策小说奖。在文学理论研究和文学批评方面，沃伦著有《纯诗与非纯诗》，写有《威廉·福克纳》一文。据说，罗伯特·潘·沃伦与《流放者归来》的作者马尔科姆·考利一起，还为确立福克纳崇高的文学地位立下了汗马功劳。

---

① “文本细读”在当今中国文学教育中，毫无疑问是一个“热词”。当今各种学术期刊发表的文学研究论文，以“文本细读”或“细读”作为标题用语的论文不胜枚举。据笔者不完全统计（截至2017年9月），在“知网”查询，标题中含有“文本细读”的研究论文有1094篇，标题中有“细读”字样的研究论文竟高达2591篇。自2006年以来，随着孙绍振《名作细读》、王先霈《文学文本细读讲演录》的初版、再版，中国的文学教育界，更是掀起了一阵阵“新批评”文本细读的旋风。

罗伯特·潘·沃伦三次获得普利策奖①，而且在两个不同文学体裁中获得普利策奖，这在美国作家中实属罕见。

这里，有必要说明一下罗伯特·潘·沃伦与“重农派”（Agrarians）的关联。重农派，是由美国现代南方作家组成的一个松散的文化团体，又称“逃亡者派”（The Fugitives）。1915 年，一些与田纳西州纳什维尔镇范德比尔特大学有关的文化人常常聚会讨论文学及哲学问题。第一次世界大战期间，聚会曾一度中断，1919 年重新恢复。范德比尔特大学教师、诗人约翰·克娄·兰色姆成为这一活动的实际领导者，他的周围聚集了一批有才华的年轻人，除罗伯特·潘·沃伦外，还有诗人艾伦·塔特、唐纳德·戴维森以及小说家安德鲁·纳尔逊·莱特尔、诗人莫里尔·莫尔等。1922—1925 年，他们出版了有影响的小型文艺杂志《逃亡者》，“逃亡者派”一词即由此而来。他们提倡南方的乡土传统和古典美学思想，并以此作为他们诗歌的基础和发展目标。“逃亡者”呼吁回归土地和南方的传统。1921 年进入范德比尔特大学的罗伯特·潘·沃伦，在《逃亡者》首次发表作品，并成为该派最年轻的一员。1925—1927 年，沃伦成为加利福尼亚大学的特别研究生，取得了硕士学位，然后作为一名罗兹研究者前往牛津大学学习。1930 年，沃伦回到美国，先后在范德比尔特大学、路易斯安那大学、明尼苏达大学以及耶鲁大学任教。罗伯特·潘·沃伦的南方背景因在康涅狄格和佛蒙特度过后半生而得以改变，年轻时的保守主义最终让位于更为自由的美学和社会学观点。

毫无疑问，罗伯特·潘·沃伦在“新批评”中具有无可取代

---

① 沃伦一生三次获得普利策奖：1947 年，因《国王的人马》获得普利策小说奖；1958 年，因《种族隔离：南方的内心冲突》获得普利策诗歌奖；1979 年，又以《偶尔：诗，1976—1978》获得普利策诗歌奖。

的地位。

国内有关罗伯特·潘·沃伦的出版物有：

（1）诗歌创作：《沃伦诗选》（周伟驰译，河北教育出版社 2003 年版），这是目前国内唯一的沃伦诗集；长诗两首，包括《深夜读书，水银柱不断下降》和《红尾鹰与少年时代的火堆》（李文俊译，《世界文学》1993 年第 3 期）。

（2）小说创作：沃伦的长篇小说《国王的人马》（陶洁译），在国内有两个版本，分别由湖南人民出版社和上海译文出版社 1986 年、2006 年出版；沃伦的短篇小说《春寒》（郑启吟译），收入《小说鉴赏》（该书中译本有中国青年出版社 1986 年版，世界图书出版公司 2006 年、2008 年、2012 年等多个版本）。

（3）批评理论：《纯诗与非纯诗》，载赵毅衡编选《“新批评”文集》（百花文艺出版社 2001 年版）。

（4）批评实践：《克丽奥帕特拉的悲悼》与《邪恶的发现：〈杀人者〉分析》（与克林斯·布鲁克斯合著），载赵毅衡编选《“新批评”文集》（百花文艺出版社 2001 年版）；对于艾略特《阿尔弗瑞德·普鲁弗洛克的情歌》和《荒原》的细读、细注（选自《理解诗歌》，与克林斯·布鲁克斯合著），载《英国现代诗选》（湖南人民出版社 1985 年版）；《威廉·福克纳》，载《福克纳评论集》（中国社会科学出版社 1980 年版）。

（二）克林斯·布鲁克斯

克林斯·布鲁克斯（1906—1994），20 世纪美国深具影响力的文学批评家、“新批评派”的重要成员之一。布鲁克斯曾对海明威、福克纳、叶芝、艾略特等现代作家、诗人有深入研究。布鲁克斯与罗伯特·潘·沃伦合著的《理解诗歌》（1939）和《小说鉴赏》（1943）成为“新批评”最重要的实践文本；布鲁克斯与维姆萨特合著的《文学批评简史》，是以“新批评”方法写成的批评史著作，也具有深远影响。布鲁克斯还独著有《现代诗歌传统》《隐藏的上帝》和《精致的瓮：诗歌结构研究》等。《精致的瓮：诗歌结构研究》是布鲁克斯最为知名的文学理论著作，也是美国“新批评”理论及实践的经典之作。在该书中，布鲁克斯精心选择了邓恩的《成圣》、格雷的《墓畔哀歌》、华兹华斯的《不朽颂》、济慈的《希腊古瓮颂》、叶芝的《在学童中间》等10首诗，以专章的篇幅用悖论、反讽、含混、意象等理论加以详细剖析，从而得出了影响甚广的结论：分析一首诗应该以“结构”为本体，而不是以“内容”或“题材”为本体，这样就十分鲜明地强调了文学批评中文本的独特性和重要性。布鲁克斯在这里精彩展示的文本细读与分析法，代表了20世纪文学研究的一种强有力的趋势。1947—1975年布鲁克斯在耶鲁大学任教。1985年获“杰弗逊讲师”称号，这是美国联邦政府授予人文研究领域杰出成就者的最高荣誉。

布鲁克斯一生做了大量工作来推动、实践“新批评”理论和观点，后来在“新批评”式微时又不遗余力地为之辩护。关于布鲁克斯在“新批评”中的地位，中外学者都给予了很高评价，美国学者、著名的比较文学研究专家韦勒克给予布鲁克斯非常高的评价：人们通常将他与一种“细读”方法等同起来，“布鲁克斯还是一位批评史家，一位批评家的批评家。他在批评方面的意见构成了他尚未得到应有重视的全部著作的一大部分”①；英国学者拉曼·塞尔登等人

① ［美］雷内·韦勒克：《近代文学批评史》（第六卷），杨自伍译，上海译文出版社2009年版，第312—313页。

认为，“新批评”基本原则中的“许多条在克林斯·布鲁克斯的著作中获得了实践性的运用”，并被称为“新批评典范的、最有技能的实践者”[①]；“新批评”研究专家赵毅衡先生认为，布鲁克斯是“新批评派中最活跃的”[②] 人物；盛宁先生也认为，“把‘新批评’原则具体化，使之付诸实践，布鲁克斯应是第一人”[③]。

作为布鲁克斯的黄金搭档，罗伯特·潘·沃伦不仅在文学创作方面取得了很高成就，他与布鲁克斯合作研究并发展起来的、对于诗歌和小说文本的“细读式”批评，至今仍然在国内外文学研究、文学教育中发挥着不可替代的作用。韦勒克称赞沃伦的《纯诗与非纯诗》“是一篇透彻有力甚至可谓出色的文字，把陈述主题与细读方法结合起来，洞见到了诗歌的本质既非感情的倾泻又非意识形态的吁求”[④]。朗利（John Lewis Longley）早在1969年就指出：“罗伯特·潘·沃伦拥有的地位是杰出和独一无二的。他的独一无二就在于他是唯一一位无疑在诗歌、文学批评和小说领域都出类拔萃的健在的美国作家。”[⑤] 哈罗德·布隆姆（Harold Broom）曾在《罗伯特·潘·沃伦诗歌全集》（*The Collected Poems of Robert Perm Warren*，1998）的序言中把沃伦的晚年比作堪与哈代、叶芝和斯蒂文斯齐肩的“伟大的最后阶段”[⑥]。

---

① ［英］拉曼·塞尔登、彼得·威德森、彼得·布鲁克：《当代文学理论导读》，刘象愚译，北京大学出版社2006年版，第23页。

② 赵毅衡编选：《“新批评”文集》，百花文艺出版社2001年版，第209页。

③ 盛宁：《二十世纪美国文论》，北京大学出版社1994年版，第82页。

④ ［美］雷内·韦勒克：《近代文学批评史》（第六卷），杨自伍译，上海译文出版社2009年版，第358页。

⑤ 何欣：《逃逸与追寻——罗伯特·潘·沃伦诗歌研究》，博士学位论文，南开大学，2013年，第5页。

⑥ Harold Bloom，*Foreword. In*：*John Burt ed. The Collected Poems of Robert Penn Warren*，Baton Houge：Loisiana State University Press，1998，p. xxii.

正是由于他们在批评实践方面的不懈努力和实际成就，才使他们在“新批评”中具有特殊的地位，也使他们在当代西方文学理论和文学批评发展史上举足轻重。

三　国内外布鲁克斯、沃伦研究述评

梳理一下国内外学界对于布鲁克斯、沃伦的研究现状，是非常必要的。

国外学者对布鲁克斯、沃伦的研究中，伊格尔顿、塞尔登等人的观点具有一定的代表性。首先，英国文学理论家伊格尔顿对包括布鲁克斯、沃伦在内的新批评家多有指责，在其《二十世纪西方文学理论》一书中认为，“新批评家……几乎只关心诗……小说在这里可能被当成了任何东西，但却就是没有被当成小说”①。从伊格尔顿对包括布鲁克斯在内的“新批评”的论述中可以看出，他更多关注的是他们的批评理论，而很少关注其批评实践；布鲁克斯、沃伦的《小说鉴赏》尚未进入他的视野；伊格尔顿更未注意“新批评”理论的特殊存在方式。

塞尔登等人虽肯定了“新批评”在批评实践上的贡献，但其在《当代文学理论导读》一书中也认为，“‘新批评’也主要把诗歌作为其理论关注的焦点。这可以说是某些特别的理论与某些特别的文学类型关联最密切的一个例子”，“新批评集中探讨的主要是诗歌”②。塞尔登等人认为，“新批评”实践中存在偏颇，即“拒绝接

---

① ［英］特里·伊格尔顿：《二十世纪西方文学理论》，伍晓明译，北京大学出版社2007年版，第49—50页。

② ［英］拉曼·塞尔登、彼得·威德森、彼得·布鲁克：《当代文学理论导读》，刘象愚译，北京大学出版社2006年版，第18、25页。

受历史分析、倾向于提出看似客观其实很可能是主观的判断、仅仅关注诗歌等”[1]。这给人的感觉似乎是，他们除了对“新批评”理论的存在方式有所领悟以外（这已经难能可贵），却没有向前迈进一步，认真研读一下新批评家的实践文本。塞尔登等人还对包括布鲁克斯、沃伦在内的新批评家们“理论前提和实践特征”做了如下概括：其“理论前提和实践特征都是清晰的、鲜明的：它不关注语境，不论这语境是历史的、生平传记的，还是理性的，等等；它对‘意图’或‘感受’也不感兴趣，反而称之为‘谬误’；它关注的只是‘文学本身’，包括文本的语言、结构；它不寻求文本的‘意义’，但却要搞清楚文本是怎样‘言说自身’的；它刻意要追寻的是，文本的各部分是怎样互相联系在一起的，它怎样获得‘秩序’和‘和谐’，怎样包容并解决‘反讽’‘悖论’‘张力’‘矛盾’和‘多义性’；它关注的最根本的问题是：清楚地说明诗歌本身的‘诗性’，即诗歌本身在形式上的完满性”[2]。这些概括，有些固然可取，也有些是人云亦云，并未搔到“新批评”的痒处（如“它不关注语境”“它关注的只是‘文学本身’”之类的说法，是不符合《理解诗歌》《理解小说》实际的）。

总而言之，伊格尔顿、塞尔登等均未注意到布鲁克斯、沃伦在“新批评”中的特殊贡献和重要的地位，伊格尔顿的《二十世纪西方文学理论》一书甚至未提及罗伯特·潘·沃伦的名字。

事实上，“新批评”不仅仅只“关心诗”，更不是把分析诗歌的方法简单套用在小说分析过程中。只要我们仔细读一读布鲁克斯、

---

① ［英］拉曼·塞尔登、彼得·威德森、彼得·布鲁克：《当代文学理论导读》，刘象愚译，北京大学出版社2006年版，第26页。

② 同上书，第22页。

沃伦合著的《小说鉴赏》一书，而不是人云亦云，所谓“新批评”“几乎只关心诗”的说法，就会不攻自破。而且在布鲁克斯、沃伦《小说鉴赏》的影响下，20世纪40年代末，马克·肖莱尔——这位“地道的新批评家”，“就试图用新批评的观念来处理虚构的散文作品”①。20世纪60年代，美国学者威尔弗雷德·L. 古尔灵、厄尔·雷伯尔、李·莫根、约翰·R. 威灵厄姆等合著的《文学批评方法手册》一书，在关注“新批评”理论的形成背景、“新批评”的基本理论及其主要代表人物、“新批评”形式分析的一般过程的同时，还花了大量篇幅讨论“新批评”对于小说形式分析的基本方法。尤其值得注意的是，他们还选用了一部长篇小说（马克·吐温的《哈克贝利·芬历险记》）和一个短篇小说（纳撒尼尔·霍桑的《年轻的布朗先生》），并运用“新批评”方法进行具体的“实际应用”②。古尔灵等人的这部著作，对“新批评”理论关于小说批评实践方法的阐发，虽不能证明伊格尔顿、塞尔登等的观点为谬误，但也足以说明伊格尔顿、塞尔登等对“新批评”的认定，并非什么不可移易的真理性认识，只是对“新批评”的一家之言，他们的观点是值得商榷的。

---

① ［英］拉曼·塞尔登、彼得·威德森、彼得·布鲁克：《当代文学理论导读》，刘象愚译，北京大学出版社2006年版，第25页。马克·肖莱尔著有《技巧即发现》（1948）和《小说与类似模子》（1949），均是用“新批评”方法研究小说。有学者评价指出：肖莱尔“将新批评的中心意义作简约有力而且流畅的陈述，而将新批评方法运用到小说方面尤其难得。作者预先强调：具有厚度和回响的小说——就是詹姆斯系列的作品——远较菲尔丁、笛福和威尔斯的作品优越”。（［美］威灵汉：《“新批评”之今昔》，陈万益译，见G. Douglas Atkins，Laura Morrow原文主编；张双英、黄景进主编《当代文学理论》，合森文化事业有限公司1980年版，第79—80页）

② 古尔灵等对“新批评”的研究和分析告诉我们：对短篇小说的结尾模式或闭合模式的分析、对叙事视角的分析、对叙述者的分析、对小说中“并置形象”的分析等，都是很好的形式主义方法的运用；即便是长篇小说，其“形式和结构”等都是值得分析的要素，有时候也可以“把每一章作为一个‘微型小说’”来看待。而且分析小说中的关键词、意象、象征物及暗示线索等，也不失为一种可行的分析方法。（［美］威尔弗雷德·L. 古尔灵、厄尔·雷伯尔、李·莫根、约翰·R. 威灵厄姆：《文学批评方法手册》，姚锦清、黄虹炜、叶宪、邹溱译，春风文艺出版社1988年版，第109、123页。）

伊格尔顿、塞尔登等关于“新批评”“几乎只关心诗”“集中探讨的主要是诗歌”及其“拒绝接受历史分析”的观点，虽然不能说毫无道理[①]，但确实存在着不小误解；古尔灵等则认为，“新批评”方法不仅适用于“短诗”的形式分析，它也适用于小说文体的形式分析，因为“小说的形式和诗歌的形式一样，不只是内容的框架，也是意义的体现”[②]。显然，古尔灵等人的观点，更为客观，也值得国内学界重视。可惜的是，长期以来，国内学界主流尤其是那些流行的各种各样的教科书，基本上沿袭了伊格尔顿、塞尔登等人对布鲁克斯、沃伦的简单指责，而对古尔灵等人的观点，却弃之不顾。

国内的“新批评”研究始于20世纪20年代末，至今已有近百年的历史。根据姜飞的研究，可大致归纳为：中华人民共和国成立前的零星译介、20世纪60年代大批判、70年代末以来备受关注三个阶段。国内“新批评”研究的“辉煌期”集中于20世纪80年代，赵毅衡编选的《“新批评”文集》，侧重于“新批评”理论与方法论、诗歌语言研究方面的译介，关于“新批评”的小说批评实践，仅选取了布鲁克斯、沃伦合著的《邪恶的发现：〈杀人者〉分析》（该题目为编译者所加）。此一取向深刻影响了国内学界对“新批评”的基本认识和研究导向。检视文献可知，国内

① 如果我们不把“新批评家”看成铁板一块，这些指责是针对维姆萨特、比尔兹利的两个“谬误”，似乎有些道理。许多研究者称，正是维姆萨特、比尔兹利的“谬误”理论把“新批评”体制化了，使得如日中天的“新批评”盛极而衰。但也有研究者认为，我们过去对两个“谬误”的理解，有些是误读（见张惠博士学位论文《“理论旅行”——“新批评”的中国化研究》）。

② ［美］威尔弗雷德·L. 古尔灵、厄尔·雷伯尔、李·莫根、约翰·R. 威灵厄姆：《文学批评方法手册》，姚锦清、黄虹炜、叶宪、邹溱译，春风文艺出版社1988年版，第109页。

“新批评”研究，对其理论有着浓厚兴趣，或发掘其哲学基础，或关注其“文学性”，或侧重其理论本身和各种外缘之联系等；“新批评”驳杂的批评方法几乎被中国学者精简为张力与反讽；中国学者使用“新批评”，也多在诗歌批评和鉴赏中。除专门研究外，近年出版的各类教科书颇值一提。编著者习惯于给“新批评”贴上各种各样的标签，并长期因袭了国外学界对“新批评”的某些认定①。朱立元主编的《当代西方文艺理论》、马新国主编的《西方文论史》、王一川主编的《批评理论与实践教程》等一系列主流教科书，都有类似看法。王先霈主编的《文学批评导引》（高等教育出版社 2005 年版）、赵炎秋的《文学批评实践教程》（中南民族大学出版社 2007 年版），虽在介绍新批评“基本理论”的同时，专门谈及其“批评方法”，但其所谓的“批评方法”实质上仍是对布鲁克斯、沃伦等人相关批评范畴的理论介绍，并未涉及其批评实践文本尤其是布鲁克斯、沃伦的小说批评实践，更未注意到布鲁克斯、沃伦的批评理论与批评实践相互发明的关系。

检索近年来布鲁克斯、沃伦研究文献发现：国内学界对布鲁克斯的研究，多集中在布鲁克斯的诗学观或诗学理论方面，“布鲁克斯反讽批评”“布鲁克斯反讽诗学”“布鲁克斯诗学观”或“布鲁克斯诗学理论”成为论者们关注的主要话题；绝大多数论者只研究其批评理论和诗歌批评实践，引用者仅止于布鲁克斯的《形式主义批评家》《反讽——一种结构原则》《悖论语言》等，少有涉及其小说批评实践文本并进行深入系统研究的成果问世。罗伯特·潘·沃伦的

① 比如，几乎所有流行教科书都认为，“新批评”是一种狭隘的形式主义文论；“新批评”的文本分析被认为是一种只适合于诗歌文本的批评实践等。而对古尔灵等人关于“新批评”的研究，没有引起重视。

文论思想及批评实践，无疑是“新批评”中一个重要组成部分。但目前国内学界对沃伦文论思想及批评实践的研究，尚未展开，现有研究全部是对诗人和小说家沃伦的研究[①]。截至目前，国内专题研究布鲁克斯、沃伦《小说鉴赏》的学位论文仅有2篇，单篇研究论文仅有4篇[②]。

就现有的学位论文看，赵桂香、陈治宇的硕士学位论文《有机整体小说观指导下的文本分析——读布鲁克斯与沃伦的〈小说鉴赏〉》[③] 和《布鲁克斯、沃伦的小说批评实践研究》[④] 等，试图全面研究布鲁克斯、沃伦《小说鉴赏》中的理论方法和批评实践。两篇论文各有亮点，赵桂香在有机整体观的统摄下全面梳理了布鲁克斯和沃伦小说批评理论，陈治宇在全面梳理的同时突出了布鲁克斯和沃伦对叙事学方法的运用，但都罗列有余而分析不足、面面俱到似蜻蜓点水。胡珂的硕士学位论文《布鲁克斯“文本细读法”研究》辟专章研究《小说鉴赏》的“小说细读实践”，其“小说细读法之情节分析、性格分析、视角分析、主题分析、新小说分析”[⑤] 等部

---

① 两个非常有趣的现象，颇值一提：国内关于罗伯特·潘·沃伦的研究，基本上出自从事英语语言文学研究领域的学者之手，少有文艺学、比较文学与世界文学学科的研究成果。不同学科之间似乎壁垒森严，其结果是，大家多出于个人学科方面的考虑进行学术研究，很少注意到研究对象本身的完整性和整体性。我们的学科划分和学术体制，似乎更愿意把一个整体的人切割得七零八落。另外，不少研究者在对布鲁克斯与沃伦合著的《理解诗歌》或《理解小说》进行研究的过程中，可能出于方便起见，绝大多数论者倾向于把“功劳”都记在布鲁克斯的名下，几乎不提罗伯特·潘·沃伦的名字。湖北大学黄冬菊的硕士学位论文《罗伯特·佩恩·沃伦诗学研究》（2013），为目前国内见到的第一篇关于沃伦诗学思想的研究论文，亦未涉及沃伦与布鲁克斯合著的《小说鉴赏》。

② 这4篇研究论文，其中有3篇论文均出自硕士研究生之手。

③ 赵桂香：《有机整体小说观指导下的文本分析——读布鲁克斯与沃伦的〈小说鉴赏〉》，硕士学位论文，河北师范大学，2009年。

④ 陈治宇：《布鲁克斯、沃伦的小说批评实践研究》，硕士学位论文，重庆师范大学，2012年。

⑤ 胡珂：《布鲁克斯“文本细读法”研究》，硕士学位论文，南京大学，2012年，第55—76页。

分，与赵桂香、陈治宇的文章相比，显示出视野开阔、分析深入的优长，但其侧重于理论总结而疏于实践分析的研究取向，大大影响了该文的深度（广度有余而深度不足、理论有余而实践阙如）。至于单篇研究论文，其意或在“梳理出新批评的短篇小说理论”①，或在“细解”布鲁克斯和沃伦的“小说批评理论”②，或“以《小说鉴赏》为例看布鲁克斯的张力观”③ 等，这些研究虽有一定价值，但有的以偏概全，有的明显存在误读。这里要特别提到《克林斯·布鲁克斯的小说理论与批评实践》一文（论题与本书最为接近，所载刊物规格最高，作者队伍中有知名学者）。该文以布鲁克斯与沃伦合著《小说鉴赏》、布鲁克斯与维姆萨特合著《西洋文学批评史》以及布鲁克斯对福克纳小说的研究专著《威廉·福克纳：约克纳帕塔法郡》《威廉·福克纳：朝向并趟越约克纳帕塔法郡》《威廉·福克纳：初次邂逅》等为讨论对象，旨在从整体上阐发布鲁克斯的小说理论与批评实践。先不说把两人合作的成果记在某一个人头上的方法是否恰当④，单就该文提出的“布鲁克斯认为小说批评与诗歌批评区别不大”“主题不是评判小说的标准”，以及布鲁克斯关于小说有机体的思想“太抽象”⑤ 等观点，与《小说鉴赏》就有较大出入，

---

① 张哲：《“理解小说”——简析布鲁克斯和沃伦短篇小说观》，《淮阴工学院学报》2007 年第 2 期。

② 钱晶：《布鲁克斯与沃伦的小说批评理论——以〈小说鉴赏〉为讨论对象》，《合肥师范学院学报》2012 年第 2 期。

③ 王棋君：《从悖论、反讽到结构的张力表现——以〈小说鉴赏〉为例看布鲁克斯的张力观》，《科技信息》2013 年第 8 期。

④ 胡珂的学位论文、付飞亮和曹顺庆的论文，都存在把布鲁克斯与他人合作的成果，记在布鲁克斯一个人名下的倾向。这个问题很复杂，一是著者没有注明合作者的具体分工情况；二是研究者为了方便起见未做具体分析。笔者以为，类似这种情况，一应俱全、实事求是为好。

⑤ 付飞亮、曹顺庆：《克林斯·布鲁克斯的小说理论与批评实践》，《文艺理论研究》2013 年第 5 期。

有许多值得商榷之处。

除以上专论《小说鉴赏》的研究文献以外，还有一些研究文献，也论及《小说鉴赏》。比如，程锡麟、王晓路在其《当代美国小说理论》中说："在新批评兴盛时期，出现了C. 布鲁克斯和R. P. 沃伦合编的《理解小说》(1943)、F. R. 利维斯的《伟大的传统》(1948)、卡洛琳·戈登和艾伦·泰特合编的文集《小说之家》(1950)，以及多萝西·凡·根特的《英语小说：形式与功能》等著作。总的来看，这些著作大多注重文本的内在因素，而忽视文本与外界的联系。"①

上述相关文献的最大不足在于：主要是平面化事实罗列，少有深入分析；重在批评理论的梳理，疏于问题提出、实践研究及理论提升；笼统性有余，语境化和具体性不足。最关键的问题是，很多研究者之于布鲁克斯、沃伦《小说鉴赏》的分析，贴得不是很紧，不少结论有浮泛之感（如"大多注重文本的内在因素，而忽视文本与外界的联系"云云，即属此例）。

由此可见，"新批评"诞生以来，国内外学界对布鲁克斯、沃伦的批评理论和诗歌批评等进行了一定的研究和实践，但对其小说批评实践及其批评理论与批评实践之关系尚未给予关注并且多有误解。②

以上仅仅指出了国内外学界未曾更多、更自觉地研究布鲁克斯、沃伦的小说批评实践，也未曾自觉地将其运用于中国当代小说批评实践和大学文学教育这一整体事实。但国内新时期以来运用布鲁克

① 程锡麟、王晓路：《当代美国小说理论》，外语教学与研究出版社2001年版，第22—23页。

② 国外学界的"新批评"研究，限于笔者所接触到的文献资料，肯定存在某些疏漏。因此，国外学界的"新批评"研究，尚有待我们进一步挖掘。

斯、沃伦批评理论于小说批评中的实践者亦不乏人。实践“新批评”成就最大的学者，当为乐黛云、王富仁、孙绍振、王毅。乐黛云对《红楼梦》的分析、王富仁的论文《〈狂人日记〉细读》、孙绍振对多种文体进行文本分析的大量尝试、王毅对“新批评”方法的融会贯通等，以纯熟的“新批评”手法“细审幽暗、见微知著，妙解纷披”①。汪政、晓华、赵宪章、吴元迈、李洁非、南帆、吴福辉等，也都有这方面的佳作。另外，布鲁克斯、沃伦的小说批评实践虽在大陆始终未能系统推广和运用，但其细读分析却在台湾地区安家落户并一度成为那里文学教育的基本训练环节。欧阳子对白先勇短篇小说鞭辟入里的解读，更是成了中国台湾学者运用新批评细读法分析汉语小说的成功范例。②

从研究现状上来看，国内外学界对布鲁克斯与沃伦的研究可概述为理论自足和实践不足：更多关注其诗歌批评理论；极少涉及布鲁克斯和沃伦的小说批评实践；对其批评实践和批评理论之关系尚无专门研究；对其小说批评实践的操作程序以及如何将其转换为适合中国当代小说的批评实践、成为中国大学文学教育的有效资源，

① 赵毅衡、姜飞：《英美“新批评”在中国“新时期”——历史、研究和影响回顾》，《学习与探索》2009 年第 5 期。

② 欧阳子在《王谢堂前的燕子——〈台北人〉的研析与索隐》（台湾尔雅出版社 1976 年版）中，不仅从整体上探讨了白先勇《台北人》中的 14 篇小说的主题，而且还分别就语言、语调、意象、隐喻、象征、气氛以及种种表现技巧等对其中的每一篇小说进行了深入细致的文本分析。白先勇说，当看到欧阳子《王谢堂前的燕子》一书，真是吃了一惊，“因为她对（台北人）的了解，竟比我自己还清楚，她好像把这本书都看透了，有些我自己没想到的，看了她的评析后，我再仔细回想，我也赞同，也可以说是不得不赞同……欧阳子受过很严格的文学批评训练，她把小说当艺术品，她的批评值得效法”。余秋雨称赞欧阳子此书“用心之细，联想之妙，让人叹为观止”。有研究者认为，欧阳子采取的是一种“有机整体的批评方法”，她“将理论家的洞察力、鉴赏家的艺术敏感和作家的优美文笔熔为一炉，她像一个善解人意的导游”。（徐学：《〈王谢堂前的燕子〉批评方法漫谈》，《台湾研究集刊》1985 年第 4 期）“在台湾……用新批评方法分析短篇小说，欧阳子的《王谢堂前的燕子》无疑是代表作。”（古远清：《评欧阳子对〈台北人〉的研析与索隐》，《湖北商业高等专科学校学报》2001 年第 1 期）

更是无人问津。

需要说明的是，尽管此前的研究存在“理论自足”的倾向，但这种理论研究本身值得肯定，因其为下一步以贯彻可操作性、应用性的批评实践和创造性转换提供了必要的理论准备。

因此，国内的“新批评”研究尤其是对布鲁克斯和沃伦的研究，就总体趋势而言，观念更新的基础性工作在一定范围内已经基本完成①，有针对性、实践性和进行创造性转换的批评成果尚待来者。我们以为，今后的研究，必将在现有理论研究和既有批评实践研究（尽管是初步的）的基础上，对其小说批评实践悉心研究、深刻领会，在认真思考其批评理论和批评实践之关系的基础上进行创造性转换，使其化入我们的理论和批评之中，并成为中国当代文学批评和大学文学教育新秩序的有机组成部分。

四 问题的提出与本书的思路及方法

“新批评”理论的一个突出特点在于，“它的大部分理论都包含在其较为具体的实践性文章中（如上面讨论到的布鲁克斯的情形），而不是以理论文章的面目出现的”②。事实上，布鲁克斯、沃伦这两

---

① 在不少流行教科书中，尽管还存在着对“新批评”、对布鲁克斯、沃伦的某些误解甚至偏见，但已有研究者指出：“新批评是一种属于自律论范畴的文学批评模式，长期以来，理论界几乎形成了一种共识，认为它仅擅长共时研究而欠缺历史观念，并以此咎病它不能或不宜做历时分析，其实这是不符合实际的。”［温潘亚：《〈传统与个人才能〉与艾略特的文学史观——兼与“新批评欠缺历史观念说”商榷》，《北京工业大学学报》（社会科学版）2004年第3期］更有研究者明确提出：“新批评的理论是存在张力的，既有本体论的相对孤立，也有自始至终在这种相对孤立中的相对通脱。布鲁克斯和罗伯特·潘·沃伦等人在批评时反顾作家、其他文本及历史、道德诸因素，常常信步跨出本体论划定的疆界，享有相对的自由。”（姜飞：《英美新批评在中国》，陈厚诚、王宁主编《西方当代文学批评在中国》，百花文艺出版社2000年版，第47页）

② ［英］拉曼·塞尔登、彼得·威德森、彼得·布鲁克：《当代文学理论导读》，刘象愚译，北京大学出版社2006年版，第23页。

位“新批评”干将正是“通过一系列出色的关于文学分析的大学教科书，提出了他们的批评理论和批评方法”①。

因此，可以肯定地说，《理解小说》（中译本译为《小说鉴赏》）即便没有他们的《理解诗歌》那么有名气，那么有影响，但也应该给予足够的重视和深入的研究，而不是无视其理论价值和实践意义。

本书以布鲁克斯、沃伦的《小说鉴赏》为研究对象。目的有三：第一，回应伊格尔顿、塞尔登等人对“新批评”“几乎只关心诗”、用读诗的方法读小说的指责；第二，梳理布鲁克斯、沃伦小说批评的特点、步骤及程序；第三，借《小说鉴赏》来探讨“新批评”理论的存在方式。

鉴于国内学界对于《小说鉴赏》的研究现状，本书的研究目标、研究内容、研究重点及难点、研究思路和研究方法设定如下。

（一）研究目标

旨在解决“新批评”实践家研究中一系列重要的理论和实践问题，即研究布鲁克斯、沃伦对于小说批评的独特贡献，从而改变人们对“新批评”理论和方法的一些错误认识；探讨布鲁克斯、沃伦小说批评理论和批评实践的互动关系及操作要领。更为重要的是，在总结布鲁克斯、沃伦小说批评实践经验的基础上，结合中国文学实际，使其化入中国当代文学理论和批评实践，并成为中国大学文学教育新秩序的有机组成部分。

---

① ［美］威尔弗雷德·L. 古尔灵、厄尔·雷伯尔、李·莫根、约翰·R. 威灵厄姆：《文学批评方法手册》，姚锦清、黄虹炜、叶宪、邹溱译，春风文艺出版社 1988 年版，第 102 页。

具体而言，本书的具体目标可以表述为四个方面的内容。

首先，考察布鲁克斯、沃伦二人在批评理论方面的建树，重点分辨其诗歌批评理论和小说批评理论之区别及其会通之处（不可把“会通”理解为“相等”），以纠正那种“新批评理论家直接将其对于诗歌的分析技巧扩展到小说、戏剧中”“新批评只适宜于除了简短的抒情诗，对相对说来较为复杂的戏剧类和叙事类作品，它一向力不从心，甚至一筹莫展”[①] 的片面认识。

其次，在文本细读的基础上，考察布鲁克斯、沃伦的小说批评实践，重点考察其短篇小说批评的基本步骤（或程序）。

再次，考察布鲁克斯、沃伦小说批评理论和小说批评实践互相发明的关系。在研究其批评理论转变成批评实践的基础上，重点考察其批评实践的操作程序；在研究其小说批评实践的同时，重点考察其理论生产的基本模式。

最后，更为重要的是，研究布鲁克斯、沃伦小说批评实践的目的，不是为研究而研究，而是为探索中国当代文学批评的可操作性提供参照，为大学文学教育课程建设融入新的生机，以补救过于注重社会历史批评的小说研究范式和从理论到理论的文学教育弊端。为此，本书的最终目标是提出并论证“问题式”文本批评的构想。

通过上述研究和长期努力，使得国内的布鲁克斯、沃伦研究真正为中国当代文学批评实践服务，真正推动大学文学教育的可操作性建设。

① 马新国主编：《西方文论史》，高等教育出版社2002年版，第431页。

（二）研究内容

本书基本内容设计如下：

（1）国内外“新批评”研究概述及其存在的问题。在指出近百年的“新批评”研究理论自足和实践不足这一基本事实的同时，具体分析造成这一现象的原因。

（2）布鲁克斯、沃伦小说批评理论要点研究。主要以《小说鉴赏》为研究对象，考察二人关于小说情节、人物性格、小说主题等方面的理论建树，重点研究其在英美小说传统、小说理论发展史上的地位、贡献及局限性。

（3）布鲁克斯、沃伦小说批评实践研究。主要以《小说鉴赏》为研究对象，考察二人对于小说情节、人物性格、小说主题诸方面的批评范例，重点研究其具体的可操作性方法、步骤及程序；在文本细读的基础上，重点考察其理论转变成方法的路径。

（4）布鲁克斯、沃伦小说批评理论与批评实践关系研究。布鲁克斯、沃伦的小说批评实践，不是一个简单套用批评理论的过程。其小说批评理论与批评实践在《小说鉴赏》中，是一个互相发明的关系：在研究其批评理论转变成批评实践的基础上，重点考察其批评实践的操作程序（细读—艺术特性之描述—问题的提出—深入的分析）；在研究其小说批评实践的同时，重点考察其理论生产的基本模式。

（三）研究重点及难点

第一，布鲁克斯和沃伦批评理论与其小说批评实践之间的关系问题。过去，作为理论家的布鲁克斯和作为诗人、小说家的沃伦，受到学界广泛而持久的关注。比较而言，人们少有将二人作为“新批评”实践家来研究，尤其是极少研究他们在小说批评实践方面的贡献并多有误解。误解的根源是，人们在对批评理论与批评实践关系的理解方面，存在简单化倾向。要理解布鲁克斯和沃伦的双重身份甚至多重身份，必须弄清他们批评理论与批评实践之间互相发明的关系。这是本书的重中之重。

第二，中国学术研究的本土立场问题值得深入探讨。产生于西方语境下的“新批评”理论及其小说批评实践，何以在解释中国当代文学现象的过程中确保其有效性。如果说布鲁克斯、沃伦的批评理论到批评实践，必须有一种方法上的转换的话，那么，我们在将其批评理论及方法运用于中国文学研究时，如何在进行方法转换的同时，充分注意到这种文化上的转换。这是本书的又一个重点。

第三，进一步说，在寻求文学批评可操作性的同时，何以确保文学批评不至于将批评对象简单当作验证其理论有效性的材料，又何以确保文学批评活动在进行深入的文本分析的同时不损害文本自身的艺术完整性。布鲁克斯和沃伦的批评实践，在此一方面给予我们哪些启发。这也是本研究的一个重点。

第四，布鲁克斯、沃伦的小说批评实践，涉及几十部风格多样、内容各异、艺术成就参差不齐的短篇小说，其分析步骤、所提问题、理论预设也各不相同。本书将在这些不同的批评文本中，试图尝试着抽象出某种分析模式，抽象出一种可值得借鉴的操作程序。这会成为本书之难点所在。

（四）研究思路和研究方法

本书的思路可表述为：

本书的研究对象为布鲁克斯、沃伦《小说鉴赏》中的小说批评理论、批评实践，以及二者之间的关系。

我们在研究过程中，把这个核心问题进行拆分，一分为四：一是对布鲁克斯、沃伦《小说鉴赏》中的小说批评理论的研究，对应的是该书的批评理论部分即每一章的“概述”部分；二是对其批评实践的研究，对应的是该书每一章对于选文的“讨论”部分；三是对二者之间相互发明的关系的研究，即研究该书“概述”与“讨论”部分之间的关系；四是对布鲁克斯、沃伦小说批评实践的理论总结，我们称为“问题式”的文本批评，对应部分为该书“问题”部分①的研究。

在具体研究过程中，我们拟将布鲁克斯、沃伦的相关理论和批评实践，置于具体的历史语境下去考察。我们知道以下事实：第一，美国小说家欧·亨利（1862. 9. 11—1910. 6. 5）与法国的莫泊桑、俄罗斯的契诃夫在小说发展史上有“三大短篇小说大师”之称。第二，亨利·詹姆斯（1843. 4. 15—1916. 2. 28）既是一位伟大的小说家，又长于对小说艺术进行理论思考，他的《小说的艺术》（1884）一书，因其“对小说形式的强调以及对小说形式进行全方位的美学构想”②，一直有着世界影响。第三，自亨利·詹姆斯之后，美国出现了一大批钻研小说创作艺术的出版物。英国现代小说家毛姆曾说：

---

① 《小说鉴赏》第一章到第五章的“问题”部分，是布鲁克斯、沃伦小说批评理论与实践的有机组成部分，不可或缺。在有的地方，布鲁克斯、沃伦为了凸显“问题”的重要性，干脆把“讨论”与“问题”合并在一起，比如在第四章奥康纳的《好人难寻》（这是第四章选的最后一篇小说）后面，他们没有对这篇小说做专门的“讨论”，只是提出了10个问题。所以，在体例安排上，有三种情况：一般情况是，选文后面既有“讨论”部分，又有“问题”部分；第二种情况是，选文后面只有“讨论”部分，没有“问题”部分，“讨论”中包含了“问题”，且自问自答，如《好人难寻》《理发》《杀手》即如此；第三种情况是，选文后面只有“问题”部分，如《侨民》《爱情：某猎人笔记上的三页》《爱情》《林中之死》《相遇》等小说后面，没有“讨论”部分，只有“问题”部分。

② 申丹、韩家明、王丽亚：《英美小说叙事理论研究》，北京大学出版社2005年版，第104页。

“没有一个欧洲国家像美国那样殷勤地培植短篇小说，也没有任何别的地方像美国那样专心致志地钻研短篇小说的写作方法、技巧和发展的可能性。……不止一次，美国短篇小说深刻地影响了别的国家短篇小说的写作实践。”① 布鲁克斯与沃伦的小说批评理论与实践，就是在英美小说创作传统、英美小说理论传统这样的语境和影响下产生的。我们的研究，把《小说鉴赏》（1943）置于这样一个小说创作传统、小说理论传统的大背景下去思考，看布鲁克斯、沃伦受到了哪些影响，与他们的前辈相比，《小说鉴赏》有哪些相同点，有哪些独特之处。另外，在更大的世界范围内，《小说鉴赏》对于它们有哪些借鉴，有哪些超越。以上为本书的本体研究。

另外，本书还有一部分即影响研究或者意义研究，也就是说把布鲁克斯、沃伦《小说鉴赏》置于中国当下的文学教育大背景下去思考，尤其是放在中国文学教育中关于小说批评理论与小说批评实践存在的问题语境之中，看“他山之石”对于我们当下的文学教育有哪些值得借鉴之处。

总而言之，在研究布鲁克斯、沃伦的《小说鉴赏》时，一定要把它放在英美文化小说传统、理论传统的语境中，放在中国当下的问题语境中予以思考。

为适应于上述研究思路，本书拟采用下述研究方法：

第一，文本细读法。“新批评”实践家的文本批评是建立在细读基础上的，对“新批评”的细读批评尤其需要细读法。在当下盛行新方法和新理论而忽视文本细读的学术背景下，细读文本（无论是文学文本还是理论文本）对学术研究显得尤为重要。研究“新批

① 王佐良编选：《美国短篇小说选·编者序》（上册），中国青年出版社 1986 年版，第 2 页。

评”，首先要做的是，把“新批评”理论文本和批评文本以外的所有“共识”悬置起来，以免产生先入之“见”，将我们的注意力集中于对“新批评”有关文本的细读与分析之上。

第二，比较（诗学）研究法。既以多元的世界文化为背景，在诗艺层面上开展中国小说评点派与“新批评”的比较研究，由文化背景比较进展到“范畴”比较，寻找共通的小说批评规律以及二者相互发明之处，又要对“新批评”的批评理论和批评实践及其诗歌批评和小说批评进行比较研究，寻求其方法论之于中国当代小说批评实践的启示。比较研究布鲁克斯、沃伦批评理论及实践，在英美小说批评理论历史①上的地位和贡献；比较研究布鲁克斯、沃伦批评理论与批评实践的关系，以及“问题”部分②对于批评理论、批评实践的补充、修正、丰富和超越等。

第三，实证研究与微观研究法。以重原典材料和科学实证的研究为基础，重点考察“新批评”实践家理论文本和实践文本，致力于揭示其批评理论的创造性转换，探讨“新批评”实干家们小说批评中可操作性的方法和路径。很显然，本书固然要从具体的文化历史语境出发去考察《小说鉴赏》，但更重要、更基本的是，对《小说鉴赏》进行微观分析，具体表现为对核心问题的拆分，我们将一分为四，已如上述，此不赘述。

第四，有机整体论的思想方法。在文学批评、文学研究中，有

---

① 亨利·詹姆斯的《小说的艺术》（1884）、珀·卢伯克的《小说的技巧》（1921）、爱·摩·福斯特的《小说面面观》（1927）、爱·缪尔的《小说的结构》（1928）、约翰·盖利肖的《小说写作技巧二十讲》（1929）以及戴维·洛奇的《小说的艺术》（1992）等，均构成了布鲁克斯、沃伦小说批评理论的前提和参照系。

② 《小说鉴赏》第一章至第五章，每一章最前面是“理论概述”部分，接下来是小说文本，选文后由两部分组成：“讨论”及批评实践部分；“问题”部分。这些内容共同构成我们的研究对象。

机整体论的思想，现已成为全球学术界所认同的一种思想方法，并为许多学界名流遵循。“新批评”及布鲁克斯、沃伦自然在他们的一系列著作中，在其文学批评和文学研究活动中坚决贯彻这一思想。著名的巴赫金也特别强调这种思想方法的重要性和当代价值。他在《陀思妥耶夫斯基诗学问题：复调小说理论》中，很好地阐发了这一思想方法的重要性：“在研究陀思妥耶夫斯基的文献中，具体说是在提出过他的诗学问题的著述里……论及他的评论著作和文学史著作，大多数至今仍然忽视他的艺术形式的独特性，却到他的内容里去寻找这种特点。这内容便是主题、思想观点、某些人物形象，而形象又是从小说中截取出来，只根据它蕴含的生活内容来进行评价。要知道，这样一来，内容本身不可避免地也要变得很贫乏，因为内容丧失了最重要的东西——陀思妥耶夫斯基观察所得的新发现。不理解新的观察形式，也就无法正确理解借助这一形式在生活中所初次看到和发现的东西。如果能正确地理解艺术形式，那它不该是为已经找到的现成内容做包装，而是应能帮助人们首次发现和看到特定的内容。”① 这一段话所表达的思想，既可以作为我们理解巴赫金诗学思想的经典表述，也可以作为布鲁克斯、沃伦等的“有机论”思想的绝佳注脚，亦可以作为本书研究的基本思想方法。

---

① ［苏］巴赫金：《陀思妥耶夫斯基诗学问题：复调小说理论》，白春仁、顾亚铃译，生活·读书·新知三联书店1988年版，第80页。

第一章　布鲁克斯、沃伦小说情节理论及批评实践

布鲁克斯、沃伦的小说情节理论及批评实践，集中表现在二人合著的《小说鉴赏》一书中的“第二章　情节”部分。在这一章中，二人选取了欧·亨利《带家具出租的房间》、安东·契诃夫《万卡》、约翰·科利尔《埋葬》、安布鲁斯·比尔斯《鹰溪桥上》、艾萨克·巴贝尔《进入波兰》、盖伊·德·莫泊桑《项链》、路易吉·皮兰德娄《战争》、路德亚德·吉卜林《国王迷》8个短篇小说进行了赏析和评论。在正式赏析和评论单篇小说之前，有一个类似于理论概述的部分（可视作该章的“前言”），集中阐发了他们的情节理论；理论概述之后，那些对单篇小说的批评文本，既是布鲁克斯、沃伦情节理论的具体展开和成功运用，也是其文本批评实践对其批评理论的进一步发挥和创造性引申。同时，在该书其他章节，也有多处涉及小说情节问题（因为人物、情节和主题，毕竟是小说文本中密切相关的几大要素）。

除此之外，二人的情节理论在其对福克纳的评论文章（包括

罗伯特·潘·沃伦的《威廉·福克纳》[①]，以及克林斯·布鲁克斯的《普通人——自耕农、佃农和穷白人》[②]和《乡下人福克纳》[③]）中，也有不同程度的体现。另外，我们也可能涉及克林斯·布鲁克斯两本专门研究福克纳的专著，分别是《威廉·福克纳：约克纳帕塔法郡》（1963）和《威廉·福克纳：走向与离开约克纳帕塔法郡》（1978）。但我们讨论的重点，是布鲁克斯、沃伦合著的《小说鉴赏》的第二章和该书的其他相关章节中的情节理论。

在这一章，布鲁克斯、沃伦除了提出一般的情节理论和具体的文本分析外，还深入且有针对性地对小说结尾进行了重点分析和评论，在对不同风格小说的分析中还示范性地提出了一些值得思考和重视的问题。在运用“新批评”文本细读法的同时，布鲁克斯、沃伦还根据所分析文本的特性综合运用了叙事学、文体学、社会历史批评及心理分析等方法。为此，我们这里拟从三个方面介绍和评述布鲁克斯、沃伦的小说情节理论和批评实践：第一，布鲁克斯、沃伦小说情节分析之理论要点；第二，布鲁克斯、沃伦小说情节分析之批评实践；第三，布鲁克斯、沃伦小说情节分析之问题追问。

---

① 在这篇文章中，沃伦既强调福克纳不同作品之间的“统一性”，又强调“个别作品的统一性”。在评论福克纳时，沃伦有“旨趣的幅度”之说，值得注意。

② 该文为布鲁克斯专著《威廉·福克纳：约克纳帕塔法郡》一书的第二章。

③ 在该文中，布鲁克斯认为，福克纳小说是“批评强大的大城市文化”的产物，“体现了一种对流行的商业和都市文化的批评，这种批评是从地方的和传统的文化观点进行的”。另外，文章还提到温斯罗普·蒂利博士。

第一节　布鲁克斯、沃伦小说情节分析之理论要点

布鲁克斯、沃伦的情节理论十分丰富，它涉及情节的性质、构成、功能及理想境界等诸多内容。以往的“新批评”研究及对布鲁克斯、沃伦的研究，往往表现出“重理论轻实践”“重诗歌理论轻小说理论”的倾向，很少关注和研究其小说批评理论与实践。不少研究在谈到布鲁克斯、沃伦关于小说批评的理论及实践时，甚至对他们多有误解和指责。本节将以卢伯克、福斯特、缪尔、塞米利安等英美理论家的情节理论以及金圣叹及当代情节理论为参照，考察布鲁克斯、沃伦情节理论的价值、意义和局限性。

通过梳理布鲁克斯、沃伦对于“小说情节”的理论阐发及其他章节的相关内容，我们可以把他们的情节理论概述如下。

一　小说情节的本质：情节即“动作的结构”

关于小说情节的本质问题，布鲁克斯、沃伦是在考察情节（plot）与动作（action）的联系与区别中予以阐发的。

一般情况下，他们认为，情节与动作只是“字眼大体上相符”。

“情节”这样的术语，无论在日常生活还是文学批评中，对不同的人意味着不同的所指。有的人说到“情节”，实际上指的是“故事”；而另一些人说到“故事”，实际上却指的是“情节”。但就目前人们所具有的小说理论常识而言，圈内人士还是可以区分“情节”与“故事”的。“所谓情节，是精心结构起来的具有严密因果关系的故事……生活为我们提供的是故事，而不是情节。这就意味着，

生活中充满了大量毫无意义的东西。情节是作家在生活的基础上提炼出来的，从而形成完整的行动。”[①] 塞米利安的这句话代表了我们这个时代的一般认识水平，并为人们普遍接受。

涉及情节的性质问题，很多小说理论家都习惯于将情节与动作联系起来讨论。英国小说家、小说理论家爱·摩·福斯特在其《小说面面观》中，就由亚里士多德的动作理论（“凡是人的悲或喜，都是以动作来表现的”）入手，谈及动作之于戏剧的重要性（“剧中人物的悲喜之情只能以动作的形式表现”）。与此同时，福斯特认为，与戏剧不同，小说除了表现动作外，还“可以深入到人物的内心世界，让读者听到人物的内心独白……甚至进入他们的潜意识领域”[②]。

布鲁克斯、沃伦也不例外，他们的小说情节理论，首先论及一般意义上的“情节”与“动作”在字眼上的联系：“‘动作’一词，与我们通常所想象的‘情节’这个字眼大体上相符。当我们用这种方式谈论时，我们只是想到一系列事件，不知怎的却和这些事件中有关人物分开了，同时也和主题思想分开了——即使我们知道，事实上我们根本不能使一个动作同完成这个动作的人物截然分开，或者使一个动作同它的意义截然分开。我们头脑里习以为常地会做出类似这样的区别、分析和抽象概念，因为这些东西我们在处理自己的和别人的日常生活时都很需要。”[③]

但是，在谈到小说情节的时候，布鲁克斯、沃伦认为：“必须坚持要求把动作和情节明确区分开来。”在他们那里，所谓“动作”，

---

① ［美］利昂·塞米利安：《现代小说美学》，宋协立译，陕西人民出版社 1987 年版，第 82、87 页。

② ［英］爱·摩·福斯特：《小说面面观》，苏炳文译，花城出版社 1984 年版，第 74 页。

③ ［美］布鲁克斯、沃伦编著：《小说鉴赏》（中英对照），主万等译，世界图书出版公司 2006 年版，第 42 页。

指的不是一个单独的事件（“陈小手出了天王庙”或“我急忙从床上跳下来”等），而是一系列事件。这样的一系列事件，既可以是真实的，也可以是虚构的。这一系列事件必须在时间中运行，并且要经历三个阶段，即开始阶段、中间阶段和结尾阶段。

在这三个阶段中，某些因素或某些力量呈现出：不稳定状态—不断调整并力求达到一种新的稳定—最终达到新的稳定。为了说明这三个阶段中的“矛盾如何经过一定的时间以后终于获得解决的发展过程”，布鲁克斯、沃伦列举了两个所谓“历史性的情节”和一个“纯属虚构的情节”[①]：首先，说到的是滑铁卢战役。他们把滑铁卢战役分了三个阶段：发生滑铁卢之战的1815年6月18日清晨，因英普联军与法军处于对峙状态，欧洲的命运悬而未决（此为开始阶段）；由于种种原因，英普联军获得了决定性胜利，并结束了拿破仑帝国（此为中间阶段）；当天落日时分，拿破仑已是一个穷困潦倒的人了（此为结尾阶段）。其次，他们也把美国独立日的诞生分为三个阶段：开始阶段——1775年，北美13个殖民地人民组成了由华盛顿任总司令并领导的“大陆军”，开始掀起推翻英国殖民统治的独立战争；中间阶段——1776年6月7日，来自弗吉尼亚的理查德·亨利·李向大陆会议提交了一项决议案，宣称“这些北美殖民地现在是，而且有权是自由独立的合众国”；结尾阶段——1776年7月4日，《独立宣言》签字通过。至于“纯属虚构的情节”，布鲁克斯、沃伦列举了汤姆·史密斯与伊芙琳·彭布罗克的故事。这里，我们不妨以中国作家汪曾祺的《陈小手》为

---

① 此处的“情节”，应该是指“动作”，或是一般意义上的“情节”，而不是严格意义上的“小说情节”。可以看出，他们在使用概念上有些混乱。更可以看出，他们在《小说鉴赏》这样的文本分析实践中，无意建构严格意义的小说理论。

例，说明他们的理论特点：开始阶段——北伐战争时期的南方某水乡，有一个专治妇女难产的男性产科医生陈小手，医德高尚、医术高明；中间阶段——同行的医生都瞧不起陈小手，认为他是个男性的“娘们”，要生小孩的人家遇到接生婆束手无策或万不得已的时候，才会请陈小手接生；结尾阶段——陈小手为难产的团长太太接生后，被团长打死。

通过上文分析可以看出，在论及情节的本质时，他们首先注意到人们在日常生活中对“情节”与“动作”的混用。这种混用主要存在于非学术研究的日常生活领域，正是在这种语境下，“情节”与“动作”的“字眼大体上相符”。这里，他们谈的是一般人在日常生活领域中的状况，他们只是把这种混用的状况给我们指出来而已。指出这种把“情节”与“动作”混用的状况，并不意味着布鲁克斯、沃伦认同这种现象，只能说明他们对这种现象保持了高度的警觉。

因此，在谈到严格意义上的小说情节的时候，布鲁克斯、沃伦明确指出，学术研究中不允许把“情节”与“动作”混用，“必须坚持要求把动作和情节明确区分开来”。为此，他们提出了值得注意的理论思想：情节“就是对于动作富有意义地加以使用”；情节就是“动作的结构”。

在对小说情节本质的讨论中，布鲁克斯、沃伦与福斯特给予了不同的思考。福斯特在《小说面面观》中，特别注意“情节”中的因果关系。他比较“故事”与“情节”时指出：故事“是按照时间顺序来叙述事件的。情节同样要叙述事件，只不过特别强调因果关系罢了。如‘国王死了，不久王后也死去’便是故事；而‘国王死了，不久王后也因伤心而死’则是情节。虽然情节中也有时间顺序，但却被因果关系所掩盖”①。而布鲁克斯、沃伦则极力强调小说情节背后作者的主观色彩，为此，他们提出了情节“就是对于动作富有意义地加以使用”的重要命题。这一命题与上引塞米利安对“情节”的概括和理解②，有异曲同工之妙。

所谓情节“就是对于动作富有意义地加以使用”一语，突出强调了小说家“对于动作……加以使用”，而且还是“富有意义地”使用，使用者的主观理解和情意投射显然得到了重视。我们可以从两个方面来理解。

第一，情节是小说家对动作的选择。

如实地记录事实、动作或生活中的故事，不是小说作者的任务，客观地记录历史事件无法给予小说作者他所需要的东西。小说家需要根据自己的想象力及对生活的理解来安排动作，从而形成情节。在这一过程中，要取舍一些“事实”，甚至要虚构一些“事实”。作者不可能把所有与动作有关的事件都写入作品中。作者会根据表达的需要，对事件做出有意识的取舍。“为什么要选择这个事实呢？是什么东西使得作家采用这些事实，而拒不采用别的事实？而选择了别的一些现成事实，又如何会变成一篇截然不同的小说（记住：一个事实在这里可以是想象中的）？”③ 正是在取与舍之间，作家对人生的理解、对人性的思考、对世界的认识，统统寓于其间。对于历

① ［英］爱·摩·福斯特：《小说面面观》，苏炳文译，花城出版社1984年版，第75页。

② “所谓情节，是精心结构起来的具有严密因果关系的故事……生活为我们提供的是故事，而不是情节。这就意味着，生活中充满了大量毫无意义的东西。情节是作家在生活的基础上提炼出来的，从而形成完整的行动。”（［美］利昂·塞米利安：《现代小说美学》，宋协立译，陕西人民出版社1987年版，第87页）此处可以发现，利昂·塞米利安对于小说情节的理论思考，深受布鲁克斯、沃伦小说情节理论的影响。

③ ［美］布鲁克斯、沃伦编著：《小说鉴赏》（中英对照），主万等译，世界图书出版公司2006年版，第43页。

史学家与小说家的区别，布鲁克斯、沃伦深刻地指出："历史学家心中所关注的，就是去发现这些事实所包含的那种模式（和旨趣）；小说家可以根据他心中想要表现的人的行动和价值的方式，去选择或者'创造出'一些事实来。"[①]

布鲁克斯、沃伦不仅从理论上阐发小说家对动作选择的重要性，他们在讨论文本的具体过程中还反复就叙述者对事件或动作的取舍以及取舍动机做了专门思考。比如，第三章"人物性格"部分，在讨论拉德纳《理发》中叙述者理发师的"主观意识"时提出："叙述者已经讲了他所知道的一切吗？如果不是，为什么？他保留不讲的事情或者情况有多少？如果他有保留，这样做是合情合理的呢，还是仅仅为了弄虚作假？""他为什么只讲了他所讲的这些事情？作为叙述者他的动机如何？"[②] 第四章"主题"部分，在讨论完舍伍德·安德森《林中之死》之后，布鲁克斯、沃伦进一步追问道："如果从这篇小说里把关于狗的事情全部删去，那么这篇小说的意义和效果会有什么不同？"[③]

由此可见，布鲁克斯、沃伦情节理论与文本批评的良性互动：理论对实践的指导，以及实践对理论的创造性发挥。另外，布鲁克斯、沃伦的有机论思想，也表现得非常明显，他们二人始终是把小说情节、人物性格、小说主题作为一个有机整体来看待的。

第二，情节是小说家对动作的安排。

动作的选择对于情节而言，只是第一步。接下来，对于某一动作中不同事件的先后顺序的安排，就提到议事日程上来了。李渔在

① ［美］布鲁克斯、沃伦编著：《小说鉴赏》（中英对照），主万等译，世界图书出版公司2006年版，第42页。

② 同上书，第216页。

③ 同上书，第260页。

论及文学作品结构时有言："基址初平，间架未立，先筹何处建厅，何方开户，栋需何木，梁用何材，必俟成局了然，始可挥斤运斧。"[①] 为此，小说家会根据小说情节的需要来重新排列事件的顺序，而不是机械地依照现实世界中事情发生的先后顺序来进行，情节顺序（小说的情节方式）与动作顺序（动作的自然阶段）既有联系又有本质区别。"一篇小说的开端，可以（或者是不可以）碰巧和它所表现的这个情节的这个开端完全吻合。这个情节也可以使我们置身于正好是事情的中间那一段，随后，再一段接一段地使我们又回到那个情节的开端部分。或者还可以将各个时期错综复杂地都交织在一起。"[②]

总而言之，小说家不仅要为小说选择具体的事件和动作，还要对这些事件和动作进行有效组织、合理安排。所谓情节"就是对于动作富有意义地加以使用"，就是强调作家对于"动作"的主观能动性，强调作家在使用"动作"的过程中不是平铺直叙、"照本宣科"，为了赋予所选取的"动作"以"意义"，必须对"动作顺序"重新组织和安排。在谈到"情节顺序"对"动作顺序"的改造时，他们明确指出："没有一个作家可以将同时发生的两件事情，同时写到他的作品中去。他在叙述时的顺序，应该是自己主观决定的。"[③]

这无疑在福斯特情节理论的基础上（强调情节"逻辑性"），向前推进了一大步（揭示了情节的"主观性"特质），从而大大发展了以往的情节理论，丰富、深化了我们对情节性质和特征的理解和领悟。这一深刻认识，不仅对于小说创作，而且对于小说鉴赏和小

---

① （清）李渔：《闲情偶寄》，杜书瀛评注，中华书局2007年版，第7页。

② ［美］布鲁克斯、沃伦编著：《小说鉴赏》（中英对照），主万等译，世界图书出版公司2006年版，第44页。

③ 同上书，第42页。

说批评都具有重要的参考价值和指导意义。

对于小说情节的性质，布鲁克斯、沃伦还同时提出了另一个命题，即情节就是“动作的结构”：“凡是动作的所有事情，情节并没有全部采用；而且按照年代先后排列的顺序，也已经被打乱了。因此，情节就是一篇小说中所表现的那个动作的结构。它代表了讲故事人对他那个动作中的事件如何加以处理的一种方法。”① 此处所谓“结构”焉者，还是极力强调小说家的主观能动性，很显然，同样的动作和事件，不同小说家构思创造自然会有不同的情节模式，也会赋予不同的人生思考和美学风格。

在《小说鉴赏》的开篇“第一章　小说的意图与要素”中，在讨论美国历史学家弗朗西斯·帕克曼的《进攻堡垒》一文时，布鲁克斯、沃伦对于情节与动作做了明确的区分。他们认为，一篇文字不论是虚构的还是借用了历史事实，如果仅仅有动作，哪怕这个动作有头（a beginning）、有尾（an end）、有中段（a middle），即便它是统一的，但因其“纯粹是外界的，它没有充分涉及人物与人类行动的动机”，也只不过是一篇“轶事”（an anecdote），它不会“充分满足我们对于小说的兴趣”②。

因此，在“情节（plot）与动作（action）”的对比中，布鲁克斯、沃伦做出了对于情节本质的独特思考。所以说，得出如下结论，应该是必然的：“情节无非就是对于动作富有意义地加以使用而已”（plot, then, is the meaningful manipulation of action），“情节就是一篇小说中所表现的那个动作的结构。它代表了讲故事人对他那个动作

---

① ［美］布鲁克斯、沃伦编著：《小说鉴赏》（中英对照），主万等译，世界图书出版公司2006年版，第44页。

② 同上书，第5页。

中的事件如何加以处理的一种方法”。

概括来讲，布鲁克斯、沃伦在比较情节与动作的异同中深入阐发了情节的本质，既强调了二者的联系，又明确分辨了它们之间的本质区别：动作是情节的基础，情节是对动作的超越，其间有质的不同，不可一概而论。所谓情节“就是对于动作富有意义地加以使用”、情节就是“动作的结构”等命题，从根本上确立了小说家作为艺术创作者的主体地位，肯定了小说情节是作家主观创造的创作论思想。这是布鲁克斯、沃伦情节理论最突出的，超越了前人的地方。按照这样的理论逻辑（即强调情节的主观色彩），布鲁克斯、沃伦的文本批评必定不会就文本谈文本，它必然会把“纸面上的文本”与小说家的创作意图、动机、理想等结合起来、联系起来思考和研究。事实上，整个《小说鉴赏》就是在这种有机论的思想框架中得以展开的。因此，那种指责布鲁克斯、沃伦把文学批评与作家意图割裂开来的观点，纯属乃不实之词。

二　情节的构成及其功能

（一）情节的基本构成及划分

为了阐发对情节基本构成的独特理解，布鲁克斯、沃伦沿着“必须坚持要求把动作和情节明确区分开来”① 的思路继续前行，二人提出了一对概念，即动作的“自然阶段”（natural stages）和情节的基本构成。

---

① ［美］布鲁克斯、沃伦编著：《小说鉴赏》（中英对照），主万等译，世界图书出版公司2006年版，第42页。

所谓动作的“自然阶段”，布鲁克斯、沃伦把它划分为：“开始阶段”（the beginning）、“中间阶段”（the middle）、“最高度的紧张状态”（the point of highest）以及“结尾阶段”（the end）。与此相对应，布鲁克斯、沃伦把情节的基本构成区分为“破题”（exposition）、“开展”（complication）、“高潮”（climax）、“结局”（denouement）。

在介绍布鲁克斯、沃伦情节构成的基本理论之前，首先对所谓动作的“自然阶段”一词做一简要说明。

动作的“自然阶段”一语，是布鲁克斯、沃伦为了区分“动作”与“情节”而自创的一个词语。与这对概念相关的说法还有“动作顺序”和“情节顺序”。所谓“动作顺序”，其实就是指“它的所有组成部分都按照它们真实的年代先后排列的顺序”①，可以按英语26个字母的顺序依次排列；而所谓动作的“自然阶段”，其实就是动作的开始、中间和结尾三个阶段，它们是“严格按照年代先后排列的”②。

很显然，动作的“自然阶段”（即开始、中间和结尾），不能直接变成为情节，而必须“通过情节方式得到处理”。因为动作的“自然阶段”的先后顺序到了小说中必然“被打乱”，而且其中的所有事件也“没有全部采用”。为此，布鲁克斯、沃伦概括出了小说情节的四个基本构成（阶段），即破题、开展、高潮、结局，并做了仔细阐发。在《小说鉴赏》一书的“重要词汇”部分，二人又对这四

① ［美］布鲁克斯、沃伦编著：《小说鉴赏》（中英对照），主万等译，世界图书出版公司2006年版，第43—44页。

② 同上书，第44页。

个概念做了专门解释。①

布鲁克斯、沃伦认为:“情节的开始阶段叫作破题——即对小说将要由此得到发展的那些假设加以‘阐明’。”②“破题(exposition):给予读者关于故事的‘动作’开始之前的人物和事件的必要信息。”③

小说情节的“中间阶段叫作开展,亦即趋于复杂的过程,因为它在通向稳定的过程中遇到日益增多的困难。……小说之所以令人感兴趣,就在于遇到了各种阻力,再加以克服(或者克服不了)——就在于有如下述的逻辑推理的结果,必须使阻力引起了许多反应,于是回过头来又遇到了(或者又产生了)新的阻力,需要加以对付”④。“开展(complication):人物和事件之间的相互影响,为故事原始状况制造出张力,提出问题。”⑤

“正当某些事情不得不发生,某些事情不得不垮掉的时候,情节却愈益复杂地朝着某一时刻、某一事件移动。只要小说一转向它的解决方向发展,这一时刻就达到了最高度的紧张状态。这就叫作——高潮。因此,这篇小说就成为说明矛盾合乎逻辑地经过相当错综复杂的几个阶段不断得到发展的一篇小说了。” “高潮(climax):一个上升的序列的最高点。比如,在小说中,是指矛盾中的各个力量达到最激化的一点。”⑥

小说情节的“结尾阶段——结局——给予我们的,就是矛盾发

① 参见[美]布鲁克斯、沃伦编著《小说鉴赏》(中英对照),主万等译,世界图书出版公司2006年版,第638—639页。

② 同上书,第45页。

③ 同上书,第639页。

④ 同上书,第45页。

⑤ 同上书,第638页。

⑥ 同上书,第45、638页。

展的结果，问题的圆满解决，以及建立了一种新的稳定的基础。当然，我们知道，刚才达到的那种稳定所赖以寄托的基础，可能只是暂时性的，最后‘小伙子搞到了姑娘’的小说，我们知道，除了神话故事里‘从今以后他们就过着美满幸福的生活’那种老套式以外，要是所有的矛盾，所有的斗争，所有的难题都解决不了，那姑娘自然也不会开这金口的。结局只不过给我们解决了某一个具体行动——求婚——那就是作者选定要讲述的这个故事”①。“结局（denouement）：情节的最后结果。有时与高潮一致。”②

通览布鲁克斯、沃伦关于小说情节基本构成的理论，似乎没什么新鲜的思想，动作的“自然阶段”和情节的基本构成的区分好像也了无新意（动作的开始阶段与情节的破题相对应、动作的中间阶段与情节的开始和高潮相对应、动作的结尾阶段与情节的结局相对应），但如果我们仔细分辨的话，我们绝不可以把动作的开始阶段与情节的破题相对应，也绝不可以把动作的中间阶段与情节的开始和高潮画等号，更不能认为动作的结尾阶段与情节的结局就是一回事。

布鲁克斯、沃伦之所以花不小篇幅阐发小说情节的四个阶段，就是为了严格区分情节与动作。这一部分的核心思想就在于，他们极力强调两个方面的内容：第一，小说情节与自然动作不可相提并论，前者是对后者的加工改造，后者是前者的素材。这一思想与一般小说理论家将情节与故事（或情节与事件）分别对待的观点，应该说毫无二致，基本上没什么新意可言。第二，强调小说情节中许多不同事件之间的逻辑关联，强调小说情节内部的运动和变化因素，

① ［美］布鲁克斯、沃伦编著：《小说鉴赏》（中英对照），主万等译，世界图书出版公司2006年版，第45页。

② 同上书，第639页。

正是这些运动或变化的要素，赋予小说情节以生命并使之成为“一个充满活力的整体”。应该说，这一思想极富创见。

（二）情节各组成部分的“比例”问题及其他

前面，布鲁克斯、沃伦二人区分了动作的“自然阶段”与情节的基本构成，并对情节的各个组成部分做了一些说明。同时，二人还对情节各个组成部分的作用也做了提纲挈领式的阐发。他们认为，“开展”（complication）的功能在于，“为故事原始状况制造出张力，提出问题”；使小说中“矛盾中的各个力量达到最激化的一点”，则是“高潮”（climax）的作用所在；而结局的作用则在于，使小说中各种矛盾暂时得到解决并“建立了一种新的稳定的基础”①。

接下来，布鲁克斯、沃伦对情节各个组成部分之间的“比例”关系进行了专门论述。首先，他们断然否认情节“各个组成部分之间会有什么特殊的比例”② 的说法。他们认为，情节各个组成部分之间的“比例可不是机械地规定下来的。它取决于这一篇具体的小说的素材和作家打算利用这些素材写成哪一类小说。我们在阅读作品时，一定要想方设法了解情况的需要（try to sense the needs of the situation），领悟作家的意图（try to understand the intention of the writer）”③。这里，我们需要附带指出的是，布鲁克斯、沃伦不仅对情节的比例问题做了非常精彩的论述，还明确谈到作家创作意图之于情节及其比例关系的决定作用。由此可见，那种认为“新批评”和布鲁克斯、沃伦把文学作品的意义与作者创作意图完全割裂开来的观

---

① ［美］布鲁克斯、沃伦编著：《小说鉴赏》（中英对照），主万等译，世界图书出版公司 2006 年版，第 45 页。

② 同上书，第 46 页。

③ 同上。

点，完全是站不住脚的。

其次，在对情节各个部分的论述中，布鲁克斯、沃伦重点论述了“破题”和“结局”的比例问题。

关于小说“破题”[①] 的比例问题，他们明确指出，受材料特性以及作家意图的制约，在不同小说作品中，破题往往长短不一，可有可无，不能一概而论。他们认为，在有些比较简单的小说中，破题就很短，有的甚至没有破题。但是，“在某些小说中——无论是长篇也好，短篇也好——破题可能要占很大篇幅”。因为“破题”（exposition）的作用在于，它要“给予读者关于故事的‘动作’开始之前的人物和事件的必要信息”，换言之，它要“对小说将要由此得到发展的那些假设加以‘阐明’”。否则的话，读者就很难理解这样的小说。在此类较为复杂的小说中，作家必须交代相关背景，这时候，就需要一个很长的破题，因为“作为危机时刻的背景，过去的经历可能占很大分量，而且，如果说我们要理解这篇小说的话，那我们就一定要理解它所具有的含义。或者我们可能还需要对我们也许很不熟悉的一个特殊的世界有所了解”[②]。比如，契诃夫的名篇《万卡》，小说的基本情节是小万卡给他爷爷写信的动作。为了交代小万卡的简短生平和目前苦难的生活，具体解释他写信的原因，契诃夫不得不用很多“纯属说明性质”的、“冗长”的破题。不如此，读者就很难理解这篇小说。但是，对于这篇仅仅 2800 字的小说来讲，将近 1200 字的破题，使它在结构上显得“非常奇特”，与整个作品

① 布鲁克斯、沃伦所说的“破题”（exposition），其他理论家称为“序幕”，也叫“引子”或“楔子”。一般理论家认为，它是叙事性文学艺术作品情节结构的组成部分之一，通常用于交代人物的历史、人物之间的关系、人物所处的时代背景以及事件发生的原因等。

② ［美］布鲁克斯、沃伦编著：《小说鉴赏》（中英对照），主万等译，世界图书出版公司 2006 年版，第 46 页。

的长度相比“不太均衡”[①]。但是，布鲁克斯、沃伦却对这篇小说赞不绝口，根本原因就在于，就这篇小说而言，这个貌似“冗长”的破题，实为作品的有机组成部分，不仅没有成为累赘，反而成就了作品的“质朴无华”“哀婉动人”。

“结局”在具体小说中的长度，与“破题”一样，没有一定之规。布鲁克斯、沃伦指出：“有时候，一篇小说需要有一个篇幅很长，并精心设计的结局。我们将会看到，《国王迷》在某种意义上说，就是在德雷沃特满不在乎地走到了桥上，大声吼叫，‘割断吧，你们这些穷光蛋’的时候才告结束。不过，在我们充分意识到那个时刻以前，就非得要有很大篇幅和很多文字叙述不可。可是，想一想《沃尔特·米蒂的隐秘生活》这篇小说，它在结尾时却根本用不着多大的篇幅。当然，这一篇小说的篇幅比另一篇小说要长一些，而且内容更为复杂，但即使这样，有一点却是根本不同的，即和类似这样的长度问题毫无关系。《国王迷》是使一个人物性格得到发展的小说，当这种发展已经过去了的时候，它需要一些时间和一些详尽的细节，以便让人们感到作品的分量很重。约翰·科利尔的《埋葬》，正如我们将要看到的，是在小说结尾处方令人震惊地给予揭露。这一震惊就是要害所在。要是我们把那个结局拖得很长的话，我们就会失去震惊感，从而感到作品索然无味了。这篇小说确实包含着分量很重的暗示，但这些暗示并不是需要加以精心安排，它们的分量是由震惊所决定的。”[②]

布鲁克斯、沃伦关于破题“比例”和结局“长度”的阐发，

---

① ［美］布鲁克斯、沃伦编著：《小说鉴赏》（中英对照），主万等译，世界图书出版公司2006年版，第61页。

② 同上书，第46页。

告诉我们：小说的“长相”会因为材料特性及作者用意的不同而不同，没有一定之规，不可机械理解小说情节各组成部分之间的比例关系，也不可简单化地理解情节要素的长度，在情节的基本构成方面从来没有一个“平均数”，一定要根据文本的具体特性做深入的文本分析。这是布鲁克斯、沃伦在情节理论方面给我们的启示。

三　情节的理想境界

对于小说情节的评价，布鲁克斯、沃伦最常用的四个术语是“生动性”“统一性”“连贯性”和“旨趣”。笔者以为，这些术语非常清楚地表明了他们对情节理想境界的美学思考。而且，结合布鲁克斯、沃伦对这四个术语的具体使用情况来看，它们不是简单的平列关系，而是有着不同层次的考虑。具体言之，“生动性”是最基本的要求，“统一性”和“连贯性”次之，“旨趣”则是最高要求。

（一）生动性

在谈到情节的理想境界时，布鲁克斯、沃伦首先提到了它的“生动性”（vividness），因为“一个生动的事实（one vivid fact），可以突然使我们觉得整整一段叙述都是真实可信的”。它有点石成金的功能。好的“事实”、好的“细节”，有一种共同的品质，即“生动性”。“生动的细节（the vivid detail）一抓住人们的想象力，就能产生一种特别鲜明的色调，即一篇小说给人们的‘感受’（feel），而这种‘感受’，这种氛围（atmosphere），就是表明小说含义深邃隽永的一种要素。”①

但布鲁克斯、沃伦又指出，情节动作仅仅具有“生动性”是远远不够的。在该书第一章中，他们曾以美国历史学家弗朗西斯·帕克曼（Francis Parkman，1823—1893）的小说《进攻堡垒》为例，认为它“不过是一篇情节（action）生动的叙述”，只是一篇“轶事”②。“这篇轶事（anecdote）作为故事（action），情节是统一的，因为它提出了问题与解决办法，还因为它有开端、经过和结局（a beginning，a middle，and an end）。我们对结局（outcome）的好奇心得到了满足，不过这个结局并没有充分满足我们对于小说的兴趣（the interest that we bring to fiction）。”为什么呢？因为“这篇轶事记载的情节（action）纯粹是外界的，它没有充分涉及人物及人类行动的动机”③。也就是说，生动的情节，必须与人、与人生、与人性、与人的心灵世界息息相关，而不应“纯粹是外界的”逸闻。

（二）统一性和连贯性

布鲁克斯、沃伦在谈到情节与小说家创作意图密切关系时指出：“当我们一谈到情节（plot）的时候，我们心中所关心的是：作家对

---

① ［美］布鲁克斯、沃伦编著：《小说鉴赏》（中英对照），主万等译，世界图书出版公司2006年版，第43页。

② 在“重要词汇”部分，编著者对“轶事”做了这样的解释：“对于某个事件的简短记述。”（同上书，第638页）

③ 同上书，第5页。上引中译本的这段文字，多处将原文中的“action”译为“情节”，我们以为是明显的误译。根据上下文语境，布鲁克斯、沃伦在这一部分的讨论中，旨在区分“轶事”（a piece of action，它只有“动作”，没有“情节”）与“小说”（a piece of fiction，它对“动作”进行了结构性改造，使其具有“情节”意味），“action”直接译为“动作”较为准确。根据编著者在第二章前言部分对“plot”和“action”的专门区分看，编著者讨论《进攻堡垒》的整个文本中出现的“action”一语，汉译时只能译为“动作”。布鲁克斯、沃伦在该书“重要词汇”部分，称“情节（plot）”为“有组织的动作”（《小说鉴赏》，第641页），可见不可随意将“action”译为“情节”。

于从一个（真实的或想象中的）情节（action）中引出来的一些事实如何加以选择和安排的问题——而这篇小说的统一性（unity）和旨趣（significance），就是由这种选择和安排所决定的。所以说，情节无非就是对于动作富有意义地加以使用而已（plot，then，is the meaningful manipulation of action）。一篇作品的讲述人，不管他是随便闲扯也好，还是在一本正经地写一部小说也好，不可能把情节（action）中所包含的许许多多事实（facts）通通都用上去。他必须选择他觉得对他特定的目的有用的那些事实（facts）。”① 也就是说，选择哪些事件、对这些事件如何安排，决定了一篇小说的“统一性和旨趣”。这里，布鲁克斯、沃伦把情节的“统一性”和“旨趣”并提，给读者的印象，它们似乎是一个层面的。但在笔者看来，把“统一性”（unity）和“旨趣”（significance）分层考察，才比较恰当。下面，我们就分层论说。

先看所谓“统一性”（unity）问题。

首先必须指明的是，中文译名所说的“统一性”，其英文原文为“unity”。“unity”这个词，中译时除了翻译成“统一性”，我们也可以翻译为“统一体”“联合”“一致”等。结合上下文语境，我们认为，布鲁克斯、沃伦的“unity”，实际上是在说，小说中的各个组成部分是有机的、完整的，而有机性和完整性之所以得以实现，有赖于小说家的主体性和主观性。因为小说情节是小说家“选择他觉得对他特定的目的有用的那些事实”的结果，是作家“对于动作富有意义地加以使用”而造成的，其中，时时处处都浸透了小说家的情

① ［美］布鲁克斯、沃伦编著：《小说鉴赏》（中英对照），主万等译，世界图书出版公司2006年版，第43页。此段中译，亦可看到译者对“plot”和“action”的明显误译。这些误译，给国内“新批评”传播、研究和运用带来很多困扰。

感、理解和想象。因此，与其把“unity”这个词译为“统一性”，不如译为“统一体”或“整体”更为确当，也更易为人理解。布鲁克斯、沃伦二人对所谓“统一性”（unity）的解释为：“整体或统一的感觉。”① 因此，把“unity”翻译为“统一体”或“整体”似较准确。

解决了“unity”中文译名问题，我们对所谓的“统一性”，也就不再费解了。布鲁克斯、沃伦下面这段文字，我们可以理解为是对“unity”的注脚。他们是这样谈论小说情节的“unity”的：“当我们说‘一部小说（a novel）’‘一则故事（a story）’或‘一个情节（a plot）’的时候，我们就本能地包含了这样一个完整的概念（the idea of unity）。我们所指的就是，许多组成部分，亦即形形色色的个别事件，都已经结合在一起了。首先，就有因果关系这个问题。在任何一篇小说中，我们都指望能发现从一件事情引起了另一件事情。如果说我们根本发现不了它们之间所包含的任何合理的关系，如果说反正什么‘逻辑推理’都不存在的话，那么，我们就会失掉兴趣（lose interest）。每一篇小说一定要指明它各个组成部分之间的关系的主要实质，因为小说本身就是某一个作家在说明你如何才能理解人的经验的一种方式。”②

这里，我们不得不提及亚里士多德谈及情节“完整性”或“整体性”时那段经典论述：“按照我们的定义，悲剧是对于一个完整而具有一定长度的行动的摹仿（也可能完整而缺乏长度）。所谓‘完整’，指事之有头，有中段，有尾。所谓‘头’，指事之不必上承他

① ［美］布鲁克斯、沃伦编著：《小说鉴赏》（中英对照），主万等译，世界图书出版公司2006年版，第43页。

② 同上书，第44页。

事，但自然而然地引起他事发生者；所谓‘尾’，恰好相反，指事之按照必然率或常规自然而然地上承他事，但无他事跟着发生；所谓‘中段’，指事之承前启后者。所以结构完美的布局不能随便起讫，必须遵照这里所说的方式安排。”① “情节既然是行动的摹仿，它所摹仿的就只限于一个有单一性的，而且是完整的行动，里面的事件要有紧密的组织，任何一部分一经挪动或删削，就会使整体松动脱节。要是某一部分可有可无，并不引起显著的差异，那就不是整体中的有机部分。”② 概言之，所谓“完整”，一是说有头有尾有中段，是说结构上的完整；二是说部分与部分、部分与整体有密切关联，是说逻辑上的完整。这两段文字，长期以来一直为人称道。

与亚里士多德对于情节“完整性”的论述相比，上引布鲁克斯、沃伦谈论小说情节的“unity”的文字，既很好地继承了亚里士多德有机性、整体性和逻辑性（“因果关系”）的思想，又在此基础上做了创造性的发挥：“情节（plot）无非就是对于动作（action）富有意义地加以使用而已。”“一篇作品的讲述人……必须选择他觉得对他特定的目的有用的那些事实（facts）。”“每一篇小说一定要指明它各个组成部分之间的关系的主要实质，因为小说本身就是某一个作家在说明你如何才能理解人的经验的一种方式。”这三处表述，蕴含了一个非常明确而又集中的思想，即小说情节具有明显的主观性。借此，布鲁克斯、沃伦充分肯定了情节所蕴含的小说家对世界、人生和人性独特的理解方式以及艺术上独特的表现方式。正是小说家的主观性，赋予了众多事实（thousands of facts）、一个行动（an ac-

① ［古希腊］亚里士多德：《诗学》，罗念生译，中国戏剧出版社 1986 年版，第 16—17 页。

② 同上书，第 19 页。

tion）以生命。反过来说，如果没有小说家主体情感投射和生命观照的话，那么，一部小说、一则故事或一段情节，就谈不上什么“完整”了，也就无“unity”（“统一性”“整体性”）可言了。因为，正是小说家这个主体，也只有小说家才能赋予小说素材以“统一性”和“整体性”；舍此，小说情节是无论如何也谈不上“统一性”和“整体性”的。

再看“连贯性”（coherence）。

在布鲁克斯、沃伦看来，所谓小说的“连贯性”是指：“一篇小说的各个部分结合在一起，互相连接。连贯的真实性与一篇文学作品的内在连贯性相关。”①

“连贯性”，乃布鲁克斯、沃伦情节理论的核心范畴。在《小说鉴赏》中，他们多次论及小说情节的“连贯性”问题。“所以我们一讨论情节，就使我们回到主题上来，正如在讨论动机的时候，它早把我们引向人物性格问题一样。那才是自然的现象，因为一篇好的小说毕竟是一个整体。它本身是前后一致的。它所表现的想象世界——用我们早已用过的名词来说——就叫作连贯性。”②在这里，是从正面阐发，并提出这一要求的；在另一处，在论及本章所选的小说时，他们又从反面论述，“我们将会看到一些实例，其中一些事件并不是按照重要顺序排列的，而且并没有把人的价值充分体现出来——总而言之，在这些实例中，情节是连贯不起来的”③。

出于对文学创作和批评的稔熟，布鲁克斯、沃伦经常以“连贯

---

① ［美］布鲁克斯、沃伦编著：《小说鉴赏》（中英对照），主万等译，世界图书出版公司2006年版，第638页。

② 同上书，第46页。

③ 同上书，第47页。

性”来衡量文学艺术作品的高下。

布鲁克斯、沃伦意识到，要讨论小说情节的“连贯性”问题，不能就事论事、就情节而谈情节，而必须从它在小说整体中的地位、作用以及它与其他小说要素（诸如人物性格、小说主题等）的相互关系中得到解释。布鲁克斯、沃伦明确指出：“我们将会就我们在本书中所读到的小说提出一些问题来。例如，情节是不是连贯的？它的意义在哪里？如果说它毫无意义的话，那它又是在哪一方面失败的？换句话说，我们一定要经常思考情节同人物和主题的关系问题。”① 概言之，小说情节“连贯性”的实质在于，一是强调情节各组成部分之间的关系，应该是一个前后相续的有机整体；二是强调情节与人物性格、小说主题之间的关系。

就诗而言，它的“连贯性”与小说有所不同：“但是否认一首诗的连贯性（the coherence of a poem）反映在‘真正意义’的逻辑释义中当然并不等于否认诗歌的连贯性（coherence to poetry）。相反，这样做等于说诗的连贯性要到别处寻找。一首诗所独有的整体感在于将各种态度统统纳入一个等级结构，使之附属于一个整体的、起主导作用的态度。”②

可以说，“连贯性”是布鲁克斯、沃伦构筑其情节理论的“阿基米得点”，是他们小说理论的核心范畴，深入剖析“连贯

① ［美］布鲁克斯、沃伦编著：《小说鉴赏》（中英对照），主万等译，世界图书出版公司2006年版，第47页。

② ［美］布鲁克斯：《精致的瓮：诗歌结构研究》，郭乙瑶、王楠、姜小卫等译，上海人民出版社2008年版，第192页。这一段文字，还有一种译法：“一首诗的前后连贯是反映在‘真实意义’的一种逻辑解释之中的，当然否认这种现象并不就是否认了诗的前后一致；更确切地说，这种连贯性还可以在别处求得。一首诗富有独特的统一感（或整体感），在于将各种思想感情统一到从属于整体的主导的这一思想感情的组织层次之中，即使那些偶尔可能既具有逻辑统一又具有诗意统一的诗歌也是如此。”（赵毅衡编选：《“新批评”文集》，中国社会科学出版社1988年版，第200页）

性”，有助于我们准确地把握布鲁克斯、沃伦小说情节理论的精髓。

（三）旨趣

所谓情节的“旨趣”（significance），是对情节的最高要求。这实则是在探讨小说情节与主题之间的关系。

我们知道，小说虽然离不开故事，但不能只有故事。小说的情节不只是告诉读者发生过的一个事件或一系列事件，事件背后要有某种“意思”或“意义”。一篇小说，如果故事或事件背后没有什么“意思”，即便是再有趣，也不会是一篇好小说；好小说情节的背后，一定要有点“什么东西”，正是这背后的“什么东西”吸引了读者的注意，激发了读者对生活的想象和思考。我们一般人称为“意义”“意思”或“意味”。布鲁克斯、沃伦则称为“significance”，中译本将这个单词译为“旨趣”。

这个“旨趣”，听起来颇有些费解，不知何意。查《小说鉴赏》的英文版，发现中文译名“旨趣”的原文为“significance”。这个英文单词，一般情况应翻译为“意义”“意味”或“重要性”，中译本将它译为“旨趣”，并不是很妥帖，若改译为“意义”或“意味”就更恰当、更明白了。

关于情节的“significance”，布鲁克斯、沃伦在《小说鉴赏》第二章“情节”的批评理论部分（即前言或称为理论概述）多次提及：“一个情节的发展只要显示它合乎逻辑推理，那它早已在显示出它的旨趣（significance）来了——它正在告诉我们，或者正在向我们显示——有关人的品行的某些东西。从这种逻辑推理引出来的结论，给予我们的，不仅仅是小说中叙述的某种个别经历的评估，而且还是从中概括出来的总的评估。”[1] 这“总的评估”因其“常常超出了某一个具体行动范围”和“某种个别经历的评估”的范围，而具有特殊的“significance”。概言之，布鲁克斯、沃伦所谓小说情节的“significance”，意在把我们引向情节与主题的关系的思考（或者说，“significance”直接把我们引向小说的“主题”），即“一种关于经验方面的见解”“一种意味深长的启发”[2]，而“这种含义的表达方式，可以因每一个实例而各有不同。可以有一段非常清晰的、相当完整的概述……或者一篇小说也可以运用象征手法，这样，当我们将要在小说结尾处读到我们的评价时，就可以回过头来再去解释这种说法了。即使小说结尾似乎只能使那些事件了结，并避免做出解释，我们将发现这篇小说（如果它是一篇成功的小说）会使我们去回顾小说本身所包含的某些基本特性；而且我们还将发现那种特性可能不知不觉地已经改变了我们的感情和态度”[3]。

不仅如此，在《小说鉴赏》的批评实践部分（即文本讨论部分），布鲁克斯、沃伦经常追问情节的“significance”（“意义”或“意味”）问题。他们认为，小说不能就事论事，小说情节不应该局限于那些奇人怪事，小说对人物的描写以及对人物经历的叙述一定要超越个别事件和个别行动，从而具有特定的意义（significance 或 fictional meaning）。为此，他们认为，契诃夫的《万卡》之所以是成功的，就是因为它的情节结构“非常奇特”：小万卡“写信的动作”构成了“这篇小说的主要情节”。随后，小万卡把一封地址不明的信件塞进信筒后，满怀希望地睡着了，梦中他听到祖父念他的信件，

① ［美］布鲁克斯、沃伦编著：《小说鉴赏》（中英对照），主万等译，世界图书出版公司 2006 年版，第 45 页。

② 同上书，第 46 页。

③ 同上书，第 45 页。

小说戛然而止。布鲁克斯、沃伦指出："假定用另一种写法，只是大致按年代顺序，历叙万卡一生中的所有苦难，直到圣诞节的前夜，他独自一人待在那个阴暗寒冷的小屋里做祷告。要是这样描写，这篇小说根本就毫无小说味道了，充其量只不过是一篇充满感伤气氛的速写。"①

安布鲁斯·比尔斯的《鹰溪桥上》之所以是失败的，就在于其情节的设置不"合乎情理"。因为它仅止于满足呈现主人公贝顿·法夸——"这个行将死去的人的感受"，而且在呈现主人公"感受"的过程中还使用障眼法故意"不让读者知道"这件事（是一种幻觉），在最后一个自然段才交代说"贝顿·法夸死了"。由此，布鲁克斯、沃伦认为，"我们现在姑且认为这篇小说从心理描写上来说是站得住脚的"，但"《鹰溪桥上》的情节……并不具有虚构的意义"②。这里，在论及《鹰溪桥上》的情节问题时，布鲁克斯、沃伦实际上借此谈到了小说的本质问题。他们认为："从根本上来说，小说就是与人物有关的。小说中有许多饶有兴味的东西，其中我们最感兴趣的，就是对人物及其经历所做出的富有人性的描写。不论是普通的还是特殊的人物或人物的经历，都引起我们的兴趣。这是因为那些普通的人物及其经历会引起我们的共鸣，而那些特殊的人物

① ［美］布鲁克斯、沃伦编著：《小说鉴赏》（中英对照），主万等译，世界图书出版公司2006年版，第60—61页。

② "虚构的意义"一语译自"fictional meaning"，结合上下文语境，"fictional meaning"似应译为"小说的意义"，这样才更符合原作者的意思。因为后面紧接着说："心理上的怪癖或者说是'实例研究'，也应该对人做出一种有意义的评价，应该开阔和加深人们的思想，只有这样，才能被人们看作一篇小说。"布鲁克斯、沃伦在这里，谈及情节之于小说的本质具有决定性的意义，或者说，小说的本质对于情节的设置是有特定要求的，那就是超越于个别性之上，达到普遍性的水平，亦即个别性与普遍性的完美统一。

及其经历，则使我们醒悟过来，对新的可能性表示惊讶。”[①] 也就是说，小说中那些个别的人物及其经历，之所以能引起广大读者的兴趣，是因为作家对他们“做出了富有人性的描写”。作家“不应该局限于那些奇事怪人，或者那些悲欢离合的事件”就事论事，而不能自拔。小说中“那些特殊的人物及其经历”必须与读者的人生发生密切的联系。这样的见解，是非常深刻的。

第二节　布鲁克斯、沃伦小说情节分析之批评实践

如果说，在《小说鉴赏》第一章至第四章的“章节引言”部分，布鲁克斯、沃伦只是提出了他们对于小说的基本理解，那么，在选文后面的“文本讨论”部分，则是他们对于批评理论的应用和实践。通过全面系统地研读《小说鉴赏》一书，我们发现：“文本讨论”部分对于批评理论的具体运用，既有遵循的一面，也有补充、修正、丰富、完善和超越的一面。在本书每一章的第二节，笔者拟对布鲁克斯、沃伦的小说批评实践逐一展开论述。本书第二章、第三章，亦将循此体例，不再一一说明。

细读文本，可以发现，《小说鉴赏》第二章“文本讨论”部分的不少内容，是对前面“章节引言”部分的具体运用。比如，在第二章“文本讨论”部分分析契诃夫《万卡》时，对于这篇小说“冗长”的破题及其艺术效果的分析，显然是对前面“理论概述”部分中有关“破题”理论的具体运用。

---

① ［美］布鲁克斯、沃伦编著：《小说鉴赏》（中英对照），主万等译，世界图书出版公司2006年版，第78页。

在本节中，我们的重点不是讨论布鲁克斯、沃伦在该书第二章“文本讨论”部分如何直接运用前面“理论概述”部分所提出的理论，而是把关注点放在：第二章“文本讨论”部分对前面“章节引言”部分有哪些超越，有哪些新的批评思想。通过文本调查，笔者发现，“文本讨论”部分的关键词为“巧合”与“结尾”，这些批评范畴，布鲁克斯、沃伦在前面的“章节引言”部分并未提及。从讨论部分的文本分析来看，他们具体的小说批评实践，是对前言部分批评理论的运用。但是，这种运用，又不囿于前述情节理论，而是根据所选文本的具体特性，在运用已有理论的同时又做了创造性发挥。下面，分而述之。

一　情节的巧合：摆脱困境的权宜之计还是合乎情理的必然

一般而言，小说情节离不开巧合，所谓“无巧不成书”就是此意。但是，在小说创作中，哪一类作品需要巧合，哪些小说尽量不用或少用巧合，这些都需要认真思考。《小说鉴赏》中第二章的“文本讨论”部分，在分析欧·亨利《带家具出租的房间》、科利尔《埋葬》时，布鲁克斯、沃伦对于小说情节中的“巧合”做了非常认真的思考和深入的讨论。对这些作品中出现的“巧合”，布鲁克斯、沃伦分别做出了不同的评价。他们认为，有些作品中的“巧合”是可以接受的，但有些“巧合”是“决不可取的”。另外，在《小说鉴赏》其他章节，当编著者讨论《侨民》《好人难寻》等作品时，也涉及巧合问题。这里，我们主要分析他们对《带家具出租的房间》《埋葬》中有关巧合的讨论以及关于巧合问题的思考。

在《小说鉴赏》“重要词汇”部分，布鲁克斯、沃伦专门对“巧合（coincidence）”做了阐发：“某些事件凑巧地发生。一方面来说，巧合在小说中的运用是不可避免的，任何故事的原始状况就可能定义为一个巧合。但是一般来说，在解决小说虚构的问题时，巧合的运用是不合逻辑的，也就是说，某个情节的结局，与之前叙述的事件之间没有逻辑联系。”① 布鲁克斯、沃伦认为，小说中的“巧合”经常演变为一种“意外结局”（surprise ending）②。

在对欧·亨利《带家具出租的房间》的讨论中，布鲁克斯、沃伦对这个短篇中的“巧合”是持否定态度的。我们先看一下《带家具出租的房间》的故事梗概。小说由两部分组成，第一部分是小说的主体部分：写男主人公为寻找自己的女友，住进“一个带家具出租的房间”后，闻到了一种木樨香味；他去问女房东，他的女友是否在这个房间住过，得到否定回答；他回到房间后，打开煤气自杀了。第二部分很短，在女房东与她朋友的交谈中，给读者透露了事情的原委：一个星期之前，男主人公的女友就是在同一个房间，用同样方式（用煤气自杀）结束了生命的。

茫茫人海，偌大的纽约，一周前，一个女子住进那个“带家具出租的房间”，一周后，寻找她的男主人公也住进同一个房间，这本身就很是巧合了。更巧的是，一周前，女主人公在床上用煤气自杀，一周后，寻找她的男友也在同一张床上用同样的方式结束了自己的生命。对这样的双重巧合，布鲁克斯、沃伦发问道：“是什么东西把这篇小说的两个部分连成一起的？”那显然是“巧合”了。那么，“欧·亨利认为必须用这样的方式来处理这个故事，原因是什么？……这个情节的中心思想是什么？”③ 也就是说，小说不存在可

① ［美］布鲁克斯、沃伦编著：《小说鉴赏》（中英对照），主万等译，世界图书出版公司2006年版，第639页。

② 同上书，第642页。

③ 同上书，第54页。

不可以用“巧合”的问题，而在于作家运用“巧合”的动机是什么，在于“巧合”是否合情合理。在布鲁克斯、沃伦看来，情节中的“巧合”，既要与人物性格有关，又要牵涉小说的主题。《带家具出租的房间》中男主人公自杀这件事（与一周前他的女友相比，用同样的方式在同一个房间自杀），无论从男主人公的行为动机还是他的性格方面考察，均缺乏足够的心理依据。那么，欧·亨利为什么要用“巧合”的方式，把小说的两部分连缀起来呢，作家的创作意图是什么呢？布鲁克斯、沃伦认为，欧·亨利使用这样的“偶然的巧合”，是为了“帮助作者摆脱自己的困境”，“企图弥补小说本身所缺乏的逻辑性，亦即作品的连贯性”，这在客观上产生了“捉弄读者”① 的效果，是非常不可取的。

由此入手，布鲁克斯、沃伦发挥道：“巧合经常会在现实生活中发生，有时甚至还是相当惊人的巧合；而且，在某种意义上说，每一篇小说都建立在巧合之上——也就是说，某些特定的事件会碰巧在一起发生，例如，这样一些人物就在这样一个时刻，这样一种情况之下碰巧会见了。但是，由于小说同人物和行动的逻辑之间关系极大，巧合——要是它纯然不符合逻辑推理的话——在小说中也就毫无地位可言。真实比虚构更要令人不可思议，因为真实是‘真的’——根据它自己的优点是可以接受的——但是，小说中的纯然发生的事件，正如我们已经看到的，一定要根据和小说中其他要素的逻辑关系，并根据意义是否深刻，等等，才能证明自己真实可信。巧合要是用来解决小说中的某个问题——例如，帮助作者摆脱自己

① ［美］布鲁克斯、沃伦编著：《小说鉴赏》（中英对照），主万等译，世界图书出版公司2006年版，第56页。

的困境，那当然是决不可取的。”[1] 这里，布鲁克斯、沃伦深刻地指出，小说情节中“巧合”的必然性，涉及什么样的“巧合”是可以接受的，什么样的“巧合”是“决不可取的”，反对那种“为巧合而巧合”的花招，“巧合”必须建立在一定的生活逻辑、情感逻辑和性格逻辑的基础之上。

如果说，对于欧·亨利《带家具出租的房间》中的巧合，布鲁克斯、沃伦是批评的、不赞成的，那么，他们对于科利尔《埋葬》中的巧合，则持肯定态度。这篇小说的故事梗概如下：兰金大夫（50 岁）与艾琳（30 岁左右），是一对老夫少妻。一个是老实巴交、正经八百的丈夫，一个是水性杨花、有些放荡的女子。艾琳的放荡，使镇上的人们经常在背地里嘲笑兰金大夫。巴德和巴克是镇上的年轻人，他们不仅经手卖给大夫地产，还知道艾琳许多风流韵事。一天，艾琳独自出门拜客去了，兰金大夫在自己家的地窖里把地坪上的一大块破窟窿铺一层水泥，免得老是冒地下水。来约兰金大夫去钓鱼的巴德和巴克，看到新铺的一层水泥，就与大夫打趣：“是在把你的一个病人埋掉，还是干别的什么事呀？”这篇小说也分作两个部分。第一部分，相当于一个很长的“破题”，占去了十分之九的篇幅，两个年轻人——巴德和巴克在兰金大夫家的地窖里，在与兰金大夫打趣的同时，告知大夫许多艾琳的往事；还时不时地暗示说，水泥地坪下面埋的不是地下水而是艾琳。听了巴德和巴克的一些玩笑话，老实巴交的兰金大夫内心世界发生着剧烈变化：知道艾琳真相的兰金大夫“弄得很窘”—困惑—气愤—困惑—“说话显得很吃力”。第二部分，很短，写巴德和巴克离开后，艾琳因为没有赶上火

---

① ［美］布鲁克斯、沃伦编著：《小说鉴赏》（中英对照），主万等译，世界图书出版公司2006 年版，第 56 页。

车，回到了家里。艾琳问大夫："你手头那个零活儿弄完了没有？"大夫回答："恐怕我还得从头再弄一遍。快下来，我的宝贝，让我看看你。"小说戛然而止。小说到底"埋葬"了什么，是怎么"埋葬"的，均未给予直接展示。

布鲁克斯、沃伦分析道："这篇小说的意图，在于说明生活中本来就有一些相当冷酷无情的小笑话，但最好的办法就是承认它们，并对它们加以嘲笑。甚至偶然巧合的事实——巴德和巴克刚好顺便路过来串门，艾琳恰巧又没有赶上火车，谁都没有看见她穿过牧场走了回来——也都是和喜剧性效果前后一致的。由于令人可笑的生活正在发生作用，这些巧合我们都是承认的——因为正是生活中的不合逻辑性，才给我们提供了喜剧的题材。可怜的艾琳，以及其他人物，都被卷进了那些未必会有的巧合和始料不及的转变之中，我们对这一事实只好报之以一笑。不过由于缺乏感染力，无法使我们产生同情。作者采用了平心静气、超然物外、冷眼旁观地报道的一种语调。我们并没有被引入人物情境之中。至于没有写出严肃和受苦过程，这一事实只不过使这个喜剧的语调略感严峻尖刻而已。"① 在布鲁克斯、沃伦看来，我们读者之所以接受了《埋葬》这篇小说中"那些巧合和巧妙的结尾"，是因为小说中的那些"巧合"（诸如巴德和巴克刚好顺便路过来串门，艾琳恰巧又没有赶上火车，谁都没有看见她穿过牧场走了回来等）不是为了巧合而巧合，也不是为了解决作家创作中的某种困境，因其"同人物和行动的逻辑之间关系极大"，直接造成了兰金大夫内心世界的风暴。

除了专门针对欧·亨利《带家具出租的房间》和科利尔《埋

① ［美］布鲁克斯、沃伦编著：《小说鉴赏》（中英对照），主万等译，世界图书出版公司2006年版，第69页。

葬》阐发他们关于“巧合”的审美思考以外，布鲁克斯、沃伦在该书第三章和第四章，对于麦卡洛斯的《侨民》和奥康纳的《好人难寻》，布鲁克斯、沃伦分别问道：“（《侨民》中）费里斯翻通讯录与偶然看见伊丽莎白这两件事之间有什么关系？可否说这一偶然发现改变了他对纽约的看法（设想一下，如果把这事当作故事的开头，会失去些什么）？”[①]《好人难寻》“这篇小说可以分成两部分——第一部分篇幅较长，写旅行的情况；遇到那个‘不合时宜的人’以后，是小说的第二部分。请思考一下，这两部分是通过什么东西合成一体的？这样的结合与小说的主题有何联系？我们或许会说，这样的结合纯属巧合——一家人遇到了意外的事，而偏偏在这时，那个‘不合时宜的人’正好路过。我们曾经说过，在一般情况下，依靠巧合构成的小说是失败之作。这篇小说的情况又如何呢？这篇小说里确实有巧合，但这种巧合是否和主题有联系”[②]？这些提问，对于我们理解小说的情节、理解情节与人物性格的关系、理解情节与主题及作家创作意图的关系，都极有帮助。

后来，英国小说家、批评家戴维·洛奇在《小说的艺术》（1992）中，专章讨论了小说中的“巧合”问题。他认为，巧合作为一种结构手段，已经受到很多作家的青睐，但“过于依赖巧合会破坏叙述的真实性”。“小说中巧合的多寡会因时而异，因风格而异，而且与作者本人对此的把握程度有关。……我在《小世界》中就大量运用巧合，而在《美好的工作》中则用得较少。”戴维·洛奇认为，在有喜剧性的作品中多用巧合，而在严肃性作品中，“巧合在整

---

① ［美］布鲁克斯、沃伦编著：《小说鉴赏》（中英对照），主万等译，世界图书出版公司2006年版，第180页。

② 同上书，第300页。

个情节中越少越好”[①]。戴维·洛奇主张小说家不要“过于依赖巧合”的观点，是正确的。他关于“巧合”因时、因风格、因人而异的见解，也不无道理。但他戏剧性作品多用巧合、严肃性作品“越少越好”的主张，只是对一个作家（詹姆斯）和他个人创作的总结，大可值得商榷。相比而言，布鲁克斯、沃伦对于“巧合”之合理性、逻辑性和连贯性的论述，他们对“巧合”“一定要根据和小说中其他要素的逻辑关系，并根据意义是否深刻等等”的要求，早已达到他人尚未企及的高度。

二　结尾的艺术：出人意表的花招还是合乎人物性格的发展

小说情节中的“巧合”与“结尾”往往是一体两面，研究小说“巧合”必然会涉及小说“结尾”。小说结尾的重要性，无论对于作家创作，还是对于读者欣赏，都显得极为重要。小说家如果不对小说结尾进行精心设计，必然会出现“开头颇有点气魄，可是后劲不继，到了结尾就松松垮垮了”“结尾颓唐足以置你小说于死地”[②]；欣赏者和批评家，若不对小说结尾进行深入体察，肯定会空手而归。

深谙小说艺术规律的布鲁克斯、沃伦，在《小说鉴赏》第二章，讨论小说情节“巧合”的同时，他们还对小说结尾的艺术，进行了深入的美学思考；在文本批评的基础上，提出了很多发人深省的问题。他们认为，判断小说结尾成功与否的关键在于，看它是作者为摆脱创作困境的权宜之计，还是“合乎逻辑推理的、意味深长的故

---

① ［英］戴维·洛奇：《小说的艺术》，王峻岩等译，作家出版社 1998 年版，第 165、167 页。

② ［美］F. A. 洛克威尔：《怎样避免后劲不足》，F. A. 狄克森、S. 司麦斯合编《短篇小说写作指南》，朱纯深译，辽宁教育出版社 1998 年版，第 214 页。

事发展”。前者，乃是失败的结尾；后者，才是成功的典范。在展开本部分之前，我们不妨从美国短篇小说家欧·亨利及其小说结尾说开去。

欧·亨利，原名威廉·西德尼·波特（William Sydney Porter），堪称全世界最多产的短篇小说作家（其发表300多篇短篇小说，且均是在其一生的最后10年完成的），是美国最著名的短篇小说家之一，曾被评论界誉为曼哈顿桂冠散文作家和美国现代短篇小说之父。欧·亨利的一生颇具传奇性，他当过药房学徒、牧牛人、会计员、土地局办事员、新闻记者、银行出纳员等。当银行出纳员时，因银行短缺了一笔现金，为避免审讯，离家流亡中美洲的洪都拉斯，后因回家探视病危的妻子被捕入狱（1898年2月），并在服刑期间开始认真写作。1901年提前获释后迁居纽约，并一直靠写小说谋生。因经济上的压力，不得不以高频创作（曾与《纽约世界星期天》杂志签约，1903—1905年，每周发表一篇短篇小说）换取稿酬。后因积劳成疾，于1910年6月5日去世，享年48岁。①

欧·亨利善于描写美国社会尤其是纽约百姓的生活。其代表作有小说集《白菜与国王》《四百万》《命运之路》等。其中一些名篇如《爱的牺牲》《警察与赞美诗》《带家具出租的房间》《麦琪的礼物》《最后一片藤叶》等使他获得了世界声誉。欧·亨利的小说构思新颖、语言诙谐，结局常常因突然转折而出人意料，以至于“欧·亨利式结尾”一词，已成了小说艺术的关键词。所谓“欧·亨利式结尾”，通常指短篇小说大师们常常在小说情节结尾时突然让

① 本部分一些数据，主要来自潘幸龙著《新视角下的欧·亨利及其作品》（上海三联书店2011年版）第一章“命运多舛的一生”。

人物的心理情境发生出人意料的变化，或使主人公命运陡然逆转，出现意想不到的结果，但又在情理之中，符合生活实际，从而造成独特的艺术魅力。这种高超的结尾艺术，在欧·亨利本人的作品中有充分的体现。

《警察与赞美诗》发人深省：一无所有、露宿街头的流浪汉索比为了应对即将来临的严冬，千方百计地想犯法，以便达到去布莱克维尔监狱度过寒冷冬天的企图。令人忍俊不禁的是，往往事与愿违，他屡次故意犯法，警察都视而不见，而当他忽然良心发现，准备洗心革面重新做人之时，警察却不由分说地将他逮捕了。就这样，索比终于实现了去布莱克维尔监狱度过严冬的“梦想”。

《麦琪的礼物》描写纯真浪漫的爱情：在圣诞节来临之际，一对贫贱夫妻为了互赠圣诞礼物，妻子卖掉了一头秀发，为丈夫买来了一条白金表链，而丈夫却卖掉了金表为妻子买来了一套发卡，当他们都拿出各自的礼物时，却发现这些礼物都失去了各自的用场，虽然他们都牺牲了自己最宝贵的东西，但他们纯真美好的爱情却得以升华。

“欧·亨利式的结尾”，在国内学术界一直享有崇高的声誉，受到不少人追捧。有研究者称其短篇小说既是“美国历史的艺术见证人”，又不乏“对小说整体篇章结构的精妙设计”，“具有长久的艺术生命力”①。但在美国社会，对欧·亨利及其短篇小说却有非常复杂的评价，可谓众说纷纭、大起大落。有资料显示，欧·亨利逝世后，美国曾设立过“欧·亨利纪念奖”，以纪念他的创作功绩。但是，“在美国，没有哪一位作家像欧·亨利那样在批评界经历了大起

① 桂青山：《欧·亨利短篇小说选·序》，人民文学出版社2003年版。

大落，从人人注目的光环中落入了鲜有人问津的深渊”。美国作家凯瑟琳·富勒顿杰·鲁德早在1916年谈到欧·亨利时就说：“说欧·亨利是短篇小说大师极不恰当。欧·亨利写的不是小说。他写的只是扩展了的逸闻趣事。”在1997年《史密森杂志》上，作家布鲁斯·华森撰文对欧·亨利总结说：“在他1910年去世时，欧·亨利在美国为众作家所仰望。然而，到如今，批评家们只把他看作聪明的雇佣写手。”在美国批评界，甚至有人认为，欧·亨利是“一个不懂小说的作家”，他的故事只不过是一种“程式化的情节建构”①，是个浪得虚名的小说家。

看《小说鉴赏》第二章对小说文本的具体“讨论”（discussion），我们会发现，布鲁克斯、沃伦对“欧·亨利式的结尾”产生了严重的质疑，他们在第一篇“讨论”中就对欧·亨利《带家具出租的房间》中“拙劣的骗局”② 提出了严厉批评，并引出了这一部分“讨论”的主旨（即情节的连贯性、逻辑性与合理性等），并对小说结尾在整个情节中的地位、作用等做了系统深刻的分析和思考。

在他们看来，小说结尾，究竟是作家为了摆脱创作困境、出人意料的花招儿，还是符合人物性格的转折，是判断小说优劣的试金石。结尾，无疑是一篇小说情节发展的完结，但同时又是一个新的“平衡”的开始。它可以是封闭的，更应该是开放的。在很多时候，结尾不仅仅是情节发展的一个最终的平衡点，而是启人深思的“开始”。很多优秀的小说结尾，故事虽然暂时结束了，但却开启了读者

① 潘幸龙：《新视角下的欧·亨利及其作品》，上海三联书店2011年版，第116—117、119页。

② ［美］布鲁克斯、沃伦编著：《小说鉴赏》（中英对照），主万等译，世界图书出版公司2006年版，第56页。

对于人生问题的思考。

如果说《小说鉴赏》第二章的“章节前言”部分，布鲁克斯、沃伦主要阐发了他们对小说结尾的含义及特征、比例和长度等问题的一般性理解①，这些思考对于小说批评具有重要的理论意义。那么，布鲁克斯、沃伦在对欧·亨利《带家具出租的房间》、契诃夫《万卡》、约翰·科利尔《埋葬》、安布鲁斯·比尔斯《鹰溪桥上》、

---

① 首先，在第二章“理论概述”（“章节引言”）部分，布鲁克斯、沃伦从其特有的艺术敏感出发给小说结尾下了这么一个定义：“结尾阶段——结局——给予我们的，就是矛盾发展的结果，问题的圆满解决，以及建立了一种新的稳定的基础。”（《小说鉴赏》，第45页）在“重要词汇”部分，又解释说，结尾是“情节的最后结果。有时与高潮一致”。（《小说鉴赏》，第639页）这里所谓“矛盾发展的结果”“问题的圆满解决”“情节的最后结果”等表述，不能做简单化、绝对化理解，因在他们看来：“小说是进行中的生活的生动体现，它是生活的一种富有想象力的演出，而作为演出，它是我们自我生活的一种扩展。”（《小说鉴赏》，第2页）显然，布鲁克斯、沃伦没有把小说结尾看作所有矛盾、所有问题的结束或解决，而是限定在“某一个具体行动”的范围之内。为此，他们特别强调指出，“当然，我们知道，刚才达到的那种稳定所赖以寄托的基础，可能只是暂时性的”，“结局只不过给我们解决了某一个具体行动”，而不可能是全部行动，也不可能是最终的、彻底的解决。但问题“解决的意义常常超出了某一个具体行为的范围”。一篇小说“推理引出来的结论，给予我们的，不仅仅是小说中叙述的某种个别经历的评估，而且还是从中概括出来的总的评估。一篇成功的小说结尾，常常把一种可取的总的人生观留给了我们”。（《小说鉴赏》，第45页）尤其需要注意的是，布鲁克斯、沃伦反复强调指出，一个“动作”（action）的结局与小说“情节”（plot）的结局，完全是两码事，万万不可把二者等同起来。前者，属于动作的“自然阶段”，布鲁克斯、沃伦称为“结尾阶段”（the end），而后者，布鲁克斯、沃伦则称为“结局”（denouement）；前者，只是指某一个动作暂时的稳定状态，后者则突出强调作家的意图和指向；前者，只是某一个动作的“自然阶段”，而后者因作家创作意图和心理指向的投射，使其已经由个别显现了一般，从而“把一种可取的总的人生观留给了我们”。其次，在第二章“章节引言”部分，布鲁克斯、沃伦主要以《国王迷》《沃尔特·米蒂的隐秘生活》《埋葬》等为例，论述了小说结尾的比例和长度问题。“有时候，一篇小说需要有一个篇幅很长，并精心设计的结局。……《国王迷》在某种意义上说，就是在德雷沃特满不在乎地走到了桥上，大声吼叫，‘割断吧，你们这些穷光蛋’的时候才告结束。不过，在我们充分意识到那个时刻以前，就非得要有很大篇幅和很多文字叙述不可。可是，想一想《沃尔特·米蒂的隐秘生活》这篇小说，它在结尾时却根本用不着多大的篇幅。……约翰·科利尔的《埋葬》，正如我们将要看到的，是在小说结尾处方令人震惊地给予揭露。这一震惊就是要害所在。要是我们把那个结局拖得很长的话，我们就会失去震惊感（sense of shock），从而感到作品索然无味了。”（《小说鉴赏》，第46页）布鲁克斯、沃伦明确指出，小说结尾的比例和长度没有一定之规，而是由具体的小说素材和作家的创作意图所决定的。

艾萨克·巴贝尔《进入波兰》、莫泊桑《项链》、路易吉·皮兰德娄《战争》、路德亚德·吉卜林《国王迷》8篇小说的具体讨论部分，他们不同程度地涉及7篇小说的结尾问题，并有意识地区分了两种结尾，即“耍花招”的结尾与“合乎逻辑推理、意味深长”的结尾。前者以欧·亨利《带家具出租的房间》为代表，后者以莫泊桑《项链》为典范。对于前一种结尾，布鲁克斯、沃伦严厉批判；对于后一种小说结尾，他们不遗余力地给予充分肯定。

在对小说结尾的分类方面，英国著名小说理论家福斯特曾区分过“劲头十足”与“软弱无力”或“结局松散”两种，并认为后一种是很多小说的通病。福斯特分析指出：“造成这种情况的原因有二：首先是劲头未能始终如一，这一点作家和工人同样存在；其次是……人物变得难以驾驭，羽毛丰满了，大有日后要大显身手之概。可惜作家为了按时完成任务，只好依照个人意愿动笔，甚至将自己当作书中人物。尽管他不断提到各人的姓名，还用引号说明他们的情况，但他笔下的人物不是不知去向便是呜呼哀哉了。”① 美国小说理论家约翰·盖利肖认为：“现代短篇小说开端、主体和结尾这三大部分唯一的根本的不同之处，是在其各自的功能。”“结尾部分的主要功能是，向读者描述整篇小说的最后行动，它表现主角（或是主角驱使的某种力量），明确回答了主要叙述问题。”② 正是从小说结尾的功能出发，约翰·盖利肖将它分为“包括的结尾”和“附加的结尾”。他认为，附加的结尾，是作者用“一件意想不到的事”，来让读者“感到吃惊”。其功用在于：“（一）澄清一个

① ［英］爱·摩·福斯特：《小说面面观》，苏炳文译，花城出版社1984年版，第84页。

② ［美］约翰·盖利肖：《小说写作技巧二十讲》，梁森译，北京十月文艺出版社1987年版，第324页。

意义模棱两可的行动；（二）展示一个从未提到过的行动发生了。”[①]

对小说结尾的美学思考，布鲁克斯、沃伦显然比福斯特和约翰·盖利肖深刻得多，也具体得多。这里，他们使用了两组截然不同的术语来表征小说结尾艺术质量的高下：有一种小说结尾，仅仅是“一种权宜之计”[②]“仅仅是一种技巧”[③]（它不是从前面合乎逻辑的发展而来的，给人以突兀感，因而是不合情理的），其目的在于“帮助作者摆脱自己的困境”[④]，因其“本身缺乏逻辑性或连贯性”，只是“牵强附会的偶然巧合”[⑤]，所以也只是“给读者玩了一个花招”。欧·亨利的《带家具出租的房间》、安布鲁斯·比尔斯的《鹰溪桥上》则属于此类。与前一种“耍花招”（trick）的结尾不同，另一种小说结尾是“合乎逻辑推理”[⑥]的，体现了“作品的连贯性”[⑦]，“包含了前面的全部内容”[⑧]，是“合乎逻辑的发展”或是“情节自然发展的结果”[⑨]等。布鲁克斯、沃伦认为，契诃夫的《万卡》、约翰·科利尔的《埋葬》、艾萨克·巴贝尔的《进入波兰》、莫泊桑的《项链》、路易吉·皮兰德娄的《战争》、路德亚德·吉卜林的《国王迷》等皆属此类，并给予高度褒扬。

欧·亨利的小说《带家具出租的房间》，由两部分组成：第一部

---

① ［美］约翰·盖利肖：《小说写作技巧二十讲》，梁森译，北京十月文艺出版社1987年版，第328页。

② ［美］布鲁克斯、沃伦编著：《小说鉴赏》（中英对照），主万等译，世界图书出版公司2006年版，第56页。

③ 同上书，第77页。

④ 同上书，第56页。

⑤ 同上。

⑥ 同上书，第45页。

⑦ 同上书，第47页。

⑧ 同上书，第61页。

⑨ 同上书，第45页。

分是小说的主体部分，写男主人公为寻找自己的女友，住进一个带家具出租的房间后，闻到了一股“浓烈而甜美的木樨香味”，这种香味正是其女友喜爱和特有的；他去问女房东，他的女友是否在这个房间住过，得到否定回答；他回到房间后，打开煤气自杀了。第二部分很短，在女房东与她朋友的交谈中，给读者透露了事情的原委：一个星期之前，男主人公的女友就是在同一个房间、用同样方式（用煤气自杀）结束了生命的。

布鲁克斯、沃伦认为，欧·亨利的这篇小说的前后两个部分，是靠“巧合”结构在一起的，因为年轻人自杀的心理动机没有得到充分的说明，所以这种“巧合”就没有很大的价值或意义；因为这篇小说在人物心理描写方面存在着明显的弱点，所以它的中心思想并不是很清楚。因此，这篇小说的结尾属于“拙劣的骗局（a shabby trick）”。他们认为《带家具出租的房间》：“小说的结尾取决于女房东的谎言。但这一对恋人的命运有没有因为这个谎言而有所改变呢?”这个谎言并不是导致那一对年轻人自杀的原因，其结果是，“这个谎言除了欺瞒读者以外”并没有产生更好的艺术效果。布鲁克斯、沃伦接下来批评指出：“光靠情节的诀窍，小说是写不出来的。惊人的结尾（a surprise ending）可能在一篇最佳小说中间出现，但只有当这种惊人的事物，对读者来说，心里早已做好充分准备，方才恰到好处。这样，继而一想，读者心里立刻明白：这个惊人的结尾，毕竟是从过去引申出来的一种合乎逻辑推理、意味深长的故事发展，而不仅仅是作者为了摆脱自己的困境而采取的一种权宜之计。”①

① ［美］布鲁克斯、沃伦编著：《小说鉴赏》（中英对照），主万等译，世界图书出版公司2006年版，第56页。

在讨论安布鲁斯·比尔斯的《鹰溪桥上》时，他们提出，安布鲁斯·比尔斯《鹰溪桥上》“这篇小说同《带家具出租的房间》《万卡》和《埋葬》一样，其结局出乎人们意料，转折处充满了讽刺意味。这些小说都提出了一个基本问题，即：这种出人意料的结局是否合乎情理；是不是被小说正文所证实；换句话说，这种结局安排仅仅是一种技巧（a mere trick），还是因为它的表现力强（expressive），所起的效果好（funktional）”①？

说到莫泊桑《项链》的结尾，布鲁克斯、沃伦通过比较这部作品与欧·亨利《带家具出租的房间》，做了深入细致的研究，充分肯定了这种结尾的艺术含量。

布鲁克斯、沃伦指出，《项链》“这篇小说也是以突然转折而告终：女主人公在丢了那串借来的项链，因而艰苦挣扎了10年之后，才知道，那些珠宝首饰到头来却是一钱不值的赝品。乍一想，这一意想不到的事情可能就像一个花招，正如《带家具出租的房间》的结尾是一个花招一样。可是，继而一想，就不见得那样了”②。为了确定莫泊桑的《项链》的结尾究竟是不是花招，布鲁克斯、沃伦接连提出了6个问题。

布鲁克斯、沃伦设置的6个问题，主要表达了下列观点：第一，罗瓦塞尔太太借的钻石项链是假的这一事实，莫泊桑并没有把它作为一个发展故事情节的出发点，而只是作为一种手段“姑且利用一下”。也就是说，无论罗瓦塞尔太太借的钻石项链是真是假，对这篇小说的基本意义，都不会有太大的影响。第二，罗瓦塞尔太太丢了

① ［美］布鲁克斯、沃伦编著：《小说鉴赏》（中英对照），主万等译，世界图书出版公司2006年版，第77页。

② 同上书，第89页。

借来的钻石项链后，没有立即和盘托出，是有其深刻的心理原因的。因为她是个很要强、很爱面子的女人，不肯在朋友那儿坦白丢失项链一事，而是买了一条货真价实的项链还给了朋友。换言之，罗瓦塞尔太太丢项链、找项链、买项链、还项链及辛辛苦苦还债等一系列行动，是有其深刻的心理原因的。正是人物的性格，决定着人物的行动。第三，这篇小说的意义，虽然不取决于罗瓦塞尔太太所借项链的真假，但是罗瓦塞尔太太借的钻石项链是假的这一事实，在小说结尾由福莱斯蒂埃太太亲口说出来，确实足以说明罗瓦塞尔太太从前所认可的生活价值是"虚假"的。换言之，钻石项链的"虚假"，恰巧象征着罗瓦塞尔太太从前所认为的生活价值的"虚假"。

第三节　布鲁克斯、沃伦小说情节分析之问题追问

布鲁克斯、沃伦指出，如果要尽可能领会小说的情趣，"读者必须明确，阅读小说也跟生活中大部分的事情一样，例如打网球，经营管理银行，或者养育子女，都要发挥你的才智，让它参与其事，而不采取消极被动的态度"。"读者在阅读时，要尽可能了解得透彻些，这是尽可能发挥想象力来体会小说内容的一个必要方面。理解得不透彻就不可能设想体会。读者应当向自己提出一些诱导性的问题（leading questions），并力求认真地回答这些问题。这些问题不应当只涉及小说的要旨（meaning），而且要涉及它所采用的方法（method）。"① 布鲁克斯、沃伦不仅是这么说的，他们也是这么做

① ［美］布鲁克斯、沃伦编著：《小说鉴赏》（中英对照），主万等译，世界图书出版公司2006年版，第484页。

的。所以，考察他们在每一章提出的“问题”（questions），有着非常重要的意义。

在《小说鉴赏》中，在第一章至第五章的体例安排上，布鲁克斯、沃伦把它分成这样几大块：“章节引言”部分、“小说实例”部分、“文本讨论”部分、“问题提出”部分等。以往的研究者，多把关注和研究的目光集中到前三个部分，没有人关注和研究第四部分即“问题提出”部分，在国内影响巨大的两本“新批评”选集，在译介的时候甚至把这一部分内容直接删掉①，以为它可有可无。但据笔者仔细考察和研究，认为这一部分内容，是布鲁克斯、沃伦文本分析中一个非常重要的组成部分，我们必须予以大力研究。因此，在这里（在本书第二章、第三章，笔者也会单独研究相关内容），笔者对这一部分内容进行专门的分析和研究，以引起学界的重视。

该书第二章“问题提出”部分，共有36道思考题。这些思考

① 比如，赵毅衡编选的《“新批评”文集》所选译的《克丽奥帕特拉的悲悼》（赵毅衡译）和《邪恶的发现——〈杀人者〉分析》（万培德译）两篇文章，布鲁克斯、沃伦原文提出的四个问题均未译出；史亮编选的《新批评》所选译的《论〈纪念爱米丽的一朵玫瑰花〉》《论〈杀人者〉》等，对原作者提出的三个问题，也未译出。具体而言，史亮编选的《新批评》选译的《论〈纪念爱米丽的一朵玫瑰花〉》，对原作者提出的三个问题（如果用第三人称的视角来写这篇小说，将会有何种难处？爱米丽小姐选中被人们轻蔑地称为“北方佬，一个拿日工资的人”作为自己的情人，为什么说这种举动是意味深长的？就其一般的象征性意义，回顾一下《年轻的布朗先生》和《杀手》这两篇作品，能不能说现在这篇小说也像那两篇一样，具有更为普遍的意义——即对当前社会提出了一种象征性的批评？若是，你又如何对此加以论证），均未译出。这里，第一个问题，是从叙事学角度提出的。这个问题的设置表明，在布鲁克斯、沃伦看来，小说作品视角的选取，对小说意义的表达是一个非常重要的问题，它直接影响了意义的设定与主题的传达。第二个问题，是针对小说细节暗含的爱米丽小姐的性格及小说的主旨提出的。第三个问题，是采用了视野开阔的比较研究法提出的（而且，比较法一直贯穿于许多问题的思考和发问之中）。因此，就这三个问题的质量看，其提问角度之专业、研究视野之开阔，说明这三个问题的设计绝非可有可无、可译可不译。笔者认为，包括“新批评”译介中的这一“观念至上”倾向，已严重影响了我们对它的理解、接受和运用。

题，与国内文学批评类教科书中所提出的问题[①]迥异，重点不在文学理论知识的普及上，而在对小说创作技法的思考与评判上；不是照本宣科式地传播小说理论方面的知识，而是充满了对创作论和形式论深入研究的热情。

很显然，该书第二章“问题提出”部分的不少提问，是对前面“章节引言”部分的具体实践和运用。比如，在“问题提出”部分，布鲁克斯、沃伦针对科利尔的《埋葬》问道：“试将《埋葬》里有关破题和开展的两部分区别开来。在开展部分开始发生前，你能指出哪些是属于破题的部分?”[②] 这显然是对于前面“章节引言”部分小说情节构成理论的具体运用。布鲁克斯、沃伦并没有回答此问题，他们希望读者在经过自己的认真思考后回答这个问题，借此深入理解小说情节构成中的复杂性和多样性。类似的例子还有很多，这里就不一一列举了。

---

① 国内的文学批评类教材，绝大部分没有“思考题”（如王一川主编《批评理论与实践教程》、赵炎秋主编《文学批评实践教程》等），只有王先霈、胡亚敏主编的《文学批评导引》在每一章后面设计了5个“讨论题”（全书共计55个问题）。例如，《文学批评导引》第七章“文本批评”提出的5个问题：“浅谈‘语言学转向’对文学批评的影响。”“如何理解新批评的‘语境’理论?”“谈谈视角在叙事文分析中的地位和作用。”“用双重阅读的方式分析一部作品。”“浅谈文本批评的价值与局限。”5个清一色的问答题，答案都在教材里，学生不必思考就能回答。布鲁克斯、沃伦《小说鉴赏》中“思考题”的独特性在于：没有现成答案；思考题数量根据选文特性而定，2—11个不等；对于小说情节、人物性格、小说主题等的讨论和提问均指向小说文本的形式和结构。纳博科夫《文学讲稿》中的“考试题”也具有上述特点。比如，纳博科夫针对《包法利夫人》的18道考试题：“郝麦对爱玛的服毒是怎样说的? 描述这个事件。”“赖昂对爱玛的第一眼印象是怎样的?”“讨论福楼拜对‘以及’（and）这个词的使用。”“爱玛读过什么书? 最少举出四部作品及其作者。”“描述农业展览会一章的结构。”“尽管与狄更斯的前期作品相比，《荒凉山庄》的结构是一大进步，然而狄更斯仍旧继续不遵守连载作品的种种苛求。福楼拜写作《包法利夫人》时置与艺术无关的所有因素于不顾。举出《包法利夫人》的几个结构特点。”（纳博科夫：《文学讲稿》，申慧辉等译，上海三联书店2005年版，第340—341页）美国文学教育、文学批评的特点，由此可见一斑，值得我们学习和借鉴。

② ［美］布鲁克斯、沃伦编著：《小说鉴赏》（中英对照），主万等译，世界图书出版公司2006年版，第69页。

在“问题提出”部分，布鲁克斯、沃伦除了对前面“章节引言”部分理论的具体实践和运用外，还有许多问题是对前述理论的进一步丰富、扩展、修正、完善和超越。对于这些“问题”，我们大致可以分为以下几类：情节设置与人物性格的关系；情节设置与小说主题的关系；情节设置与作家创作意图的关系；情节设置中的有机性问题、时间问题及语调问题等。下面，我们就其最重要的部分，一一展开讨论。

一　情节设置与人物性格的关系

毫无疑问，小说家的创作意图必须通过情节来体现。但是，情节的设置不是为情节而情节，而是为小说中其他要素（人物、主题等）服务的。因此，《小说鉴赏》第二章“问题提出”部分，不少提问都是针对情节设置与人物性格关系提出的。

这些问题，主要是在讨论了安布鲁斯·比尔斯的《鹰溪桥上》、莫泊桑的《项链》等之后提出的，为方便起见，我们先了解一下这两篇小说的故事梗概。

先看《鹰溪桥上》的故事梗概。安布鲁斯·比尔斯（Ambrose Bierce，1842—1914），美国小说家、评论家、诗人，以恐怖悬疑的鬼怪故事和具有神秘色彩的短篇小说名世。他与爱伦·坡齐名，曾被誉为美国19世纪最好的短篇小说作者。《鹰溪桥上》分两部分：第一部分中，小说的主人公叫贝顿·法夸，一个35岁左右的种植园主，因为给南方军做掩护，将要被北方军绞刑处死。在被处死前的一刹那，奇迹出现了：贝顿·法夸以迅雷不及掩耳之势跃入水中，躲过密集的射杀，挣脱绳索，成功逃脱，并回到自己的家门口。这一部分几乎占去了所有篇幅。第二部分，只有短短两句话：“贝顿·

法夸死了。他的尸体连同那个折断了的脖子，在鹰溪桥的枕木上慢悠悠地晃来晃去。”① 看完小说的第二部分，读者才读懂了它，原来整个小说写的是将被处死的男主人公的幻觉，并非实际发生之事。但这一点，在小说的第一部分，作者一直瞒着读者，没有透露半点儿消息。

针对安布鲁斯·比尔斯在小说主体部分迟迟不让读者知道这个行将死去的人的感受（他入水后挣脱绳索成功逃脱，并回到家门口），只不过是一种幻觉（作者对这一点秘而不宣），仅仅在小说最后一个自然段陡然一转：“贝顿·法夸死了。他的尸体连同那个折断了的脖子，在鹰溪桥的枕木上慢悠悠地晃来晃去。”布鲁克斯、沃伦接连问道：“一个即将丧命的人，会不会有像贝顿·法夸从鹰溪桥坠落时那样的感受？”“作者这样做，是否有助于人物性格的揭示，或是达到其他显著的效果？”② 显而易见，一个行将死去的人，在被绞死的那一瞬间，无论从逻辑上还是从时间的长度考虑，不可能产生出像贝顿·法夸那样的心理感受。因而，《鹰溪桥上》那样大段大段的幻觉描写，根本是站不住脚的。布鲁克斯、沃伦借此明确指出，安布鲁斯·比尔斯的《鹰溪桥上》“将人物的描写以及人物经历的叙述，与小说的特定意义等同起来，不能不说是一个非常严重的……错误”③。也就是说，小说中大段大段的幻觉描写，到底想说明什么，作者并不清楚。按说，贝顿·法夸被绞死的时间长度只有短短一瞬，而作者的叙述时间却大大延长了，长达30分钟以上。退一步说，像这样的“扩述”，即便在小说中是被允许的，那么，安布

① ［美］布鲁克斯、沃伦编著：《小说鉴赏》（中英对照），主万等译，世界图书出版公司2006年版，第77页。

② 同上书，第77—78页。

③ 同上书，第78页。

鲁斯·比尔斯在这篇小说中运用“扩述”的意图是什么呢？它除了展示了这种“心理上的怪癖”以外，对于人物性格的塑造，对于小说的意义，没有产生丝毫影响。因此，布鲁克斯、沃伦还认为，像贝顿·法夸这样非常特殊的心理感受，也许具有心理学的价值，而不会具有“小说的意义”，因为它只是“就事论事”而已。通观这篇小说，它不过展示了作者某种心理上的癖好而已。

莫泊桑的《项链》是我们耳熟能详的名作，女主人公罗瓦塞尔太太因家庭出身，虽漂亮迷人，却只能嫁给教育部的一个小科员。为参加教育部部长的家庭舞会，罗瓦塞尔太太向好友福莱斯蒂埃太太借了一串钻石项链。在部长家舞会上，罗瓦塞尔太太出尽了风头。不幸的是，她回家路上不慎将项链丢失。为按时归还项链，罗瓦塞尔太太东拼西凑、借高利贷，用3.6万法郎买了一串一模一样的项链。归还项链时，她隐瞒了丢失项链、借高利贷买项链这一事实。为此，罗瓦塞尔夫妇债台高筑，用了整整10年才还清所有债务。10年后的一个星期天，罗瓦塞尔太太偶遇好友，告之以丢失项链、借高利贷、10年还清债务的辛酸。好友惊讶地告诉她，那串项链是假的，“顶多也就值500法郎”！

针对莫泊桑的《项链》中的女主人公，布鲁克斯、沃伦问道：“有些人丢失了一串借来的钻石项链，就会立刻和盘托出，但罗瓦塞尔太太却始终不肯供认自己失落的首饰。她之所以不肯坦白出来，有充分的动机因素吗？她的自尊心是一种真正的令人赞赏的自尊心，或者只不过是一种虚假的自尊心？要不然就是两者兼而有之的一种讽刺的混合物？她在丢失了项链以后的种种行动，可能是由她的性格所决定的。从逻辑上来说，这两个因素在小说中有什么关系？”①

这些提问看似简单，其实并不容易回答，而且在“文本讨论”部分也找不到现成答案。布鲁克斯、沃伦是依靠其敏锐的艺术感觉、谨严的理论思维，提出了这些问题。我们读者，必须在细读文本、深入体察后，方可有所收获。仔细来看，布鲁克斯、沃伦针对《项链》提出的这两个问题，表面上在追问行为与动机、行为与性格的关系问题，实际上把我们引向了“去研究小说中如何处理时间概念的问题”②，引向了小说创作中如何处理“直接描写”（戏剧性描绘）与“概括性叙述”（提要式叙述）的关系问题。因为小说人物的行为与动机、行为与性格的关系问题，体现在作家对于“时间问题的处理手法”上，即体现在“这两种基本描述方法之间”的比例关系上。细读小说，我们发现，罗瓦塞尔太太的一系列行为，都在“直接描写”部分（小说的第7—96自然段，围绕着舞会前的准备、舞会时的风光以及舞会后借钱买项链等，花了相当长的篇幅），得到充分展现；而人物行为的动机以及人物性格的生成历史，均在“概括性叙述”或“提要式叙述”中（小说的第1—6自然段、第97—104自然段），做了提纲挈领的铺垫、分析、说明③，小说对人物形象的塑造，是依靠作家对“这两种基本描述方法之间”的合理调配得以实现的。布鲁克斯、沃伦认为，每一部小说都是一个“不同的

① ［美］布鲁克斯、沃伦编著：《小说鉴赏》（中英对照），主万等译，世界图书出版公司2006年版，第89—90页。

② 同上书，第90页。

③ 在提到二者的比例时，布鲁克斯、沃伦强调指出：“提要式概述”与“戏剧性的方式”之间“务必保持一种平衡”；作家写进小说中的那些“提要式概述”，“必须远远地不止是一段提要（summary）”，“不能只有干巴巴的事实”，“需要写出人生的感受”，让读者能够“感受到……生活的特性”。（《小说鉴赏》，第90页）

实例”，所以“这两种基本描述方法之间”到底怎么搭配，“也没有一定惯例可说”①。

二 情节设置与小说主题的关系

布鲁克斯、沃伦认为：“我们一般同意称之为小说（agree to call fiction）的所有作品中的三个基本要素：情节、人物和主题（action, character, and theme）。”② 小说是一个有机体。情节设置既与作家创作意图、人物性格的塑造有关，也必然与作品的主题有关。

布鲁克斯、沃伦在开篇的“理论概述”部分，就提出了他们有关“情节”的理论思想，“就是对于动作富有意义地加以使用”；接着，又提到，情节就是“动作的结构”。无论是“使用”也好，“结构”也罢，关键在于，“情节”的设置体现了作者的主观意愿，它们是有“意义”的，而这里的“意义”，一部分源自作者的创作意图，而很大程度上源自这篇小说所要表达的主题。因此，我们说，情节的设置与主题的表达关系密切。正如布鲁克斯、沃伦在《小说鉴赏》的第四章“主题”的理论概述开篇所谈到的，“我们不可能不注意小说的主题而能深入地了解小说的情节和人物，因为正如我们所强调的，一篇好的小说，它是一种有机的统一体，其中各种重要因素相互之间都有联系”③。这里，我们也看到，布鲁克斯、沃伦的批评鉴赏中，始终贯穿着“有机整体性”这一核心理念，而“significance”则是将“情节”串起来的那条线。

---

① ［美］布鲁克斯、沃伦编著：《小说鉴赏》（中英对照），主万等译，世界图书出版公司2006年版，第90—91页。

② 同上书，第2页。

③ 同上书，第220页。

在《小说鉴赏》第二章“问题提出”部分中，布鲁克斯、沃伦向读者提出的很多问题，无不与小说主题及其表现密切相关。

针对欧·亨利《带家具出租的房间》，布鲁克斯、沃伦提出：“是什么东西把这篇小说的两个部分联成一起的？这个情节的中心思想是什么？”① 关于这篇小说的情节，我们在上一节讨论“小说情节中的巧合”时已做了概要介绍，这里不再赘述。我们已经讨论过，布鲁克斯、沃伦认为这部短篇小说的两个部分是通过“巧合”连成一起的。然而，这里的“巧合”却被他们所否定，因为“偶然的巧合”在这篇小说中替代了主题而充当了救世主。也就是说，布鲁克斯、沃伦所提出的上述问题，“这个情节的中心思想是什么”，是无法得到回答的。情节的中心思想也就是小说的主题，它处于一个缺失的状态，在这样一种缺乏主题，从而缺乏连贯性的小说中，欧·亨利只有通过这样的“巧合”，从而使得自己摆脱创作的困境。因此，我们可以说，在布鲁克斯、沃伦看来，这篇小说的情节设置是失败的，因为情节的背后，没有“significance”。

在对莫泊桑的《项链》这篇小说的讨论中，布鲁克斯、沃伦又提出了这样的问题：“莫泊桑利用钻石项链是假的这个事实，作为发展故事情节的出发点呢，还是他姑且利用一下，仅仅作为出现惊人的结尾时的一种花招？换句话说，在钻石项链是假的这个基本事实和罗瓦塞尔太太最终获悉这一消息的事实之间，有一种真正的重要区别吗？即使她一辈子都不知道钻石项链的实情，这篇小说里会不会有讽刺意味？”② “我们可以说《埋葬》的讽嘲是建立在普通的人

① ［美］布鲁克斯、沃伦编著：《小说鉴赏》（中英对照），主万等译，世界图书出版公司2006年版，第54页。

② 同上书，第89页。

生观上，事情都是以惊人的滑稽的方式发生的，《年轻的布朗先生》的讽嘲是建立在普通的人性论上，即对人生表示怀疑。而《项链》的讽嘲是建立在一种更为特殊的思想观点上。那你又该怎样来形容它呢?”[①] 前一个问题，布鲁克斯、沃伦实际上讨论了《项链》中，莫泊桑是否有必要在结尾处设置这样一个情节，即让罗瓦塞尔太太最终获悉钻石项链是假的这一消息。他们提出：“即使她一辈子都不知道钻石项链的实情，这篇小说里会不会有讽刺意味?”这个问题，实质上是对这篇小说情节的设置与作者所要表达的主题之间关系的追问，即如果情节没有这样设置（罗瓦塞尔太太没有得知项链是假的这一事实），会不会影响小说主题的表达？这一追问，无疑将读者从这篇小说的故事情节中抽离出来，让我们不得不去思考情节背后的东西，并且假设出更多的可能，从而通过对比，一方面使得我们更加深入理解莫泊桑所要表达的主题，另一方面也有助于我们更深入地把握情节设置与小说主题的关系。而后一个问题，则是前一个问题的继续追问，布鲁克斯、沃伦在比较的意义上区分《埋葬》《年轻的布朗先生》和《项链》三部短篇小说的主题。我们要了解《项链》的讽嘲是建立在怎样一种“更为特殊的思想观点上”，那么，我们必须回到小说情节的设置上来，去进一步探讨小说情节的设置与小说主题之间的关系。

在对路德亚德·吉卜林的《国王迷》的小说讨论中，布鲁克斯、沃伦同样提出了有关情节设置与小说主题之间关系的问题：“皮奇正在哼唱的那一支赞歌竟被作者听到了……这一赞歌和这篇小说的

---

① ［美］布鲁克斯、沃伦编著：《小说鉴赏》（中英对照），主万等译，世界图书出版公司2006年版，第90页。

‘意义’有何联系？明确指出这一件小事中所包含的讽刺意义。”① “不管德雷沃特是‘神’还是‘人’，比利菲什都效忠于他吗？在这篇小说的其他部分中，还有哪些地方可以说明他确实是忠心耿耿的？”“德雷沃特和皮奇签订的这个合约，是幽默而又惹人生怜，还是大言不惭，夸夸其谈？”②

我们说，这些问题并非布鲁克斯、沃伦随意为之，而是他们在小说批评实践中精心设置的。这些问题无疑具有较强的诱导性，它将一步步牵引读者，去探讨小说中的各个要素有着怎样的相互关系，如何有机整合在一起，促成了一篇小说的统一性、连贯性。

小　结

本章按照《小说鉴赏》第二章的体例，依次对布鲁克斯、沃伦的情节理论与批评实践，从三个方面做了系统阐发。

首先，论者对布鲁克斯、沃伦的情节理论要点，从三个方面做了归纳和梳理。第一，情节本质观。通过考察情节（plot）与动作（action）的联系与区别，布鲁克斯、沃伦认为，情节与动作只是“字眼大体上相符”，它们二者有本质的区别。情节是小说家对动作进行选择和安排的结果，情节即“动作的结构”，情节“就是对于动作富有意义地加以使用”。第二，情节构成论。在与动作“自然阶段”（开始、中间、高潮、结尾）的比照中，布鲁克斯、沃伦把情

① ［美］布鲁克斯、沃伦编著：《小说鉴赏》（中英对照），主万等译，世界图书出版公司2006年版，第137页。

② 同上。

节的基本构成区分为“破题”“开展”“高潮”和“结局”四个方面，而且这四个方面不存在什么固定的比例或长度。第三，情节的理想。布鲁克斯、沃伦认为，理想的小说情节需要具备如下特性，即“生动性”“统一性”“连贯性”和“旨趣”。“生动性”是最基本的要求，“统一性”和“连贯性”次之，“旨趣”或“意义”则是其最高要求。

其次，主要总结归纳了布鲁克斯、沃伦小说情节分析方面，对于前述批评理论的发挥。第一，情节的巧合问题。在分析欧·亨利《带家具出租的房间》、科利尔《埋葬》、莫泊桑《项链》的过程中，布鲁克斯、沃伦对小说中的“巧合”做了非常认真的思考和深入的讨论，他们批评了那种为巧合而巧合的情节设置，主张巧合应该是一种合乎情理的必然。第二，结尾的艺术问题。小说结尾的重要性，对作家创作和读者欣赏，都是不言而喻的。布鲁克斯、沃伦在对该章 8 篇小说的讨论中，涉及其中 7 篇小说的结尾。他们批评了安布鲁斯·比尔斯《鹰溪桥上》、欧·亨利《带家具出租的房间》等的结尾，称为“欺瞒读者”的“耍花招”式的结尾，而对契诃夫《万卡》、莫泊桑《项链》、皮兰德娄《战争》等的结尾赞不绝口，称为合乎人物性格、合乎情节发展的结尾。

最后，我们总结了布鲁克斯、沃伦情节分析过程中的“问题”追问。该书第二章“问题提出”部分，编著者先后提出了 36 个问题。理论要点部分，研究情节本质时，布鲁克斯、沃伦特别强调情节与作家意图的关系，提出了情节即“动作的结构”的说法。通过梳理该章所提的问题，共有两个方面的关系。第一，情节设置与人物性格的关系。通过正反两方面的实例研究，他们认为，安布鲁斯·比尔斯《鹰溪桥上》除了展示主人公“心理上的怪癖”、作者某种心理上的癖好以外，对于人物性格的塑造、小说的意义，没有丝毫意义；与此相反，莫泊桑《项链》中的情节设置则充分注意到人物行为与动机、行为与性格的关系。第二，情节设置与小说主题的关系。布鲁克斯、沃伦认为，小说的三要素是一个整体，情节设置不仅与人物性格的塑造有关，更与作家创作意图和作品主题有关。他们批评了欧·亨利《带家具出租的房间》，仅仅靠情节的“诀窍”、靠“耍花招”吸引读者眼球，这篇小说情节的背后一无所有；与此相反，莫泊桑《项链》、科利尔《埋葬》以及吉卜林《国王迷》等，不是为情节而情节、为巧合而巧合，无论是其中的情节结构，还是其中的某一个细节，都是围绕着一个有机的整体及其“意义”而服务的。

第二章 布鲁克斯、沃伦人物性格理论及批评实践

布鲁克斯、沃伦的人物性格理论及批评实践，集中表现在二人合著的《小说鉴赏》一书中的“第三章 人物性格”部分。在这一章，他们选取了布雷特·哈特《田纳西的伙伴》、詹姆斯·乔伊斯《阿拉比》、伊凡·屠格涅夫《县城的医生》、卡森·麦卡洛斯《侨民》、弗兰克·奥康纳《醉汉》、D. H. 劳伦斯《请买票》、林·拉德纳《理发》7篇短篇小说进行分析和讨论，提出了一些非常重要且有创见性的思想。

与该书前一章一样，他们在正式赏析和评论单篇小说之前，有一个类似于理论概述（章节引言）的部分，集中阐发了他们关于人物性格的理论；理论概述之后，那些对单篇小说的“讨论”部分（批评文本），既是布鲁克斯、沃伦人物性格理论的具体展开和成功运用，也是其文本批评实践对其批评理论的进一步发挥和创造性引申。同时，在该书其他章节，也有多处涉及小说人物性格问题（因为人物、情节和主题，毕竟是小说文本中密切相关的几大要素），在全书的“重要词汇”部分，还对一些重要词汇进行释义和分析。

在《小说鉴赏》的第三章，布鲁克斯、沃伦除了提出一般的人物性格理论和具体的文本分析外，还深入且有针对性地对小说中的“感伤情调”等进行了重点分析和评论；在对不同风格小说的分析中，还示范性地、有针对性地提出了一些值得重视的理论问题。这些，都值得我们珍视。为此，我们这里拟从三个方面介绍和评述布鲁克斯、沃伦人物性格理论和批评实践：第一，布鲁克斯、沃伦的人物性格分析之理论要点；第二，布鲁克斯、沃伦人物性格分析之批评实践；第三，布鲁克斯、沃伦人物性格分析之问题追问。

第一节　布鲁克斯、沃伦人物性格分析之理论要点

小说固然要叙述故事，安排情节。对于小说艺术，生动的故事情节是不可或缺的。但是，要有能够表现出趣味性和统一性的小说情节，是无法离开人物形象塑造的，正如布鲁克斯、沃伦所言，“不涉及性格问题，是无法讨论这些作品的”①。

那么，什么是人物性格，人物性格取决于哪些因素，或者说作家如何表现人物性格？表现性格的不同艺术手段有哪些利与弊？人物语言（对话）与人物心理完全一致吗？小说中表现人物性格的矛盾冲突有哪些，其中在现代小说中最重要的矛盾冲突是什么？人物性格与小说的有机整体是什么关系？如何区分连贯的真实性（the truth of coherence）和与事实完全符合的真实性（the truth of correspondence）？这些人物性格塑造和欣赏中的问题，是布鲁克斯、沃伦

① ［美］布鲁克斯、沃伦编著：《小说鉴赏》（中英对照），主万等译，世界图书出版公司2006年版，第140页。

所关心、思考的，并已成为其小说批评理论中一个重要内容。

根据亚里士多德的定义，悲剧是对一系列行动的模仿，同时他也指出这种模仿是借人物的动作来表达的。布鲁克斯、沃伦与多数小说家或者批评家看法一致："小说从来不是孤立地处理人物性格的，因为怎样的人决定他有怎样的行为。"[①] 因此，在《小说鉴赏》的第二章讨论"情节"之后，作者在第三章"人物性格"的开篇这样写道："如果回顾一下前章所选的作品，我们不难发现，人物的性格是和人物的行为不可分割地交织在一起的。虽然前章里我们的注意力主要集中在作品的情节问题上，但我们知道，不涉及性格问题，是无法讨论这些作品的。"[②] 因为，单单只讨论故事情节而不涉及人物性格必然会残缺不全。因此，在该章的人物性格理论和批评实践中，布鲁克斯、沃伦除了对本章选取的《田纳西的伙伴》《阿拉比》《县城的医生》《侨民》《醉汉》《请买票》和《理发》7 个短篇小说作品进行鉴赏分析外，还多次涉及选入前章的部分作品（如《项链》《国王迷》等）就不足为怪了[③]。

布鲁克斯和沃伦在讨论小说的某一要素时，并非泛泛而谈，而是有所侧重。犹如他们在"情节"部分着重讨论小说情节的"连贯性"一样，"真实可信"成为布鲁克斯、沃伦对人物性格的基本要求。在《小说鉴赏》"人物性格"这一章当中，虽然涉及人物性格的特征、人物性格与情节及语言的统一性、人物性格的表现方法等诸多方面的问题，但人物性格"真实可信"成为其核心议题。"真

① ［美］布鲁克斯、沃伦编著：《小说鉴赏》，主万等译，世界图书出版公司 2006 年版，第 140 页。

② 同上。

③ 亦由此可见，《小说鉴赏》各章的选文虽然各有侧重，但编著者在文本批评的具体过程中，始终贯穿着一种有机论、整体论的思想方法，没有机械地将小说文本的基本要件简单割裂开来。

实可信”也因此成为评判小说优劣的一个重要标准。下面，我们将围绕人物性格的“真实可信”问题，以布鲁克斯和沃伦的讨论顺序为线索，辅之以福斯特、塞米利安、赫斯等的小说人物性格理论作参照，重点考察并阐释布鲁克斯、沃伦的人物性格理论的主要观点。

一　人物性格表现的总原则：“连贯的真实性”

（一）人物性格的表现必须“真实可信”

在《小说鉴赏》第三章“章节引言”部分，布鲁克斯、沃伦明确提出：“人物必须真实可信，必须打动人，必须能驾驭我们的信心。”①

那么，这里所谓的“真实可信”，是怎样一种“真实可信”呢？这里，实际上涉及“生活真实”与“艺术真实”的关系问题。古今中外很多名家先贤都论及这一关乎小说成败、得失的根本问题。

最著名的，要数亚里士多德（Aristotle，公元前384—前322年）的相关论述：“诗人的职责不在于描述已发生的事，而在于描述可能发生的事，即按照可然律或必然律可能发生的事。历史学家与诗人的差别不在于一用散文，一用‘韵文’；希罗多德的著作可以改写为‘韵文’，但仍是一种历史，有没有韵律都是一样；两者的差别在于一叙述已发生的事，一描述可能发生的事。因此，写诗这种活动比写历史更富于哲学意味，更被严肃对待；因为诗所描述的事带有普遍性，历史则叙述个别的事。”②

① ［美］布鲁克斯、沃伦编著：《小说鉴赏》（中英对照），主万等译，世界图书出版公司2006年版，第143页。

② ［古希腊］亚里士多德：《诗学》，罗念生译，人民文学出版社1962年版，第28页。

法国启蒙思想家、唯物主义哲学家、无神论者和作家，百科全书派的代表人物德尼·狄德罗（Denis Diderot，1713—1784）也明确指出："历史学家只是简单地、单纯地写下了所发生的事实，因此不一定尽他们所能把人物突出，也没有尽可能去感动人和提起人的兴趣。如果是诗人的话，他就会写出他认为最感人的东西。他会想象出一些事件。他可以杜撰些言词。他会对历史添枝加叶。对于他而言，重要的一点是做到奇异而不失逼真。"①

在布鲁克斯、沃伦看来，"小说的领域是一个可信的人类世界，一个千姿百态、瞬息万变而令人吃惊的世界"②。他们多次强调说，在这样一个真实可信的人类世界中，人物的"行为在心理上要真实可信"、作家在进行艺术"概括时必须真实可信"③ 等。不仅是布鲁克斯、沃伦，在很多小说理论家的著作中我们都能看到其对人物或情节的"真实可信"的要求。比如，利昂·塞米利安在其《现代小说美学》中指出："当一个成功的人物形象比生活中人物原型更加丰满，他就更具有生活的真实性。"④ 又如凯伦·马蒂森·赫斯在"有效的人物描写"中认为，"人物应该使人感到可信"，"有效的人物形象的描写应是戏剧式的，整体上一致的，有动机的，真实可信的，并能在读者内心引起强烈反响"⑤。这样的例子还有很多，此处亦不一一列举。

---

① ［法］狄德罗：《狄德罗美学论文选·论戏剧诗》，张冠尧等译，人民文学出版社1984年版，第160—161页。

② ［美］布鲁克斯、沃伦编著：《小说鉴赏》（中英对照），主万等译，世界图书出版公司2006年版，第141页。

③ 同上书，第140—141页。

④ ［美］利昂·塞米利安：《现代小说美学》，宋协立译，陕西人民出版社1987年版，第145页。

⑤ ［美］凯伦·马蒂森·赫斯：《文学鉴赏辅导》，赵太和、金宏达译，北京十月文艺出版社1986年版，第95页。

众所周知，小说是虚构的，即便是传记式小说也同样含有虚构的成分。“一部小说是一幅画面，一幅画像。然而我们不要忘记，一幅画像中有比‘相像’更多的内容。”“如果小说归根结底是艺术的话，我们就必须承认这点；而小说必须是艺术，因为照搬生活简直是不可能的。”① 为何包括布鲁克斯、沃伦在内的小说理论家、批评家们会不约而同地对人物性格提出“真实可信”的要求呢？在这里，我们有必要对小说中的“真实可信”和现实中的真实加以区分。小说中所谓的“真实可信”，是指艺术的真实性，它与事实完全符合的真实性有别。艺术真实是艺术家在真切的人生体验基础上，通过艺术的创造力，以虚幻的形式揭示出来的实际生活的本质与真谛。在布鲁克斯和沃伦看来，“文学作品并不伪称自己就像记录实际事例的文件那样面面俱到，它所要表现的只是典型的、有代表性的和一般准则的要求”②。因此，他们强调小说中应该具有“连贯的真实性”③ ——各个部分是如何连贯而构成一个有意义的整体的。布鲁克斯、沃伦特别强调，小说作品的真实性，使小说各个要素相互连贯并融为一个有意义整体，这是他们对文学真实性论述最有新意之处。福斯特则认为，艺术的真实性主要讲究“合理”，讲究符合规律。因为“小说是一种艺术品，有其本身的规律，这种规律跟日常生活不同。小说中的人物只有按照这种规律生活才是真实的”④。上

---

① ［英］卢伯克、福斯特、缪尔：《小说美学经典三种》，方土人、罗婉华译，上海文艺出版社 1990 年版，第 8 页。

② ［美］布鲁克斯、沃伦编著：《小说鉴赏》（中英对照），主万等译，世界图书出版公司 2006 年版，第 143 页。

③ 在“章节引言”部分，布鲁克斯、沃伦专门区分了“连贯的真实性”（the truth of coherence）和“与事实完全符合的真实性”（the truth of correspondence）这两个概念。

④ ［英］爱·摩·福斯特：《小说面面观》，苏炳文译，花城出版社 1984 年版，第 55 页。

述二者的侧重点虽然不同，但都说明了一个问题：艺术的真实性有别于“与事实完全符合的真实性”。很明显，“连贯的真实性”与一般文学理论所讲的“艺术真实”几乎是同义语。这里，重要的不是布鲁克斯、沃伦提出了一个新术语，而在于他们是否赋予“连贯的真实性”以更为具体、更为丰富的含义。

（二）“真实可信”的主要标志：连贯性

在布鲁克斯、沃伦看来，人物性格表现的“真实性”，不是“与事实完全符合的真实性”，而是一种“连贯的真实性”。

具体而言，人物性格要达到“连贯的真实性”，必须满足三个条件：人物行为应符合人物性格；人物语言应符合人物性格；人物“有其自身性格的连贯统一性”①。

首先，要考察人物性格是否“真实可信”，布鲁克斯、沃伦认为，应该考察人物行为是否符合人物性格。在他们看来，小说从来不是孤立地处理人物性格，怎样的人决定他有怎样的行为。作为观察者②的广大读者，首先是根据人物的行为来判断这个人。这里实际上包含了两层意思：一是人物性格决定人物行为。例如，他们在关

① 这里是指人物性格的“连贯性”，也就是说，不仅要求人物语言、行为与其性格一致，还要求人物性格本身须前后统一，不能自相矛盾；人物性格的动态表现应具有充分的心理依据。有些小说理论家，是从叙述视点角度强调小说情节的“连贯性”问题。1921年，英国小说家卢伯克就认为：“第一人称会把一篇不连贯的、支离破碎的故事连接起来，使它显得像一个单一整体的形式。……小说必须看上去是真实的，而不连贯看上去就不真实。”（［英］卢伯克、福斯特、缪尔：《小说美学经典三种》，方土人、罗婉华译，上海文艺出版社1990年版，第95页）1970年，美国小说家路易斯·波杰斯在《怎样为小说选择合适的视点》中指出：“假如你是位初学者，就用单一主人公视点，因为它可以很快使读者产生同一感，可以有一个强有力的连贯性，即简化情节，也简化人物的发展。”（［美］狄克森、司麦斯合编：《短篇小说写作指南》，朱纯深译，辽宁教育出版社1998年版，第170页）

② 观察者应该是指广义的读者，包括文学批评家和以消遣为主要目的的普通读者。

于《国王迷》[①] 的讨论中说道："由于结婚一事出了纰漏，从而导致这两位国王的垮台。然而，尽管我们可以把各种不同的片段连接起来，成为说明因果关系的一条链子，但我们还是可以看到：这条链子实际上是由各种人物性格本身所决定的。"[②] 也就是说，人物性格决定人物行为，自然也决定着小说情节的安排。二是作者又必须通过人物行为来塑造、刻画人物性格。塞米利安也指出："在人物通过行动逐渐展示自己的过程中，不需要作者的任何阐释，这是因为情节本身就塑造了人物。"[③] 意思是说，作者塑造人物，读者观察、评价人物，是根据人物在故事中的行为以及他们的所想所感（即人物自己的所感所想，而不是文本以外的什么人）。因此，只有那些符合人物性格的行为、情节所表现出来的人物才具有真实性。

其次，人物语言应符合人物性格。人物性格要达到"连贯的真实性"，除了人物行为要符合人物性格以外，人物语言也必须"符合性格"。在成功的小说艺术中，性格除了外化为一系列行动以外，还要外化为人物富有个性的语言以及独特的表达方式。布鲁克斯和沃伦谈道："讲话简短的士兵，爱发牢骚的打杂女工，腼腆的教会学校女学生，饶舌的酒店掌柜，迂腐的教授——所有这些人物都有他们自己的语汇以及组合这些语汇的方式。"[④] 也就是说，人物语言的内容和表达这些内容的方式（包括字词的选择与使用、口吻、语调等）是人物性格的外在表现，不同的社会角色都有他们自己的语汇以及组合这些语汇的方式。布鲁克斯和沃伦认为："要表现一个异乎寻常

① ［英］路德亚德·吉卜林：《国王迷》，潘庆舲译。本书"附录"有其故事梗概。

② ［美］布鲁克斯、沃伦编著：《小说鉴赏》（中英对照），主万等译，世界图书出版公司2006年版，第136页。

③ ［英］爱·摩·福斯特：《小说面面观》，苏炳文译，花城出版社1984年版，第152页。

④ ［美］布鲁克斯、沃伦编著：《小说鉴赏》（中英对照），主万等译，世界图书出版公司2006年版，第141页。

的人物性格，作家惯用的方法就是用这个人物的口头语或者习惯用词来吸引我们的注意力。”① 在《国王迷》中，皮奇和德雷沃特富有个性的语言，即口语化的语言为布鲁克斯、沃伦所推崇。例如，其中有这样的对话：“‘那现在你是从哪儿来的！’我说。‘从东部来’，他说，‘现在我希望你就老老实实地把这个口信捎给他——看在我母亲和你自己母亲的面上’。”这样的对话在用词和语法上都带有口语化色彩，这不仅符合人物的个性，而且与当时的谈话环境——火车上相契合。如果这段对话改写为“你来自哪里”和“我来自东部，请看在我们各自母亲的面上，把这口信捎给他”，就显得极其平淡且千篇一律，因为我们从对话中无法窥探到本篇小说的人物性格。所以，人物语言必须符合性格，即使前后有变化，也是随着人物性格的发展而变化的。

最后，小说中人物思想与性格的连贯性对于人物性格的真实与否同样十分重要。布鲁克斯、沃伦认为，小说中“提出来讨论的人物可以是有怪癖的人，也可以是个凶残的罪犯，甚至可以是个疯子，但他的思想和行为必须完全连贯统一。如果一篇小说的人物性格苍白而不动人，我们就会对这篇小说嗤之以鼻。但是不要忘记，小说人物所感受到的是符合他性格的感受，并不是我们读者的感受”②。这即是要强调人物的思想必须符合人物的性格。对同一事件，不同的人有着不同的反应，小说中的人物亦不例外，A 性格的人不能有 B 性格的人的思想、态度，更不可能完全符合读者的感受，否则这样的人物就不是真实可信的。布鲁克斯、沃伦在这里以莫泊桑的小说

① ［美］布鲁克斯、沃伦编著：《小说鉴赏》（中英对照），主万等译，世界图书出版公司 2006 年版，第 141 页。

② 同上书，第 143 页。

《项链》为例加以说明，认为玛蒂尔德·罗瓦塞尔由于她的不明事理且傲气，导致了她在丢失项链之后不会把自己的苦衷向朋友和盘托出，因此无法避免那种可怕的、不必要的后果。然而正是由于罗瓦塞尔夫人有其自身思想与性格的连贯统一性，即莫泊桑在小说前面部分已经向读者指明了，他的罗瓦塞尔夫人带有“傲气”的性格，确实有可能承受失去项链后的那种困境。如果这个人物缺乏行为与性格上的连贯统一，整篇小说就不可信了。

在布鲁克斯、沃伦看来，人物行为应符合人物性格、人物语言应符合人物性格，仅仅是表层的东西或是从“外部”对人物性格的要求。真正对人物性格起决定作用的是人物的心理，可以这么说，人物性格最终的决定要素是人物的心理依据。所谓“怎样的人决定他有怎样的行为”①，最终就是强调人物性格行之于外的行为、语言以及由此形成的心理依据。在该书的很多地方，布鲁克斯、沃伦都非常强调人物性格的心理依据。他们通过大量的文本分析，再三强调这样一个道理：一些失败的小说，之所以失败，就在于人物性格的不真实可信，其根本原因就在于人物的言行缺乏必要的心理依据，从而导致人物性格缺乏“连贯的真实性”。

二　人物性格的表现方法

人物性格的表现方法，是每位作家在写作前所必须思考和选择的。作家创作中，方法的选取，会直接影响小说的表现力；文学鉴赏和文学批评中，我们对作者表现手法的研究，有助于更加准确地

① ［美］布鲁克斯、沃伦编著：《小说鉴赏》（中英对照），主万等译，世界图书出版公司2006年版，第139页。

把握人物性格以及小说主题意义的生成，有助于领略小说的艺术美。

对于作家如何表现他的人物，布鲁克斯和沃伦不惜用大量篇幅进行讨论，可见其重要性与复杂性。

下面从叙事层、情节层、哲理层三个方面梳理布鲁克斯、沃伦人物性格表现方法的主要思想。

（一）叙事层："直接概括"与"间接揭示"相结合

小说家要表现人物性格，一般来说，有"直接概括"和"间接揭示"两种基本方法。对此，早在1921年，在《小说技巧》一书中，英国小说家卢伯克就花了很大篇幅，列举了大量实例，专门论述了小说创作中这两种基本的方法，卢伯克将其称为"绘画手法"（全景）和"戏剧性手法"（场景）。在卢伯克的比较阐释中，他似乎更倾向于后者。在《小说技巧》结语中，他总结说："戏剧性事件，严格说来就是所谓场景——就重要性讲，这居于首位，是毫无疑义的。"①

与卢伯克不同的是，布鲁克斯、沃伦没有对其中任何一种方法抱有成见，而是对这两种方法各自的优势与局限、何时采用何种方法，以及如何设置小说中的人物，都一一做了阐述。"直接概括"的手法，即是作者直接对人物的品质和特点加以概括；"间接揭示"则是通过人物的对话和动作来对人物形象或性格加以揭示。在布鲁克斯和沃伦看来，"就小说本质而言，后者（间接揭示）是它特有的手段"。但有一点，"如果作家对每个人物的性格都采取间接表现法，即坚持每个人物都得通过自身的自然的谈吐、姿态和动作来逐渐展

① ［英］卢伯克、福斯特、缪尔：《小说美学经典三种》，方土人、罗婉华译，上海文艺出版社1990年版，第191页。

示其性格，那么这个过程也许会使人无法忍受”[①]。因此，直接表现也常常运用于小说，往往还很成功。那么，作者在创作时怎样来选取这两种表现方法呢？

布鲁克斯和沃伦首先对这两种方法做了利弊的权衡。他们认为，对人物的直接表现就是对人物进行直接评论。作者在小说中不断跳出来给人物的行为动机“加上评语”，牵着读者的衣袖走，一方面不断地提醒读者是在读小说，而非真实的故事；另一方面将作者的意图、思考硬塞给读者，不断地“告知”读者应该如何感受和思考。因此，他们说，直接表现的危害在于“忽略了戏剧生动性和诱发读者的想象力”[②]，会让读者感觉到小说所描写的整个场景都好像是虚假的。这样说来，“直接表现”的手法似乎不应该出现在小说中，因为它会破坏人物的真实性甚至破坏小说的真实可信。

但不可否认的是，在部分小说中，“直接表现”的手法又运用得十分成功。例如，莫泊桑的小说《项链》，一开始就对玛蒂尔德的性格做了直接概括——“世上有些漂亮迷人的女子，仿佛是命运安排错了，生长在职员的家庭里；她便是其中一个”。“她打扮不起，只得穿着从简，但感到非常不幸，就像抱怨自己阶级地位下降的女子那样；因为女子原没有一定的阶层和种族，她们的美貌、娇艳和风韵就作为她们的出身门第。”[③] 像这样的概括性“直接表现”，确实是十分恰当而有效的。又如在劳伦斯的小说《请买票》里，对人物动机做明确解释[④]也十分成功。于是，布鲁克斯和沃伦在这里采取了

① ［美］布鲁克斯、沃伦编著：《小说鉴赏》，主万等译，世界图书出版公司2006年版，第140页。

② 同上。

③ 同上书，第82页。

④ “随着不断地接触，他们之间产生了一种亲昵的关系，这种关系日益发展着。……安妮不想只保持一种肉体关系，……托马斯意在只保持这种关系。”同上书，第196页。

折中的态度，规定了“直接表现”的应用范围：“直接叙述的表现用于相当平庸而成类型的人物，或者作为一种手段用于迅速地交代一些辅助性材料。”① 因为“平庸而成类型的人物”在小说里总是次要的。

对小说中主要人物性格的刻画始终离不开“间接揭示”法。布鲁克斯和沃伦在其小说理论中谈到了两种“间接揭示”的方法：一是通过对话和动作加以揭示；二是间接交代。虽然运用人物语言是对人物性格进行间接刻画的卓有成效的方法，但作为小说，的确会有因对话过多而不成为小说的危险。因此，用布鲁克斯和沃伦的话来说，对人物进行间接交代，“就像人物的概述和性格描写一样，也是一种能够较快奏效的方法”②。他们特别举了皮兰德娄《战争》中的例子，丈夫对妻子如何应该得到同情所做的解释就是一段非常适当的间接交代：“他觉得自己责无旁贷，应该向他的同行旅伴讲一讲，那个可怜的女人确实值得人们同情，因为这场战争不仅要把他们辛苦了一辈子养大的那个年方 20 的独子从她身边夺走，而且还拆散了他们在苏尔蒙纳的那个老家。”③ 通过这一间接交代，我们对火车上这个身穿重丧服、模样犹如一件鼓鼓囊囊的行李包裹的女人的行为举止，以及透过行为所体现出来的人物性格就有了大致判断了。笔者认为，塞米利安谈叙述人称时所提到的“主要人物可以对次要人物进行评论”④ 或者站在次要人物的角度对主要人物进行客观描述，也可作为对“间接揭示”法的补充。因为通过小说中人物的角

① ［美］布鲁克斯、沃伦编著：《小说鉴赏》（中英对照），主万等译，世界图书出版公司 2006 年版，第 140 页。

② 同上书，第 141 页。

③ 同上书，第 92 页。

④ ［美］利昂·塞米利安：《现代小说美学》，宋协立译，陕西人民出版社 1987 年版，第 56、61 页。

度去观察、去推测他们的意图和内心活动，不仅可以避免有时候作者“直接评论”所导致的对小说戏剧性表现的抹杀，有助于表现作品不同人物形象之间的关系，还有助于小说人物真实性的刻画；作者一方面可以表达自己的意图，同时留有读者想象思考，选择相信与否的空间。

其实，在小说创作过程中，作家在表现人物性格时究竟采用何种方法是取决于多种因素的。布鲁克斯和沃伦认为主要看作品的基本意图如何，即取决于小说的基本目的，其次也取决于小说的结构方式，他们认为，“这种方式使情节得以展开，经过错综复杂的中间阶段而最终促成不可避免的结局”①。莫泊桑在写《项链》时，为了表现玛蒂尔德悲惨的结局是与她的性格不无关系的，于是他在小说的前三段采用了“直接表现”的手法突出玛蒂尔德性格的一部分，使读者了解到后面一系列行为的原因。但当涉及在主要场景中塑造人物时，莫泊桑就舍弃了概括性的表现手法，而选择了间接揭示，即通过她的行动、语言以及心理活动来表现人物性格。读者有了在小说开篇时对玛蒂尔德的基本判断，在后面对其语言和行为的把握也就水到渠成了。

（二）情节层：通过多种矛盾冲突塑造人物形象

我们知道，人物是社会关系的总和。小说家要塑造成功的人物形象，就必须把人物置于各种各样的社会关系中予以表现，把人物性格放在各种各样的矛盾冲突中予以表现。若不如此，再高明的艺术技巧，无论是直接概括还是间接揭示，无论如何把个性与共性结

① ［美］布鲁克斯、沃伦编著：《小说鉴赏》（中英对照），主万等译，世界图书出版公司2006年版，第141页。

合起来，都徒劳无益。

布鲁克斯、沃伦深深懂得这一辩证法，他们反复强调矛盾冲突之于人物性格塑造的重要性。在他们看来，矛盾冲突是情节的核心，也是性格的依据，“矛盾冲突和人物性格有着极其密切的关系”①。

各种矛盾冲突中，首先是人与自然的冲突。因此，人与自然的冲突，就成为文学作品中经常表现的题材。“矛盾冲突和人物性格有着极其密切的关系，因为我们不可能对无人格的抽象的矛盾冲突长久地感兴趣。虽然说动物之间的冲突也会激发起我们的兴趣，但那是因为我们很容易就会用我们自己去替代他们。确实，就是在人和自然或者其他无生命力量的冲突中，我们也会进行这样的替代。一个与大火搏斗的人，或者一个在暴风雨中奋然前进的人，或者一个竭力想置饥饿和痛苦于度外的人，他们很可能会把那些无人格的力量，当作另一个有生命的人——一个有血有肉的敌人那样来对待。”② 因此，小说家在塑造人物形象、表现人物性格时，一个“无人格的力量”的、与人“竞争”的自然对象，不能满足于“自然”本身，应该把它们予以人化或人性化。

布鲁克斯、沃伦认为：“人类跟自然界的竞争是一种最简单的斗争形式，这种形式终究很少使人感兴趣。”因此，为了充分展示人物性格、展示人性的冲突，就不能仅仅单纯地描写人与自然界的冲突，而必须写人与人的冲突，“真正震撼人心的矛盾是人与人之间发生的冲突”。这也是绝大多数小说家表现人物性格的方法，是很多小说的“标准内容”③。在这类小说中，我们往往看到正义力量与邪恶势力

---

① ［美］布鲁克斯、沃伦编著：《小说鉴赏》（中英对照），主万等译，世界图书出版公司2006年版，第142页。

② 同上。

③ 同上。

的对决，我们看到有情人冲破各种阻力终于赢得美好爱情，唐僧师徒历经九九八十一难修成正果。

但是，现实生活中的人性并非“非善即恶”，我们每个人几乎都是“善与恶的混合体”，充满了丰富性和复杂性。因此，以人为表现对象的文学作品，除了表现人与自然的冲突、人与人的冲突，还要表现人自身的矛盾冲突。布鲁克斯、沃伦认为，如果说那些表现了人与自然冲突的小说是一种“最简单”的小说形式，那些“处理过各种不同性格之间的矛盾冲突”的小说，是“较为成熟的典范性小说”的话，那么，那些以“人与人自身的矛盾冲突”为表现内容的小说，则是“更为成熟的第三阶段”的创作，因为它们“更有深度也更动人”①。他们举例说：“《国王迷》是一篇‘行动’小说，其主要冲突是德雷沃特跟野蛮的土人之间的冲突，德雷沃特想在他们身上实现自己的意愿。然而，就在这篇小说里，更重要也更具有意义的冲突，则发生在人物的内心。由于欲望和那与日俱增的治国意识之间的冲突，致使德雷沃特丧失了他的王国。后来，还是通过另一内心过程，即德雷沃特克服了他自己之后，他才最终获得了精神上的胜利。看一下皮兰德娄的《战争》，内心冲突的重要性同样能得到证实。从表面上看，这篇小说的冲突是那个情绪激烈的老人对自己儿子为国捐躯的看法和火车车厢里那些持怀疑态度但又通情达理的旅客的看法之间的冲突，那个老人据理力争，使其他人都心悦诚服；然而，就在说服他人的同时，老人却第一次发现他其实从未说服过自己。”②

---

① ［美］布鲁克斯、沃伦编著：《小说鉴赏》（中英对照），主万等译，世界图书出版公司2006年版，第142页。

② 同上书，第142—143页。

但是，真正成功的人物性格塑造，并非不同性格因素的杂凑①，而必须是具有“连贯性”的“统一体”，只有这样的性格才是可信的。布鲁克斯、沃伦坚持认为：“对于人物性格的表现来说，连贯性无论如何也不能说是无所谓的。……考察小说的一种明显办法就是问一下该小说中人物的动机和行为是否连贯统一。艺术大师们始终有能力把那么荒诞不经而且经常显得自相矛盾的人性范例加以连贯统一的表现，这真是小说的光辉！”② 这里，他们关于人物性格的理论，已经触及人物性格与心理依据的关系问题。这一点，我们在后面还要论述，此处不再展开。

需要说明的是，布鲁克斯、沃伦通过探讨人物性格与矛盾冲突的关系，他们用“以论带史”的方法，几乎对小说艺术的发展史做了一个非常概括的梳理。当然，他们使用这种“以论带史”的方法，并不意味着他们试图把丰富的小说发展史，简单地切分为三个依次展开的阶段：人与自然冲突的小说、人与人冲突的小说、人与自身冲突的小说。他们的人物性格理论，没有这么简单！

（三）哲理层：“个性”与“共性”的有机统一

如何塑造小说中的人物形象，是不少批评家、理论家所共同关注的问题。英国作家福斯特的《小说面面观》从人物性格要素的多

---

① 林兴宅先生《论阿Q的性格系统》（1984）中阿Q性格“质朴愚昧但又圆滑无聊、率真任性而又正统卫道、自尊自大而又自轻自贱、争强好胜但又忍辱屈从、狭隘保守但又盲目趋时、排斥异端而又向往革命、憎恶权势而又趋炎附势、蛮横霸道而又懦弱卑怯、敏感禁忌而又麻木健忘、不满现状但又安于现状”，因其对阿Q复杂性格的揭示，产生了巨大影响；刘再复先生《性格组合论》（1986）对人物性格的组合原理、组合结构类型、组合的三种方式以及组合的心理基础等的系统阐发，也有助于我们充分理解布鲁克斯、沃伦在40多年前的思考。

② ［美］布鲁克斯、沃伦编著：《小说鉴赏》（中英对照），主万等译，世界图书出版公司2006年版，第143页。

寡及动态性方面，将小说中的人物划分为“扁平人物”和“圆形人物”两类。所谓“扁平人物”，又被称为“类型人物或漫画人物。他们最单纯的形式，就是按照一个简单的意念或特性而被创造出来。……真正的扁平人物可以用一个句子表达出来”。而“圆形人物”是指“不能用一句话加以概括的”人物，“圆形人物的生活是丰富多彩的”①。对福斯特这一划分，布鲁克斯和沃伦并不完全赞同。他们认为，“假如一个作家具有足够的、深刻的观察力，那么任何人物都会表现出复杂和偏颇性（complexities and eccentricities）”②。

布鲁克斯和沃伦强调，小说领域是一个可信的人类世界。“真实可信”，是我们对人物性格的基本要求。为了塑造既“真实可信”又“‘有个性’的人物”③，作家在表现性格时应该避免两个极端。第一个极端是，小说所塑造的人物是一些极端平庸的人物、极端类型化的人物。他们说：“即使每个主人公确实在一定程度上代表我们所有的人，但任何一篇认真地展开故事情节的小说，都不可能是与普遍人性几乎同样纯粹的抽象物。”因此，小说若仅仅满足于表现“纯粹的抽象世界，经纪人、平庸的家庭主妇、标准的美国人、普通的人类”，肯定不会获得成功。因为“极端平庸的人物，仅仅是些类型，就有可能会使我们对小说完全失去兴趣”④。塑造“‘有个性’的人物”，乃是创作成功的不二法门。

---

① ［英］爱·摩·福斯特：《小说面面观》，苏炳文译，花城出版社1984年版，第59、63、68页。

② ［美］布鲁克斯、沃伦编著：《小说鉴赏》（中英对照），主万等译，世界图书出版公司2006年版，第141页。“复杂和偏颇性”的英文原文为“complexities and eccentricities”，结合上下文语境，这里的“eccentricities”不应直译为“偏颇性”，笔者认为，若译为“引人入胜”比较妥帖。

③ 同上书，第140页。

④ ［美］布鲁克斯、沃伦编著：《小说鉴赏》（中英对照），主万等译，世界图书出版公司2006年版，第141页。

而在另一个极端里，“小说人物是那样离奇古怪，那样不合常规，那样巧戾乖张，以致使人无法相信他是个正常的人”①。小说家若将这些“不正常的人”写入作品，就必须“具有足够深刻的观察力”，对他们进行典型化改造，使那些“离奇古怪”“不合常规”“巧戾乖张”甚至“近于疯狂”的人物“潜伏着某种含义”“具有普遍的人生意义”，才能化腐朽为神奇。福克纳的小说《纪念爱米丽的一朵玫瑰花》里的主人公在布鲁克斯和沃伦看来就是一个反常到近于疯狂的人物，然而多数人都觉得这篇小说具有普遍的人生意义，这是因为“疯狂的后面潜伏着某种含义”。成功的小说作品确实存在着“疯狂”、荒诞的人物塑造，但这种“不正常”的背后必须有着普遍的人性。可见，布鲁克斯和沃伦在这里并不是一味地反对小说表现疯狂的人物，他们只是反对仅仅表现“单纯的荒诞行为、心理变态者”，像“精神病患者病例书上的记录”② 等有违艺术真实的做法。

布鲁克斯、沃伦“避免两个极端”的论述，已深入涉及人物性格的共性、个性及其二者的关系问题。在他们看来，成功的人物共性，不等于人性的平均数，不等于“与普遍人性几乎同样纯粹的抽象物”；“抽象的人性”“普通的人类”及“标准的美国人”等，并非是人物共性的代名词。而那些“离奇古怪”“不合常规”“巧戾乖张”之人，也不能与“有个性”的人物性格相提并论。小说人物塑造必须处理好“共性”与“个性”的关系。这主要体现在两个方面：第一，小说尤其是长篇小说在进行人物设置时，“有个性”的人

① ［美］布鲁克斯、沃伦编著：《小说鉴赏》（中英对照），主万等译，世界图书出版公司 2006 年版，第 141 页。

② 同上。

物必须占主导地位，同时也需要平庸人物起次要的辅助性作用；第二，对于某一具体人物（这里指主要人物）而言，他或她应该与众不同，但不应为“个性”而“个性”，作家对其“个性”的描画必须建立在普遍的人生意义之上。小说“所描写的对象，不应局限于那些奇事怪人，或者那些悲欢离合的事件”①；人物塑造可以进行戏剧性的表现，但必须以“真实可信”为基础。布鲁克斯和沃伦在这里并没有细致论说他们的这一理论观点，因此笔者感到有必要借助于收入《短篇小说写作指南》中的克莱顿·巴博的一篇文章《一粒疣的价值》来做辅助说明。

克莱顿·巴博文章当中的“一粒疣”只是一个比喻，但准确而生动。疣的典故来自乔叟《坎特伯雷故事集》的总引中，乔叟在介绍一整队的朝圣者时，注意到了每一个人物各个不同的细节，其中有个磨坊主的鼻尖上就有这么一粒疣，而正是这粒疣，使其成了与他的旅伴们不同的一个人物。这被克莱顿看作“一粒疣的价值”，“如果我们对人感兴趣，便会热衷于观察他们的疣”。这里的“疣”可以是身体的和物质的，也可以是个人趣味或心理状态的，总之，它使“我们了解这个特定人物的性格有了一个突出的线索，有了一个显出他个性特征的调子”②。

真正的艺术大师是始终有能力将荒诞不经而且经常显得自相矛盾的人性范例加以连贯统一的表现，因为他们在人物塑造中处理好了“共性”与“个性”的关系，使小说人物真实可信，因此布鲁克斯和沃伦不得不感叹说：“这真是小说的光辉！”

---

① ［美］布鲁克斯、沃伦编著：《小说鉴赏》（中英对照），主万等译，世界图书出版公司2006年版，第78页。

② ［美］F. A. 狄克森、S. 司麦斯合编：《短篇小说写作指南》，朱纯深译，辽宁教育出版社1998年版，第64、67页。

《小说鉴赏》第三章“章节引言”部分，布鲁克斯、沃伦除了围绕着人物性格的“真实可信”，从总的原则、具体的表现方法等做了比较系统的阐发外，他们还从文学鉴赏的角度对“人物性格之于小说的重要性”做了富有启发的论述：“人物性格对小说来说是如此重要，所以要想了解一篇小说的基本情况，唯一的方法就是问一下‘这是谁的故事？’这也就是说，要想知道小说所系的是谁的命运，这往往是首先需要提出来的重要问题。”布鲁克斯、沃伦提醒我们说：“探讨这个问题将有助于理清人物与人物之间的相互关系。”“有时，回答相当明确。”但有时，“就不那么容易了”[①]。这个问题，我们在下一节专门讨论，此不赘述。

三　人物性格的重要性

在论述人物性格的重要性时，很多文学理论教科书均表述为：人物是情节的动力；人物是环境的主人。老实说，这个表述把人物的重要性置于同情节、环境的关系中考察，基本没错。但这些说法，往往流于一般性的文论知识普及，尚未涉及小说美学中的根本问题；在具体的文学批评活动中，也缺乏可操作性。

相比之下，在布鲁克斯、沃伦《小说鉴赏》第三章“章节引言”中，对人物性格重要性的揭示，既有具体的内容，又有一定的可操作性，特别值得注意。

首先，从有机论思想出发，布鲁克斯、沃伦明确指出，对小说中人物性格的考察，并非孤立地研究人物，而往往意味着“了解一

① ［美］布鲁克斯、沃伦编著：《小说鉴赏》（中英对照），主万等译，世界图书出版公司2006年版，第141—142页。

篇小说的基本情况”：“人物性格对小说来说是如此重要，所以要想了解一篇小说的基本情况，唯一的方法就是问一下‘这是谁的故事?’这也就是说，要想知道小说所系的是谁的命运，这往往是首先需要提出来的重要问题。”[①] 这里，布鲁克斯、沃伦也是把人物置于小说要素的关系中来考察的，是把人物性格放在一个很高的高度来认识的，提出了“了解一篇小说的基本情况，唯一的方法就是问一下‘这是谁的故事?’”的重要思想，这实则是把人物性格与小说的意义或主题置于同样的高度。很明显，这样的认识，已经超越了传统小说理论在人物、情节、环境三要素之间做平面滑行的简单描述，把人物性格与小说意义直接联系起来。这样的认识，无疑较之传统的小说理论，大大前进了一步。

“这是谁的故事”或“小说所系的是谁的命运”的问题，没有一定之规。众多小说家在各自创造的人物世界中，肯定有不同的追求和旨趣；即便同一个小说家，在其不同的小说创作中，也不可能采取同一种模式。在不同小说中并没有统一的答案，而是五花八门。接下来，布鲁克斯、沃伦又区分了几种不同情况：“有时，回答相当明确。例如，在《沃尔特·米蒂的隐秘生活》里，显而易见是沃尔特·米蒂的故事，而不是米蒂太太的故事。米蒂太太的作用，仅仅是使她丈夫的境遇清楚地显示出来罢了。米蒂太太无疑也有自己的故事，但是，他的小说里没有这样做。一眼就可以看出小说写的是米蒂先生的故事。但是，在《国王迷》里，要想看出这是谁的故事就不那么容易了。一种意见倾向于认为这是德雷沃特的故事，理由是德雷沃特是作为两个人中的强者出现的，尤其在小说结尾时，他

① ［美］布鲁克斯、沃伦编著:《小说鉴赏》（中英对照），主万等译，世界图书出版公司 2006 年版，第 141—142 页。

以英雄的姿态屹然而立，而且如同一个国王一般地死去。但另一种意见至少可以争辩说，这是皮奇的故事，皮奇因为目睹了德雷沃特的英雄行为已对为王者应具的品性了解得一清二楚，再说他又是忠贞不渝地怀念着德雷沃特，因此他自身就起到了主人公的作用。虽然，要想确切地说出或者更为重视地判断这篇小说究竟讲的是谁的故事，并不容易，但问题的提出倒是很有价值的。探讨这个问题将有助于理清人物与人物之间的相互关系。"① 这样一来，布鲁克斯、沃伦就把一篇小说"这是谁的故事"或"小说所系的是谁的命运"的问题，通过《国王迷》这篇小说进一步引向了对"人物与人物相互关系"的探讨。他们分析指出："关于德雷沃特和皮奇之间的关系，可以进一步说：从小说表面上看，我们读到的主要是属于某个叫'皮奇'的人的故事，也就是说，主要是某个不自觉地参与了事件并对事件做了解释的观察者的故事，但肇事者却是某个叫'德雷沃特'的人。在一篇小说中，'发生'的什么事情肯定不会仅是某种表面的东西。内在的东西——譬如关系的改易，心灵的变化——才是改变一个人生活的决定因素。"②

很显然，在布鲁克斯、沃伦看来，无论如何强调人物性格的重要性都不过分。他们之所以先后批评欧·亨利的《带家具出租的房间》、安布鲁斯·比尔斯的《鹰溪桥上》以及布雷特·哈特的《田纳西的伙伴》，都是因为这些小说，没有创造出个性鲜明的人物性格。最后，布鲁克斯、沃伦又直接批评了纳撒尼尔·霍桑的小说《年轻的布朗先生》："我们回头看一看《年轻的布朗先生》中那些

---

① ［美］布鲁克斯、沃伦编著：《小说鉴赏》（中英对照），主万等译，世界图书出版公司2006年版，第142页。

② 同上。

几乎毫无个性的人物吧。那个丈夫，还有那个妻子，在小说里除了扮演一对年轻恩爱的夫妻，并相互坚信对方的‘善良’之外，简直可以说是不存在的人物。从总体上说，这篇小说的基点与其说在于创造某种特色，不如说在于它叙述了在森林中发生的那些事情。这篇小说简直就是一个传说，或者一则寓言，因为它对于人物性格的兴趣几乎接近于零。”①

第二节　布鲁克斯、沃伦人物性格分析之批评实践

在我国学界，英美“新批评”通常被看作一个文学理论流派，但在英美学界，“新批评”更多被作为一个文学批评流派看待。英国文学理论家拉曼·塞尔登如是说：“正如新批评的名字标明的，它主要是一种批评实践，因此，它的大部分理论都包含在其较为具体的实践性文章中，而不是以理论文章的面目出现的。”② 一语道破了“新批评”理论之独特的存在方式（当然它也还有其他存在方式，既有理论式的，又有批评式的）。

事实上，“新批评”的实践著作无比丰富：燕卜逊《朦胧的七种类型》（一译《复义七型》）被看作“新批评”的第一部实践性作品；《理解诗歌》《小说鉴赏》则是布鲁克斯和沃伦运用“新批评”方法（当然不止一种方法。“新批评”的开放性，似未引起人们足够重视）在诗歌批评、小说批评实践领域的成功尝试；布鲁克斯独

① ［美］布鲁克斯、沃伦编著：《小说鉴赏》（中英对照），主万等译，世界图书出版公司2006年版，第142页。

② ［英］拉曼·塞尔登、彼得·威德森、彼得·布鲁克：《当代文学理论导读》，刘象愚译，北京大学出版社2006年版，第23页。

著的《精致的瓮：诗歌结构研究》也成为“新批评”诗歌细读的又一范例。由于国内学界一直存在着重理论轻实践的观念，影响了我们对“新批评”的看法。[①] 因此，笔者以为，有必要探讨布鲁克斯和沃伦在小说批评实践方面对其小说理论的补充与超越，突出“新批评”在其发展过程中不断通过实践来修正理论，形成了理论与实践相互发明的良性循环，以引起学界的重视。

布鲁克斯、沃伦在“人物性格”这一章中选取了7篇短篇小说进行具体批评鉴赏。在有机论思想（把文学作品看作一个各种要素相互交织、相互矛盾、相互影响的复杂的、有机的统一体）的统摄下，在具体文本特性的激发下，他们在讨论所选文本的过程中，对“章节引言”中的人物性格理论进行了实践运用。比如，他们批评布雷特·哈特《田纳西的伙伴》，因为“诗化”了人物语言[②]，而使得人物性格有违“真实可信”的原则。在《田纳西的伙伴》中，小说结尾处，伙伴因心碎而临死之际，作者让他说了这么一段话，“现在，是去找田纳西的时候了，我得把‘珍妮’（一头驴）套上车子”，“喂，留神，‘珍妮’——留神，驴儿。多么黑呀！留神车道——还要留神着他，驴儿”[③]。通过阅读小说我们得知，田纳西的

---

① 多年来，我们国内学界一味强调和突出“新批评”在“文学理论”方面的特质、贡献及不足，有意无意忽略了它在文学批评方面的实绩和特色。国内主流文论教材及相关研究，多以为它是一个文论派别，或者很大程度上是一个文论派别，对其文学批评实践方面的贡献少有总结和研究。

② 人物语言与人物性格的关系问题，旨在讨论二者是否协调一致。按布鲁克斯、沃伦的理解，人物语言要与人物性格一致。具体而言，人物说话的语体、语气和辞藻应用等方面，必须有充分的心理依据，必须与说话人的地位身份、文化修养、兴趣爱好及其所处的具体语境、场合等相符合。一句话，人物语言的优劣，不应该从其本身看（不论其本身是否“诗化”），而是看它与人物性格是否协调一致。人物的语言，必须符合人物身份，符合人物的心理逻辑和情感逻辑。

③ ［美］布鲁克斯、沃伦编著：《小说鉴赏》（中英对照），主万等译，世界图书出版公司2006年版，第152页。

伙伴是个木讷、不苟言笑、毫无幽默感的人，这样的话完全不符合伙伴的讲话习惯，如果他说“我的老天爷啊，天黑了”，则更合理。布鲁克斯和沃伦分析了作者改变伙伴讲话习惯的原因，在于布雷特·哈特正致力于达到某种强烈的感情效果。认真读过小说的读者一定会察觉到，田纳西的伙伴说的这些“俏皮话”，完全不符合人物性格特点，这样的口吻和用词，完全是小说中另一个人物——一个玩世不恭、泼皮无赖的田纳西的腔调。因此，布鲁克斯、沃伦批评说，布雷特·哈特之所以让田纳西的伙伴说出那些漂亮的“俏皮话”，是“因为他正致力于达到某种强烈的感情效果，他觉得像生活中一样的语言不够好，于是便采取‘诗化’人物的方式了”[①]。这种出力不讨好的做法，“根本就是一种不合时宜的情感反应”[②]，从而在人物性格的塑造上违背了“真实可信”的原则。

可以看出，布鲁克斯、沃伦上述分析，完全是对其“章节引言”部分人物性格理论的实践和运用。在对7个短篇小说的讨论中，关于人物性格真实性的讨论、关于人物性格表现方法的具体分析等，布鲁克斯、沃伦都自觉实践了“章节引言”中的人物性格理论。

但是，在对7个短篇小说的讨论中，我们更多看到的是：布鲁克斯、沃伦在运用前述相关理论的过程中，没有亦步亦趋、简单套用；他们在具体的批评实践中，往往根据所选文本的艺术特性，既有对人物性格理论的运用，又有对前述理论的补充、丰富、完善和超越。

人物性格的刻画和人物形象的塑造，有赖于小说家合理、成功

① ［美］布鲁克斯、沃伦编著：《小说鉴赏》（中英对照），主万等译，世界图书出版公司2006年版，第153页。

② 同上书，第154页。

地运用一些艺术技巧。诸如叙述视角、叙述者等，都参与其中。下面，我们主要针对他们在批评实践中对人物性格理论的超越与发明，从四个方面展开论述。

一 叙述视角与人物塑造

小说作为叙事文本，必然存在着“从何种角度讲故事”① 的问题。考察此一问题，也就是考察小说的视角（或者叙事焦点）。布鲁克斯和沃伦认为，视角问题不只是一个叙述角度的问题，视角的使用会“影响整篇小说和我们对小说的看法”②。在对林·拉德纳的小说《理发》的批评赏鉴中，布鲁克斯、沃伦详细讨论小说视角之于情节、结构、主题影响的同时，亦明确提出：“人物性格的发展和揭示，是和小说的视角选择有着密切的关系。”③

在考察这类关系之前，需要弄清楚小说中可能出现的几种视角。

对于小说的叙述视角，传统小说理论将之区分为两种：第一人称视角和第三人称视角。随着小说创作及叙事学理论的当代发展，许多小说批评家开始有不同的看法。比如，约翰·盖利肖在其《小说写作技巧二十讲》（1929 年 4 月出版，到 1930 年 3 月，再版 5 次之多）中对此做过归纳，他将其分为三种：第一种是可以用主角的话向读者介绍发生的事；这个主角既是小说作者，又是小说的主人公。第二种是可以有一个旁观者，他在小说行动中无足轻重，或是

---

① 叙述者与叙述视角既紧密相关，又互有区别。美国学者约翰·盖利肖如是说：“想选择叙述者时你对自己说：‘谁向读者讲述这个故事？’在选择着眼点时你却说：‘这个故事通过谁的意识被表现出来？’用主角当叙述者时，这两个问题的答案是相同的。”（《小说写作技巧二十讲》，梁淼译编，北京十月文艺出版社 1987 年版，第 105 页）

② ［美］布鲁克斯、沃伦编著：《小说鉴赏》（中英对照），主万等译，世界图书出版公司 2006 年版，第 215 页。

③ 同上书，第 218 页。

可有可无；他以第一人称向读者介绍了小说里的行动。第三种是作者可以作为旁观者，用第三人称的客观手法来描述小说。[①]

在布鲁克斯和沃伦看来，叙述者的个人形象在各篇小说中是各不相同的，他们抓住了几个“极端”来论述。在第一人称中，一个极端是“‘我’是主要人物，他所讲的就是他自己的故事”；另一个极端是“‘我’仅仅是旁观者或者旁听者，他看到或者听到某件事而实际上与事情关系不大”，即次要人物讲述主要人物的故事。那么，这个叙述者“实质上只是小说‘真实性背景’的一个组成部分”[②]。在这两个极端之间还有各种不同程度和关系的叙述者，如《国王迷》中，“那种不是中心人物但又和故事关系密切的叙述者”皮奇，小说主人公德雷沃特的故事通过新闻记者和皮奇的嘴讲得很生动；又如类似《理发》中理发师之类的叙述者，“此类叙述者不是在直接的意义上和事件有关而只是具有某种精神联系”；再如《县城的医生》里的那个叙述者，“他虽然对事件表现了某种最低限度的个人反应，但也仅仅是一种媒介，一个旁听者或者一个复述者”[③] 等。

同样，在第三人称叙事视角中，亦有几个“极端”：一个极端是“由一个‘外在的’叙述者做纯客观的叙述，也就是说他仅仅叙述从外部看到或听到的事物——就像一架照相机或者一个传声筒”；而另一个极端则是“人物的主观世界，由一个全知叙述者来加以揭

---

① 参见［美］约翰·盖利肖《小说写作技巧二十讲》，梁森译，北京十月文艺出版社 1987 年版，第 80 页。

② ［美］布鲁克斯、沃伦编著：《小说鉴赏》（中英对照），主万等译，世界图书出版公司 2006 年版，第 216 页。

③ 同上。

示”[①]，即叙事学上所说的全知全能的叙事视角。使用这种方法，我们能够深入到一个甚或几个人物的思想和感情中去，但也需要把握好度的问题，以避免像《沃尔特·米蒂的隐秘生活》那样，米蒂的梦境成了小说仅有的场景，整篇小说变得仅像一幅人物思想、感情活动的临摹图。这种视角如果使用不当，甚至还会出现某种混乱，就会造成像《鹰溪桥上》那样，“仅仅是一张有关医疗或心理方面的病情报告单”，它本身还“不具有小说的意义（fictional meaning）”[②]。

以上是布鲁克斯和沃伦对小说视角几种主要类型的理解。那么，人物性格的发展或者揭示与小说视角的选择有着怎样的关系呢？

布鲁克斯和沃伦以《国王迷》为例，对此作出了阐释。在这篇小说里有两个叙述者，其一是新闻记者，他用第一人称给了我们总的叙述；在新闻记者的叙述里，具体的情节又由一个叫皮奇的人进行叙述，而他所用的也是第一人称。作者为什么要采用这种叙事视角？在布鲁克斯和沃伦看来，用第一人称叙述故事比较自然，可以将一些注释性的材料、事件较为轻松而随便地引入小说。此外，使人物性格发展和揭示也更加清楚。

布鲁克斯、沃伦认为，在《国王迷》中，皮奇是核心事件的叙述者，也是小说结构的给予者，同时又是德雷沃特性格发展的一面镜子。通过皮奇的叙述，我们不难发现：“德雷沃特是他们两人中的强者，是一个有抱负、有想象力的人物，是他想出了那个洗劫王国的计划，皮奇只是满足于跟跟而已。在德雷沃特从仅是一个抢劫者到最后达到成功顶点的整个精神历险中，他们两人始终保持着这种

① ［美］布鲁克斯、沃伦编著：《小说鉴赏》（中英对照），主万等译，世界图书出版公司2006年版，第216页。

② 同上书，第78页。中译本把“fictional meaning”译为“虚构的意义”。我们结合这个术语出现的上下文语境，觉得把它译为“小说的意义”更加准确。

关系。德雷沃特成功的每一步都出乎皮奇的意料，皮奇这个没有想象力的家伙如果让他独自一个人的话，他仅仅作为分赃者和抢劫者就会感到心满意足。而就是通过皮奇错误百出的估计和一知半解的反应，我们感觉到了德雷沃特所表现出来的老谋深算。我们不妨说，正是因为皮奇感觉迟钝、头脑单纯，他才起到了反衬和克制叙述的作用。事实上，这篇小说主题方面的思想含义就是通过这个人反映出来的，这个人除非和德雷沃特合作，否则至今还是个分赃者和抢劫者，这就是反衬对照——虽然这里的反衬不像《理发》里的那种，它使我们把叙述者想得更好而不是更坏。德雷沃特故事的意义，通过皮奇的嘴说出是克制叙述的，没有说出全部意义。这就是说，皮奇只是个引起我们反复思考的向导，虽然是个蹩脚的向导。但是到最后，正是他，通过他在山里的昏乱无措的表现，烘托出了德雷沃特的神一般的形象——是他守住了山头。正是皮奇的头脑单纯，使我们接受德雷沃特这一形象成为可能。我们在接受它的主题真实性的同时，因为看到这个形象是从皮奇头脑单纯的胡扯乱弹中反映出来的，所以也就会接受这个形象本身可能有的真实性。”① 布鲁克斯、沃伦设想：如果把皮奇作为《县城的医生》里的叙述者，这篇小说就会面目全非了——由他转述的人物对话就会大不相同，甚至可以说，他对这样一个故事几乎是不可能理解的。②

同样，在小说《醉汉》中，作者奥康纳通过第一人称的叙事视角为我们展现了一对有趣的父子。小说作者站在儿子的视角塑造了一位酗酒的父亲，并叙述了一次儿子醉酒后弄得父亲六神无主、心

① 参见［美］布鲁克斯、沃伦编著《小说鉴赏》（中英对照），主万等译，世界图书出版公司2006年版，第218页。

② 同上。

慌意乱的父子位置颠倒的滑稽故事。小说中通过“我”的叙述，把作为儿子的“我”和父亲的性格鲜明地体现了出来：父亲有种孩童般的天真坦白，脾气也很好，因为在从酒店回家的路上，父亲并没有强迫叫叫嚷嚷、醉态蹒跚的儿子住口，而是哀求儿子清醒些，别叫嚷了；儿子呢，其性格与父亲恰好颠倒，像个大人，关心家庭的利益，时刻提防自己孩子气的弱点，而且在父亲酗酒这件大事上，表现得忧心忡忡，还知道什么是“坏兆头”。小说的接受者，通过“儿子”的所观、所想、所言，不自觉地进入小说人物的情感生活当中，人物的性格不仅为我们所了解，而且更加真实可信。正如约翰·盖利肖所言：“在能够造成令人信服这一点上，主角—叙述者这种叙述角度贡献最大。”①

以第一人称作为叙事视角对深入主人公内心世界确实有优越之处，但也存在着局限，即作为小说的主要人物，不可能像全知全能的叙述者那样进入每个人物的内心世界，而只适用于展现主人公的内心生活。因此，塞米利安讲：“正是由于不能去探索其他人物的思想底蕴，则成为第一人称的严重缺憾。”② 为此，布鲁克斯、沃伦注意到：爱尔兰作家弗兰克·奥康纳的《醉汉》这篇小说虽然采用的是第一人称的叙事视角，作为叙述者的“我”（即视点人物）对父亲、母亲的内心想法却了如指掌。布鲁克斯和沃伦质疑说：“作为一个孩子，拉里对他父亲的观察是否太成熟了？”③ 或许此时我们会批判作者写作技巧的失误。

---

① ［美］约翰·盖利肖：《小说写作技巧二十讲》，梁森译，北京十月文艺出版社1987年版，第82页。

② ［美］利昂·塞米利安：《现代小说美学》，宋协立译，陕西人民出版社1987年版，第58页。

③ ［美］布鲁克斯、沃伦编著：《小说鉴赏》（中英对照），主万等译，世界图书出版公司2006年版，第190页。

二　叙述语言与人物塑造

如果说，布鲁克斯、沃伦对第一人称的叙事作品的批评鉴赏，主要探讨了视角设置与人物性格发展和揭示之间的密切关系。那么，在对第三人称小说（主要是布雷特·哈特的《田纳西的伙伴》、契诃夫的《万卡》以及吉卜林的《国王迷》）的批评赏鉴中，从正反两面对叙述者语体风格之于人物性格的影响，做了比较系统的阐发。下面，我们从两个方面来做分析。

第一，叙述者语言不宜有过多的“议论”成分。

布鲁克斯、沃伦认为，如果作者在小说中“常常单方面地‘发议论’——向读者指出应该感受什么，暗示读者做出反应”①，就会导致“感伤情调”，从而有损于人物性格的真实性。

譬如，在布雷特·哈特的《田纳西的伙伴》里，因为抢劫而被捕的田纳西在被法院审判时，布雷特·哈特在对法官和陪审团的心理进行刻画后，做了这样的议论：“‘沙洲’的法律是毫不容情的，不过也不是报复性的”，原因在于“追捕时的紧张激动和私人情绪全

① ［美］布鲁克斯、沃伦编著：《小说鉴赏》（中英对照），主万等译，世界图书出版公司2006年版，第154页。布鲁克斯与沃伦讨论的情况，实则即叙述者的倾向及其表达问题，它还深刻地牵涉叙述者与情节和人物的距离和关系问题。这种情况在小说创作中恐怕大量存在。小说创作中的此类现象，马列文论的经典作家已有论述，最著名的是恩格斯这段从正面阐发的经典论述，即“作家的倾向应该从情节和场面中自然而然地显示出来而不是作者特别把它指点出来”（《致敏娜·考茨基》）。马克思在《致裴迪南·拉萨尔的信》中提出了两个概念，即“莎士比亚化”和“席勒式”：“你就得更加莎士比亚化，而我认为，你的最大缺点就是席勒式地把个人变成时代精神的单纯的传声筒。”布鲁克斯、沃伦对此类现象的阐发和评论，无疑从更为内在的角度（作家的叙述语言应该有效控制，而不能无端“发议论”），深化了作家及其现实生活的关系问题：作家要尊重现实和人性，而不是无视生活和艺术的基本规律，凌驾于现实和人性之上。

都过去"[1]。又如，当田纳西的伙伴到法庭上为田纳西辩护时，作者首先对伙伴的外貌进行了一番描述："说真的，他的确不是一个仪表堂堂的人，身个儿又矮又胖，生着一张四四方方的脸，给太阳晒出了异乎寻常的红色，身上穿着一件宽大的帆布工装，裤子上溅满了一道道红土。"之后，小说作者又描写了伙伴进来后的动作："他弯身把拿着的一个沉甸甸的毡制手提包放到脚下。"[2] 按照一般的创作成规，这应是一处连贯的外貌动作的描写，但是作者却在这中间添加了自己的议论："不论在任何情况下，他的样子都显得很古怪，而现在则简直是可笑的。"[3] 对小说主人公外貌的反应，应该是读者自己的感受，但在这里，伙伴"很古怪"又"可笑的"外貌，则由作者强加给了读者。再如，当田纳西因拦路抢劫被处以绞刑时，布雷特·哈特又发表了如下议论："然而，当那件懦弱、愚蠢的事干完，一条生命带着它的希望和义务从吊在空中的畸形的东西中逝去之后，鸟儿叫着，花儿开着，阳光普照着，全和先前一样愉快。"[4] 在议论中，田纳西作为一个对朋友不忠、不学无术、拦路抢劫的惯犯被处死这件事，在叙述者眼里成了"懦弱、愚蠢的事"；接着叙述者还描写了在一个带着希望和义务的生命逝去之后，世界却依然欢愉的情境。这里，叙述者试图为读者渲染一种为生命感到悲怆的气氛，却全然不顾这种情感并非事件本身所能给予的，甚至全然不顾是非曲直。布鲁克斯·沃伦认为，这种不顾是非曲直、有违素材特性而一味营造"感伤情调"的做法，是不会塑造出真实可信的人物形象的。

① ［美］布鲁克斯、沃伦编著：《小说鉴赏》（中英对照），主万等译，世界图书出版公司2006年版，第146页。

② 同上书，第147页。

③ 同上。

④ 同上书，第149页。

第二，叙述者语言应杜绝不必要的“诗化”倾向。

布鲁克斯、沃伦指出，在《田纳西的伙伴》中“作者全然不顾作品的戏剧性情节而一味地强调、美化或者诗化自己的语言”[①]。

《田纳西的伙伴》叙述者语言的“诗化”倾向，突出地表现为作者的景物描写。[②] 在田纳西被施与绞刑后，当伙伴把朋友的尸体带到墓地时，小说里有这样的描述：“这个队列一路穿过灰熊谷——这时候，谷里已经披上了丧服和暮色。红杉把鹿皮靴般的树根埋藏在红土里，沿着小道一长行地排列下去，用低垂的枝条向经过的尸体一路传递着简单的祝福。一只兔子在队列经过时，吓愣住了，不知如何是好，笔直地坐在路旁的羊齿草里打颤。”[③] 显然，大自然也在与伙伴的悲哀一起叹息。像伙伴一样，大自然所给予的仅是一种“简单的祝福”，不过它也尽其可能表达出它的同情感了。或许有人会认为布鲁克斯、沃伦的观点有些偏激，因为在小说中，作家可以合理地把景物描写作为一种手段用以渲染叙事作品中的气氛，甚至可以把景物作为某种特殊的象征物。布鲁克斯、沃伦也是承认这点

---

① ［美］布鲁克斯、沃伦编著：《小说鉴赏》（中英对照），主万等译，世界图书出版公司 2006 年版，第 154 页。

② 这里，布鲁克斯、沃伦又一次提到叙述者的语言问题。与前面提及的叙述者语言中过多“发议论”不同，其角度有所不同：前面是指叙述者的倾向不是自然而然的体现，是说作品的倾向到底应如何表现或该不该表现的问题；这里是指叙述者的语体、语气和辞藻应用问题，此乃“文字的组织”“语言的选择”（布鲁克斯、沃伦语），一个小说创作中的微观问题，却是影响叙述者语言风格（语体风格）的一个至关重要的问题。作家创作时，必须考虑如何使自己的语体风格与情节、性格、主题等统一协调，才能达到最好的艺术效果。这是所有的艺术家应该考虑的问题。譬如，朱自清的散文语言风格，前后是有变化的：他对春天的描写、对绿的描写、对荷塘月色的描写所运用的语言，与其对父亲背影的描写，就完全不同。前者的铺陈绚烂与后者的朴实无华，恰好形成不同的语体风格。学界普遍认为，朴实无华的语体风格，是朱自清散文创作，也是所有艺术家成熟的主要标志。作家的语体风格，恰像调色板，直接影响人物性格的塑造、作品的格调和艺术效果，已经越来越受到作家和批评家的高度重视。

③ ［美］布鲁克斯、沃伦编著：《小说鉴赏》（中英对照），主万等译，世界图书出版公司 2006 年版，第 150 页。

的。但令人遗憾的是，这篇小说的作者布雷特·哈特并没有合理地使用这一手法，“景物描写在这里是被用来制造幻觉以加强场面的悲怆性的，而这种景物描写……完全是多此一举，而且是一种追求虚饰的表现，这是作者致力于达到情感效果的例证……而这种效果并未得到环境本身给予的支持”①。布鲁克斯、沃伦的分析告诉我们：文学作品中的景物描写，不是作为纯粹的自然景物而出现的，不管你愿不愿意、是否承认，任何一部艺术作品展现的“自然物”都是“人化的自然”，不可随意为之。这个道理似乎很简单，但在实际的艺术创作和欣赏中，不是每一个人都能解决得很好。如此看来，布鲁克斯、沃伦关于“诗化”的景物描写方面的阐发，具有重要的理论价值和实践意义。

三　叙述主体与人物塑造

细读《小说鉴赏》第三章所选的7篇小说，在对以第一人称叙事的小说《阿拉比》《县城的医生》和《醉汉》的讨论中我们发现，布鲁克斯和沃伦总会提到以下问题。

针对小说《阿拉比》，布鲁克斯、沃伦提出：“人们认为儿童比成人更具想象力，那么，当那个少年把自己以往的生活看作‘单调乏味的小孩子游戏’时，这意味着什么？”“思考一下，如果把这篇小说写成一篇感伤的、痛哭流涕的关于‘初恋’失意的作品，有何难度？就这一点谈谈由于事件发生时间和分析性语言造

① ［美］布鲁克斯、沃伦编著：《小说鉴赏》（中英对照），主万等译，世界图书出版公司2006年版，第153页。

成的讲故事时的时间‘差距感’。”[①] 针对小说《县城的医生》，布鲁克斯、沃伦提出：“讲述那个医生讲故事时的情况及其对生活的态度。讲述医生在他自己讲的故事里的那种情形。”[②] 针对小说《醉汉》，布鲁克斯、沃伦提出：“作为一个孩子，拉里对父亲的观察是否太成熟了？这个故事是拉里事后不久写的呢，还是隔了许多年，他成人后才写的？”[③]

我们知道，小说中的叙述者不能完全等于作者，布鲁克斯和沃伦提出这样的问题，实质是注意到以孩童视角叙述性或者回忆性的小说中，由于事件发生时间与叙述事件的时间不同而带来的“差距感”。在成熟的小说创作中，这一“差距感”是小说家有意为之的。

对这一“差距感”的思考，必然会涉及一对有趣的概念，即“体验主体”（事件的体验主体）和“叙述主体”（事件的叙述主体）。

“体验主体”与“叙述主体”主要存在于第一人称视角的小说作品中，其中“体验主体”是指故事当中或发生时有着真切心理感受或体验的“我”，而“叙述主体”则指时隔多年，回忆性地写下那个故事的“我”。因为时间“差距”，作为叙述者的“我”，必然将当下的心理状态带入小说，从而影响小说中人物的塑造。无论是小说中的体验者“我”的思想，还是“我”对周围人的看法，都掺杂了叙述者“我”太多当下的心理和思想。下面不妨举例来说明。

① ［美］布鲁克斯、沃伦编著：《小说鉴赏》（中英对照），主万等译，世界图书出版公司2006年版，第162页。

② 同上书，第171页。

③ 同上书，第190页。

乔伊斯的《阿拉比》是一篇以第一人称的视角写的少年失恋的小说。“小说的大部分并没有写那个少年的恋爱，而是写他周围的世界——对他住的那条街道的描写，关于那个已故教士以及教士遗下的财产的情况介绍，还有他跟叔叔和姑姑的关系。”① 而这一切背景材料却与主题有密切联系，他们全都反映了少年内心的孤独感，包括他对那个少女也感到孤独。在小说结束时，小说中的“我”在简陋得像谷仓似的集市里突然降临的暗影下看到自己就像“一个受到虚荣心驱使和拨弄的可怜虫”，因此“我”的“眼睛里燃烧着痛苦和愤怒”。这表现出“我”遭到“那个处于神秘状态的世界排斥时的感受”，表明“我”的孤独感达到了难以忍受的地步。

布鲁克斯和沃伦提出这样一个问题：“这是不是一篇感伤小说呢？这篇小说写的是年轻人的恋爱，而且是‘初恋’，这样的恋爱通常是轻率的，往往是一时之兴。这篇小说里的‘我’也显然在捕风捉影、自作多情，他在小说结束时自己也承认自己陷入了自我蒙骗。那么，作者又如何避免这种指责，即认为他对待这样的事是否过于认真了?”②

布鲁克斯和沃伦对此做了详细的分析：“这篇小说是由主人公自叙的，但时间是在很久以后，即在他成年之后。这个情况虽然在小说中没有点明，但小说的语言风格显然不是未成年的少年人的风格：条理清晰而又复杂多变，含蓄的隐喻随处可见。换言之，

① ［美］布鲁克斯、沃伦编著：《小说鉴赏》（中英对照），主万等译，世界图书出版公司2006年版，第160页。

② 同上书，第161页。

既超然又具批判性，这是一个成年男子在回忆自己的少年时代。”①由此，我们不难看出这里存在一个故事发生时间和讲故事时间的“差距感”，即出现了“体验主体”和“叙述主体”之间的差距。譬如，小说中写道：“除了随便招呼一下之外，我从未同她讲过话。可是，她的名字总是使我愚蠢地情绪激动。”作者并没有直接描述当时的“情绪激动”，而是加上修饰词“愚蠢”，这实质为成年后的“叙述主体”已经明白了自己少年时的行为在某种意义上是愚蠢的，少年的情感是迷茫的。他如今早已摆脱这种迷茫，而且已经认识到这是过去存在的情况以及它为何存在的原因。因此，小说中主人公的形象，已经不是当年那个“体验主体”了，小主人公当年所观察到的、周围的人物形象也已经伴随着他当下已经做过种种调整的心态对以往事情的看法而改变。由此可见，叙述时间对小说中人物的塑造产生了重大影响，它使小说中人物形象变得更加丰满、更加复杂，小说的意义也更丰富、更典型，更具有普遍性了。

通过“体验主体”和“叙述主体”这对概念，我们也不难解释在奥康纳的小说《醉汉》中，布鲁克斯和沃伦所提出的质疑：“作为一个孩子，拉里对他父亲的观察是否太成熟了？”很显然，作为“叙述主体”的拉里将孩童的“拉里”——这个“体验主体”的性格复杂却又鲜明化了。在故事里，父子位置的颠倒成为主要特色。作为孩子的拉里，他的性格像个大人，关心家庭利益，还时刻提防自己孩子气的弱点，他忧心忡忡，知道什么是“坏兆头”，知道父亲一开酒戒就会发生什么后果，这一系列超出孩童的思维水平的性格

① ［美］布鲁克斯、沃伦编著：《小说鉴赏》（中英对照），主万等译，世界图书出版公司2006年版，第161—162页。

促使了父子位置的颠倒。那么，拉里超出孩童的性格难道不是“叙述主体”所给予的吗？

关于《阿拉比》这篇小说的主题，布鲁克斯、沃伦认为：“这篇小说并不是一篇关于人的成长过程的流水账，也不是想表现某种心理变化的医疗兴趣。它是一篇关于成年人生活经验中主要矛盾的象征性示意图。”① 笔者以为，正是“叙述主体”对于“体验主体”的超越，才达到了这样的艺术效果。

《醉汉》中的拉里对于父亲来说是一位比母亲更重要的观察者，如果按照其他学者的说法，“造成作为写作角度的人物形象的模糊性也许是第一人称写作方法的最严重的缺陷……这一表现方法适于表现被观察的人物，而不适于去表现那些处于观察地位的人物形象”②，拉里的形象会因既是观察者又是被观察者（即体验者）而变得模糊不清了。但是，在布鲁克斯和沃伦看来，“我”可以既是体验者又是叙述者，既是观察者又是被观察者。叙事时间的介入，无论是作品中的人物形象，还是小说的主题意蕴，非但不会模糊不清，反倒会因为“叙述主体”与“体验主体”之间的时间“差距感”，而越发变得丰富、复杂，更具深厚的哲理意蕴。

四 小说结局与人物塑造

布鲁克斯、沃伦对小说结尾艺术的关注和思考，除了《小说鉴赏》第二章“情节”部分外，第三章“人物性格”部分，在讨论居

① ［美］布鲁克斯、沃伦编著：《小说鉴赏》（中英对照），主万等译，世界图书出版公司 2006 年版，第 162 页。

② ［美］利昂·塞米利安：《现代小说美学》，宋协立译，陕西人民出版社 1987 年版，第 59 页。

格涅夫的《县城的医生》[1]、麦卡洛斯的《侨民》[2]、劳伦斯的《请买票》[3]以及第五章“新小说”讨论罗布－格里耶的《密室》[4]等作品时，也提出了与小说结尾相关的一些问题。这些问题，或者讨论小说结尾与感伤情调的关系，或者关注人物设置与小说结尾及作家意图之间的关系，或者思考小说结尾与形象体系的关系，或者对传统小说与新小说结尾做对比性思考。所有这些问题，都指向了对小说整体的关注和研究，而不是就小说结尾谈小说结尾。也就是说，“整体性”“连贯性”以及“统一性”，是布鲁克斯、沃伦思考小说问题的立足点。这些，需要我们进一步深入研究。

一般而言，人物性格塑造往往通过作者的直接概括或者人物动作、语言的间接揭示等方法来完成，似乎很难将小说结尾与人物性格的塑造联系起来。布鲁克斯和沃伦在《小说鉴赏》第二章“章节引言”部分也只讨论了人物性格塑造的基本方法问题，但在后面的

---

① 针对屠格涅夫的《县城的医生》，布鲁克斯、沃伦从小说创作如何避免“感伤情调”发问：“假定在作者做出反应之后，小说到此结束，这会产生怎样的效果？是有所损失呢，还是有所增益？就这一点，讨论感伤问题。”（《小说鉴赏》，第171页）

② 针对麦卡洛斯的《侨民》，布鲁克斯、沃伦从人物设置（尽管是一个很不起眼的人物——瓦伦丁）的角度，引导读者思考小说结尾对作家意图及作品意义的作用：“瓦伦丁对于这故事，特别是故事的结尾，有什么意义？迎接费里斯的是瓦伦丁而不是珍妮，这一点是很重要的，为什么？”（《小说鉴赏》，第180页）

③ 针对劳伦斯的《请买票》，布鲁克斯、沃伦从情节结构、人物关系等角度，接连提出了两个问题：“这篇小说虽然安置了许多情节，甚至有剧烈的情节，却没有什么结局。约翰·托马斯和安妮可以推知会各走各的路。小说也确是用一句悬而未决的话来结束的。粗心的读者很可能会因小说的这种结尾感到茫然，从而对它不加理会。”“小说结束时安妮对约翰·托马斯的感觉如何？约翰·托马斯对安妮的感觉如何？”（《小说鉴赏》，第203—204页）这些问题，旨在引导读者要从作品整体结构安排及人物形象之间的关系出发，去思考作家的创作意图和作品的意义，而不是“直奔主题”。

④ 针对罗布－格里耶的《密室》（布鲁克斯、沃伦称这篇小说“完全背离了现实主义传统”），布鲁克斯、沃伦引导读者思考传统小说与现代小说之间的差异（审美倾向、时间安排等）：“类似‘很不说清楚那亮光是从哪儿照进来的’这样的陈述句有何言外之意？这篇小说毫无疑问是描述一幅绘画吗？小说在出人望外的结局前所做的预示是否有助于这种结尾？”“有两种结尾出人意外的作品，一种如《带家具出租的房间》和《鹰溪桥上》，另一种如《花园余影》和《密室》，它们之间有何区别？”（《小说鉴赏》，第320页）

具体批评实践中，却有了出乎意料的发现——人物性格及其复杂的内心世界，可以通过“豹尾”① 那么一甩得以完整呈现。笔者认为，这是对其前述人物性格理论的一种补充、拓展和超越。

对小说结尾之于人物塑造的讨论，主要出现在《小说鉴赏》“第三章　人物性格”部分对 D. H. 劳伦斯的小说《请买票》的分析中。《请买票》这篇小说的故事很简单。一个名叫约翰·托马斯的年轻电车线路检票员勾搭上了一个名叫安妮的年轻女售票员，当他得知安妮在认真对待他的感情时，却又抛弃了她。约翰·托马斯并没有认真对待安妮的这份感情。为了“报复”，安妮就纠合了一些曾受过约翰·托马斯同样对待的姑娘，在一个小休息室里“狠狠”教训了约翰·托马斯一顿。实际上，安妮她们虽然揍了约翰·托马斯几下，并且还撕破了他的短上衣，但并未把他伤得很重。约翰·托马斯离开后，姑娘们非但没有为自己的胜利欢呼雀跃，反倒“对自己的所作所为感到惶惑不解，有点昏昏然，甚至有点害怕”。小说以“姑娘们都急于离开。她们匆忙地收拾着，脸上带着呆痴麻木的神情”②，结束了全篇。

这样的开放性结尾似乎是悬而未决的，我们在结尾中看不到男

---

① 我国元代杂剧家、散曲作家乔吉（约 1280—1345）对诗歌作品的结构艺术，形象化地提出了“凤头、猪肚、豹尾”的美学理想，它要求文章的开头部分，要像凤头那样美丽、精彩；主体部分，要像猪肚子那样，具有充实、丰富的内容；结尾部分，必须像豹尾一样有力。李渔说：“终篇之际，当以媚语摄魂，使之执卷留连，若难遽别。”林纾说：“为人重晚节，行文看终穴。”老舍曾打过这样一个生动的比方：读者读小说，犹如吃花生米，前边一颗颗花生米无论怎么香，最后如果吃了一颗发霉的，则倒了胃口，使人忘了前边花生米的香味。俄国作家契诃夫说：“我有一个有趣的……题材，不过还没有把结局想出来，谁……发现了新的结局，谁就开辟了新纪元。……我要等到想出一个跟开头一样巧妙的结局才写它。”古今中外，深谙为文之道的诗人、作家都很注重结尾的艺术。

② ［美］布鲁克斯、沃伦编著：《小说鉴赏》（中英对照），主万等译，世界图书出版公司 2006 年版，第 203 页。

女主人公最后的结局，这看起来只是一个事件（青年男女之间的情感纠葛）的结束——各自离开了，而非一个小说故事的结尾①。“粗心的读者很可能会因小说的这种结尾感到茫然，从而对它不加理会”，而专注于文本细读的新批评家布鲁克斯、沃伦他们发现这样的结尾暗示了这篇小说“内在情节”的重要性。什么是“内在情节”，布鲁克斯、沃伦没有具体解释，但就上下文语境看，笔者认为，所谓“内在情节”，就这篇小说而言，是指以安妮为代表的“姑娘们”的心路历程，尤其指人物内心深处微妙的发展和变化，这种发展和变化甚至连人物自身都未必能够意识到。布鲁克斯和沃伦说：“确实，就是这种戛然终止的结尾，暗示出某种剧烈的心理变迁。”②

细读这篇小说，我们就会发现，姑娘们呆痴麻木的神情与她们之前的行为形成了巨大强烈的反差。起初，“她们虽然满腔怨恨，但更多的却是出于好玩”。在教训托马斯的过程中，她们人多势众，“一拥而上，又揪又撕又打。她们热血沸腾。他现在成了她们手中的玩物，她们要报仇雪恨”。在姑娘们教训了托马斯之后，安妮她们非但没有为此满足，却“依然是那样痛苦、绝望”。“她的脸由于痛苦而抽搐着，仿佛要跌倒”，“声音里有一种凄惨的苦涩”，“仿佛正受着煎熬”。“姑娘们都急于离开。她们匆忙地收拾着，脸上带着呆痴麻木的神情。”在这种巨大的反差之下，我们在分析批评时不禁会对小说中人物的性格的表达产生疑问：这似乎

① 布鲁克斯、沃伦特别区分过两种结局或结尾：一种是动作或事件中的“结尾”，另一种是情节构成中的“结尾”（情节的最后结果）。布鲁克斯、沃伦把动作或事件划分为：“开始阶段”（the beginning）、“中间阶段”（the middle）、“最高度的紧张状态”（the point of highest）以及“结尾阶段”（the end）；把情节的基本构成区分为：“破题”（exposition）、“开展”（complication）、“高潮”（climax）、“结局”（denouement）。

② ［美］布鲁克斯、沃伦编著：《小说鉴赏》（中英对照），主万等译，世界图书出版公司2006年版，第203页。

背离了人物性格的统一性原则，那么这样的人物性格真实可信吗？答案是肯定的。

细读文本，我们自然会发现，这篇被布鲁克斯、沃伦看作“内在情节”为主的小说，其情节的主要矛盾冲突并不在约翰·托马斯与姑娘们之间，而是发生在以女主人公安妮为代表的“姑娘们”的内心深处。这是一种可称为“爱情的‘双重性’”的矛盾情感，非常微妙、深隐、复杂，这是在“恋爱中表现出来的那种既主动又被动、既残忍又温柔、既想占有又想背弃的奇怪而复杂的情感”①。而正是由于劳伦斯对小说戛然中止的结尾的设置，才使得人物性格及其复杂的内心世界完全展露出来。姑娘们由报复时的那种“颇为泼辣的狂热”到“呆痴麻木的神情”这样剧烈的心理变迁深刻反映了她们性格中的矛盾性与双重性。

在讨论小说结尾的过程中，布鲁克斯、沃伦并不在意人物的最终结局，而特别看重小说结尾的“表现”特质，他们强调指出：“即使小说结局似乎只能使那些事件了结，并避免做出解释，我们将发现这篇小说（如果它是一篇成功的小说）会使我们去回顾小说本身所包含的某些基本特性。”② 比如，在“第二章　情节”部分精选的8篇小说中，布鲁克斯、沃伦对安东·契诃夫的《万卡》、约翰·科利尔的《埋葬》、艾萨克·巴贝尔的《进入波兰》、盖伊·德·莫泊桑的《项链》、路易吉·皮兰德娄的《战争》、路德亚德·吉卜林的《国王迷》6篇小说的结尾都做了充分肯定。其中，《万卡》《埋葬》《项链》《战争》等，都是以“突然的转折”结束全篇的。在布

---

① ［美］布鲁克斯、沃伦编著：《小说鉴赏》（中英对照），主万等译，世界图书出版公司2006年版，第203页。

② 同上书，第45页。

鲁克斯、沃伦看来，评定结局高下的标准在于："仅仅是一种技巧，还是因为它的表现力强？"①

在布鲁克斯、沃伦看来，好的结尾，不只巧妙，它还促使读者回顾小说前面的事件，赋予小说中的事件及整个小说以意义，把一个特殊的事件提升到"总的评价"② 即普遍性、典型性的高度和水平上来。"一篇成功的小说结尾，常常把一种可取的总的人生观留给了我们。"③ 这就是布鲁克斯、沃伦对小说结尾的总原则。

第三节　布鲁克斯、沃伦人物性格分析之问题追问

在《小说鉴赏》"人物性格"一章，布鲁克斯、沃伦在对7个短篇小说做了不同长度、不同角度的文本分析（即"讨论"）之后，又很有针对性地分别对它们提出了长短不一、数量不等的"思考题"。《小说鉴赏》的"人物性格"一章，仅"诱导性的问题"，布鲁克斯、沃伦就提出了45个；如果把他们在"讨论"部分提出的问题一并统计在内，这一章提出的问题一共有58个（这里，我们尚未统计那些潜在的或隐含的问题）。"讨论"部分提出的问题，均为"设问式"，自问自答；而"思考题"部分提出的问题，均属"启发式"，只问不答，给读者充分的思考空间。

对于这些问题，国内学界在以往的研究中，没有给予任何关注。下面，我们对这些问题全面、系统地加以分类研究。

---

① ［美］布鲁克斯、沃伦编著：《小说鉴赏》（中英对照），主万等译，世界图书出版公司2006年版，第77页。

② 同上书，第45页。

③ 同上。

我们应该注意到，这里提出的问题，哪些是对人物性格理论的实践和运用，哪些是补充，哪些是完善，哪些是发挥、修正甚至超越？借此，我们考察布鲁克斯、沃伦的小说批评理论及其批评实践的对话关系。特别要关注后者之于前者的发明关系。

对于这些问题的分类，可以从以下几个方面进行：一是从提问内容上分类，有些是针对情节、人物性格或主题的，而这些问题的提出又与传统的小说理论大相径庭。二是从提问角度分类，这些问题中，有叙事学方面的，也有心理学方面的；有创作论方面的问题（很多是创作意图的研究），更有接受论方面的问题。三是提问方式的不同类型，有开放式的比较研究，其中又有内部比较与外部比较，同是比较，可以同类比较，也可异类比较；亦有封闭式的问题，单独针对某一个文本发问。四是提出问题的句式也颇值得玩味，一些措辞非常有意思，如“设想”“想象”“假如”“如果”“假定”诸如此类的句式，给读者留下了足够的思考、创造空间。

在对具体小说文本的品鉴中，布鲁克斯、沃伦提出了小说表现中的一个重要范畴，即“sentimentality”①，并在多处从正面、反面分析了此一范畴。比如，在讨论《万卡》时，布鲁克斯和沃伦指出：“这篇小说的重点（emphasis）放在动人哀怜的词句（extreme pathos）上，很可能产生伤感的气氛（dangers of sentimentality）。假定用另一种写法，只是大致按年代顺序，历叙万卡一生中所有苦难，直到圣诞节的前夜，他独自一人在那个阴暗寒冷的小屋里做祷告。要是这样描写，这篇小说充其量只不过是一篇充满感伤气氛（senti-

① 中译时译为“感伤”“感伤情调”“感伤状态”等。

mental）的速写。”[1] 这里，是从正面肯定契诃夫避免了让自己的作品陷入“感伤状态”。在讨论布雷特·哈特小说《田纳西的伙伴》时，布鲁克斯、沃伦则从反面入手，批评布雷特·哈特的《田纳西的伙伴》“致力于感情效果（emotional effect）的表现”而“陷入了感伤状态（sentimentality）”[2]。另外，在该书“重要词汇”部分，布鲁克斯、沃伦还专门对“感伤情调”（sentimentality）一语进行了解释；与此同时，在对与此相关的另一个术语——“感伤”（pathos）进行详细阐发时，还对“感伤性”与“悲剧性”的性质做了仔细分辨。

下面，我们就从两个方面，对布鲁克斯、沃伦的“感伤情调”理论做一分析。

一　叙述语调与人物塑造的关系

有关语调（tone）问题，从普遍意义上来讲，学者们主要用于诗歌分析而很少会在小说批评中涉及。即便在小说文本的分析中有所涉及，评论者们也仅意欲从语调方面去探讨作者的创作风格或小说的主题思想。因此，布鲁克斯、沃伦有关小说中情节设置与语调关系的讨论，不得不说是一种独到的创建。

早在1927年，瑞恰兹就在其《实用批评》一书中，专门研究过诗歌的语调（tone，一译为“语气”）问题。瑞恰兹说：“语气作为诗歌一个鲜明的特征，探讨的难度高于其他特征，它的重要性容易被忽视。……我相信许多所谓‘风格’上的诀窍说白了其实都是一

① ［美］布鲁克斯、沃伦编著：《小说鉴赏》（中英对照），主万等译，世界图书出版公司2006年版，第60—61页。

② 同上书，第154页。

个语气的问题。”瑞恰兹还认为：“虽然我们很难经得住，但我们务必牢记，语气不是一个独立于其他意义的东西。……无论是否在形式上用第二人称来称呼读者，都会产生语气的问题。”对于瑞恰兹的上述理论，兰色姆评论说，瑞恰兹“注意到语气和风格、语气和方法以及语气和说话对象之间的联系，我认为所有这些联系用另外一个词可以更直接地表示出来——‘戏剧情境’”①。

对文学作品中“语调”的重视，也是布鲁克斯、沃伦文本批评的一大特色。早在《理解诗歌》（*Understanding Poetry*，1938）一书中，他们就辟专章讨论诗歌中的“语调”（tone）问题。布鲁克斯、沃伦深刻地指出：“诗歌的语调表现（indicates）了叙述者对他的主题和听众，有时是对他自己的态度。‘语调’这个词严格意义上来说是一种比喻性说法（metaphor）——是从日常会话或歌曲的语调中引申过来的。在会话中，我们会通过说话语调表明对所说之事的态度——这也正是会话的真实含义。一个简单的短语‘是，真的’，仅仅通过语调的变化就能表达出热情、尊敬、同意或傲慢等不同含义。日常生活中，我们要表达的含义——各种交流中对于‘什么’和‘谁’的基本态度——其中，大多数都是借助语调传达的。在诗中也是如此。但诗人必须依靠写在纸上的文字，以此取代我们人类富有表现力的声音（expressive human voice）。诗人在遣词造句时必须字斟句酌，只有这样，诗歌才会向读者传达诗人所期望的语调（desired tone），由此传达诗意的微妙变化（subtle modification of meaning）。这里，我们关心的就是，语调对意义的生产过程是怎样完

① ［美］约翰·克娄·兰色姆：《新批评》，王腊宝、张哲译，江苏教育出版社2006年版，第43页。

成的。"①

布鲁克斯、沃伦在《小说鉴赏》"情节"这一章的理论概述部分，虽然没有专门论及语调，但在"问题"部分，他们提出，研究情节同人物和主题的关系问题是十分必要的。然而，"短篇小说和长篇小说都是用语言创作的"，因此我们不得不思考"情节与作家所运用的语言优劣之间究竟还有什么关系"②，多处针对具体小说作品中的语调问题进行追问。

我们知道，每位作家的语言风格有所不同，不能仅从语言风格中去评判"语言的优劣"，而需要从一些"关系"中去讨论。布鲁克斯、沃伦敏锐地发现，情节与语言（包括"语调"）之间的关系同样关涉作品的连贯性问题。以此为出发点，无论对于小说情节设置的探讨还是对于小说语言的分析，无疑是向前推进了一步。

在理论概述部分，布鲁克斯、沃伦仅提出了情节与语言之间存在着连贯性问题，而在具体的篇目分析中，他们将这一问题具体化，探讨了情节的逻辑性与语调之间的关系。例如，在对欧·亨利《带家具出租的房间》的讨论中，布鲁克斯、沃伦否定了小说所采用的语调，一种被他们称为"哄骗的语调"。如"啊，上帝！那香味究竟从何而来？从何而始，那发出呼唤之声的香味"③，他们认为，作者用这样的语调，目的在于"一个劲儿激动读者的情绪"，"企图弥补小说本身所缺乏的逻辑性，亦即作品的连贯性"④。（布鲁克斯、

① Cleanth Blooks & Robert Penn Warren, *Understanding Poetry*, Beijing: Foreign Language Teaching and Research Press, 2004, p. 112.

② ［美］布鲁克斯、沃伦编著：《小说鉴赏》（中英对照），主万等译，世界图书出版公司2006年版，第47页。

③ 同上书，第56页。

④ 同上。

沃伦在这里认为这种语调实质上是一种“感伤情调”[1]，在这里，布鲁克斯、沃伦实际上讨论了欧·亨利《带家具出租的房间》中利用“哄骗的语调”掩盖小说情节连贯性的企图，亦即在小说情节缺乏逻辑性之时权且以语调弥补。他们对欧·亨利在《带家具出租的房间》中的做法，大为反感。

在对《埋葬》的文本批评中，布鲁克斯、沃伦试图为他们所谈及的语调下一个定义：“所谓语调，正如我们早已论述过的，就是指作者的态度，对他的主题和他的读者所产生的那种效果。”[2] 我们说，这里的定义是模糊性的，里面涉及了语调与主题的关系、语调与读者的接受之间的关系。其实，语调与读者的接受之间的关系，主要指由于语调的恰当使用，使得小说的情节设置更为真实可信，从而为读者所接受。例如，在对小说《埋葬》的讨论中，布鲁克斯、沃伦认为，“正是那种特别富于喜剧性的语调，使我们接受了那些巧合和巧妙的结尾”[3]。

从该章的理论概述，到具体篇目的批评实践，我们可以发现，布鲁克斯、沃伦关于小说各要素之间关系的讨论在不断具体化的同时，向纵深挖掘。那么，关于情节与语调的关系问题，也反映在他

---

① 兰色姆在《新批评》中指出：“在这个问题上，看看理查兹就‘感伤’而发表的议论应不无意思。他认为，一个感伤的读者对物体的情感反应来得太容易，或者太泛滥，他所表现出来的情感（就像那些‘喷涌真情’的读书报告）好像超过了特定场合的需要。但这里的意思只能是，它超过了客观的、作为‘交流对象’的场合需要，他信由自己的想象力，对这一场合添油加醋，或者由于缺少阅历而误解了这一场合；他的阅读完全偏离了文本。同样，一个感伤的诗人一定忽略对他的情境的完整表现，却一径把情感嚷嚷出来，本该留给读者自己去使用的，而且读者也只有在确定自己想说的情感与接受到的情感相匹配之后才能使用的情感语言，诗人却先用了。这种谬误不论属于读者还是诗人，似乎就是理查兹的‘老套反应’论；情感活动并不建立在准确认知的基础上。”（［美］约翰·克娄·兰色姆：《新批评》，王腊宝、张哲译，江苏教育出版社 2006 年版，第 33 页）

② ［美］布鲁克斯、沃伦编著：《小说鉴赏》（中英对照），主万等译，世界图书出版公司 2006 年版，第 69 页。

③ 同上。

们的“问题”追问中。

在对小说《进入波兰》做了分析讨论后，布鲁克斯、沃伦进一步追问：“在第四段中，你觉得作者对犹太人，特别是那个女人，持什么样的态度？试想作者持同情的语调，这么一来又会使小说发生什么样的变化？”“再说，我们看到小说是在结尾处突然来了个转折点。它合乎情理吗？从开头描写的细节和小说语调中，甚至在‘暴力’中，都可以找到充分的根据吗？”[①] 从这些问题中，我们可以看到，小说情节能否达到统一性与连贯性，除了从情节与主题、情节与人物性格等方面去分析，很重要的一方面，我们可以从情节与作者所用语调的关系中去探讨，因为语调也能为情节的合理性或者说合逻辑与否提供依据。除此之外，布鲁克斯、沃伦对情节与语调之间关系的追问，实际上也反映出新批评家们在具体的批评实践中，并没有割裂作者与文本的关系，因为语调是作者介入文本的重要手段。

二　“感伤情调”之于人物塑造的危害

论及“风格”（style）一语，布鲁克斯和沃伦在《小说鉴赏》附录中的“重要词汇”部分，将其与“形式”（form）放在一起进行定义。他们认为，“形式”是指文学作品中各种元素的安排方式，各类素材（思想、图像、人物、场景等）的组织，以达到一个单一的效果（a single effect）[②]。他们认为，“形式”并不仅仅是故事的一

① ［美］布鲁克斯、沃伦编著：《小说鉴赏》（中英对照），主万等译，世界图书出版公司2006年版，第81页。

② “a single effect”似乎翻译为“整一的”或“独特的”比较好，它符合布鲁克斯、沃伦以及整个“新批评”关于“有机论”的思想方法和审美追求。

种载体，它是总的组织原则，影响作品构成的各个方面。“结构”和“风格”也被用来形容作者为了达到希望的效果对素材的组织形式。但是，“结构”通常用来指较大的元素的排序，如片段、情境、动作细节等；而“风格”通常用来指文学语言（即文字）的组织。大体上看，“结构”和“风格”均为“形式”的同义词。在《小说鉴赏》一书中，“风格”仅指语言的选择和顺序。①

布鲁克斯和沃伦在小说“人物性格”这一章中所讨论的“风格”并非指某位作家的创作个性，而是试图从宏观上去把握一篇小说的风格是否严谨。在他们看来，像乔伊斯的《阿拉比》这样的作品，其创作风格是严谨的，拥有含蓄的艺术魅力。这篇小说的风格在于：它“使敏感的读者同时注意到，小说既写了少年人的初恋，但又显然不是以少年人的笔调或者口吻来叙述的。可以说，小说表现的是一个成年男子的痛苦经验，而这种经验则是通过他的真实的思想感情，由他自己回忆，自己取舍，自己处理然后组织成篇的”②。布鲁克斯和沃伦在对《阿拉比》创作风格的评价中，尤为注重的是“含蓄的艺术魅力”和“真实的思想感情”，这就是他们口中“风格严谨”的具体所指。

“含蓄的艺术魅力”和“真实的思想感情”加在一起，即是说，作者在创作小说时，其情感的加注必须是真实的，小说中人物的思想感情必须符合逻辑的真实性；同时，这一系列情感的表达必须加以控制，不能任其泛滥而影响到小说的结构与真实可信性，小说中的情感应是真实而含蓄的。布鲁克斯和沃伦明确指出，欧·亨利的

① 参见［美］布鲁克斯、沃伦编著《小说鉴赏》（中英对照），主万等译，世界图书出版公司2006年版，第640页。

② 同上书，第218页。

《带家具出租的房间》和布雷特·哈特的《田纳西的伙伴》两篇小说的创作风格是不够严谨的，因为作品里那些与实际素材不相匹配的渲染成分和抒情成分使小说内容失去了含蓄的艺术魅力。

那么，那些失去了“含蓄的艺术魅力”和“真实的思想感情”的作品，究竟是一种什么风格或状态，又何以命名呢？为此，布鲁克斯、沃伦称为“感伤状态”或“感伤情调”（sentimentality）。布鲁克斯、沃伦认为，sentimentality 是一种过分的、根本不合时宜的情感反应。具体而言，所谓 sentimentality，就是指某些小说“对某事件产生过多的情感反应，这种情感反应不是故事中预期产生的”[①]。

那么，何为“感伤”呢？布鲁克斯和沃伦是这样解释的：“感伤（pathos），怜悯的感觉。作者一定要自圆其说，让故事中的感伤情绪能够从所给出的情境[②]当中合理地生发出来。如果感伤情绪没有合理的人物和情境基础，就会产生‘多愁善感’的效果。”[③] 此外，小说所体现出来的感伤状态和“悲剧性”不同，二者必须区别开来。布鲁克斯、沃伦认为：“在悲剧情境中，怜悯的感觉与斗争和冲突的效果相交织。对弱者所受苦难的展现能够制造感伤效果。而要达到悲剧性效果，受难者必须有足够的力量与他的环境进行抗争。”[④] 那么，由于感伤情绪没有合理的人物和情境基础而产生“多愁善感”

---

① ［美］布鲁克斯、沃伦编著：《小说鉴赏》（中英对照），主万等译，世界图书出版公司 2006 年版，第 642 页。

② 布鲁克斯特别强调文学作品中的“情境（situation）”问题，他在《精致的瓮：诗歌结构研究》中，曾提出过“典型的华兹华斯式的‘情境’”这一命题，并认为“典型的华兹华斯的诗歌，仍旧是以悖论的情境为基础的”，“（华兹华斯）这首诗……从自身产生的悖论情境中汲取了力量”。（［美］布鲁克斯：《精致的瓮：诗歌结构研究》，郭乙瑶等译，上海人民出版社 2008 年版，第 5—22 页）

③ ［美］布鲁克斯、沃伦编著：《小说鉴赏》（中英对照），主万等译，世界图书出版公司 2006 年版，第 641 页。

④ 同上。

的效果，那种试图让读者经受强烈的感情，而这种感情却不是小说人物性格本身和情节逻辑所能给予的，即为布鲁克斯和沃伦所批判的“感伤状态”，一种不严谨的创作风格。在这种风格之下，人物形象的塑造将会受到严重影响。

作为批评实践家的布鲁克斯和沃伦，在对小说《田纳西的伙伴》的批评中，细致分析批判了此种风格，并阐释了陷入“感伤状态”[①]的三种症状。下面，我们不妨借助他们对这篇小说的分析，从而具体了解这种“感伤状态”（或“感伤情调”）的具体表现及其造成的危害。

布雷特·哈特的短篇小说《田纳西的伙伴》写了这么一个人，即小说中的“伙伴”对其朋友田纳西的赤诚之心。那个叫田纳西的人，之前跟他的伙伴的妻子私奔了，但是两个男人之间的“友谊”并未因此破裂，而是经受住了严峻考验。有一天，当伙伴的妻子抛弃田纳西再次与人私奔后，田纳西回到了原来的地方，伙伴与田纳西二人言归于好，小说中写道：“当田纳西有一天没带他伙伴的老婆……从马里斯维尔回来的时候，田纳西的伙伴却是第一个亲热地跟他握手来欢迎他的人。”[②] 再后来，当田纳西因在公路上抢劫而被处死后，他的伙伴还领回他的尸体并尽其所能以体面的仪式埋葬了他，然后他的伙伴也日益颓唐而死去。

---

① “感伤情调”或“感伤状态”是与西方浪漫主义运动有着密切关系的一种创作姿态，在其他时代、国度的文学创作中，这种创作姿态也不鲜见。在鲁迅蜚声中外的散文诗集《野草》中，有一篇形式特异的作品：《我的失恋——拟古的新打油诗》。关于这篇作品的创作动机，鲁迅说得非常明确：“因为讽刺当时盛行的失恋诗，作《我的失恋》。”《三闲集·我和〈语丝〉的始终》说：“不过是三段打油诗，题作《我的失恋》，是看见当时‘阿呀阿唷，我要死了’之类的失恋诗盛行，故意做一首用‘由她去吧’收场的东西，开开玩笑的。这诗后来又添了一段，登在《语丝》上。”

② ［美］布鲁克斯、沃伦编著：《小说鉴赏》（中英对照），主万等译，世界图书出版公司2006年版，第145页。

不可否认，田纳西的伙伴对朋友的真挚和忠诚已经达到无以复加甚至难以置信的地步。而使这种忠诚显得更为令人注目的是，田纳西的伙伴并不是我们通常所谈论的那种多愁善感、如得道高僧大慈大悲之人。因此，田纳西的伙伴那超出常理的宽宏大量的行为的真实性将受到严重质疑。布鲁克斯和沃伦认为，小说人物塑造中最核心的要求即是人物性格必须真实可信。据此，我们不禁要问：小说中田纳西伙伴的行为究竟符合人物性格的真实性吗？作者布雷特·哈特《田纳西的伙伴》这篇小说所塑造的人物性格及其所表现的那种“伟大”的宽宏大量的感情，能够自圆其说吗？

布鲁克斯和沃伦谈到，小说中田纳西的伙伴如此宽宏大量的行为是否真实可信，有赖于读者对其性格的了解，也就是说，要看布雷特·哈特对人物的心理变化是如何表现的，因为田纳西的伙伴只有在某种心理变化的情况下才有可能做出这些简直不可信的行为来。尽管有其他作家曾表彰过那种单纯而“无书卷气”的人物在感情上的至诚至善[1]，无论如何，田纳西的伙伴因田纳西与妻子私奔而蒙受了丧失名誉的耻辱，而其性格当中也毫无什么抽象的正义观，并把夫妻关系看作完全是个人的和具体的，作为一个男人，怎么会违背常理地原谅田纳西呢？在面对无法解释的真实性问题上，作者布雷特·哈特选择了回避。虽然小说中他的意思很清楚，他设定的高潮

① 我们不妨把田纳西伙伴那种异乎寻常的“宽宏大量”与《包法利夫人》中查理的“宽宏大量”进行对比研究，以此深化我们对这一问题的理解。包法利夫人的丈夫——查理，一个非常愚钝、古板、胆小、懦弱和感情粗糙的男人。福楼拜对这个人物的性格及其所由形成的历史，进行了令人信服的描写、说明和分析。而《田纳西的伙伴》的作者并没有对人物所由如此这般的心理根据，做认真细致的描写和揭示。也许，生活中真有这样的“傻帽儿”，但作者没有进行令人信服的艺术刻画，也就自然使其失去了艺术感染力。

部分在于田纳西的葬礼而不是其与伙伴妻子的私奔，但是私奔事件得不到合理的、令人信服的解释，田纳西伙伴此后对待田纳西的一切行为尤其是为其死后进行“体面的丧葬仪式”也就得不到合理解释。细读文本，我们自然会发现：他的行为，与具体情境下普通人的心理状态大相径庭，明显缺乏令人信服的心理根据。因此，他的性格自然是模糊的、不清楚的。模糊的人物，自然会造成模糊的主题。如此一来，这样的人物，根本谈不上什么性格。因为即便是“傻”，也得有充分的依据。

由此，我们可以断定，布雷特·哈特的这篇小说的主题是模糊的，他不知道这篇小说要说明一个什么问题。或许有读者会认为这是在表达一个朋友之间的真诚、忠诚的主题，但是这一点不应该是相互的吗？因此，布鲁克斯和沃伦认为，布雷特·哈特并没有为小说设置一个主题，而是“试图以一个新的浪漫故事来冒充主题”[①]。布雷特·哈特这篇小说的目的似乎仅仅在于一味地表达关于纯真友谊的赞歌，这样的赞歌不是不可以唱，但要有艺术含量；或许，布雷特·哈特这篇小说的目的是想传达他本人曾经经历的某种情感（可能是直接经验，也可能是间接经验），这样的情感也不是说不能传达，关键是看小说家怎么传达，光靠“浪漫”“煽情”[②]，而缺乏有效的艺术组织，缺乏具有“连贯性”的人物性

---

① ［美］布鲁克斯、沃伦编著：《小说鉴赏》（中英对照），主万等译，世界图书出版公司 2006 年版，第 154 页。

② 梁实秋《文学的纪律》一文中有句话说得好：“情感也有真假之分：真的情感是自然流露的，假的情感是故意造成的。”（徐静波编：《梁实秋批评文集》，珠海出版社 1998 年版，第 104 页）梁实秋的这一段话中所谓“假的情感是故意造成的”一语，可以看成对“感伤情调”最好的注释。美国作家布雷特·哈特、欧·亨利所处的时代，正是感伤主义的时代，也许正是这种时代氛围及其艺术主张，才导致了他们作品中流露出那种为布鲁克斯、沃伦所诟病的“感伤情调”。

格和情节组织，总是不能成就令人信服的艺术品。

布鲁克斯和沃伦多次指出，像布雷特·哈特那样为致力于情感效果的表现而不顾其他因素的创作风格，即陷入了“感伤状态”。接下来，他们对此一症状做了三个方面的分析。

第一，叙述者语言中多余的“议论”成分。

布鲁克斯和沃伦认为，在小说创作中，如果作者“常常单方面地‘发议论’——向读者指出应该感受什么，暗示读者做出反应”[①]，就会导致“感伤状态”。

譬如，因为抢劫而被捕的田纳西在被法院审判时，布雷特·哈特在对法官和陪审团的心理进行刻画后，做了这样的议论：“‘沙洲’的法律是毫不容情的，不过也不是报复性的”，原因在于“追捕时的紧张激动和私人情绪全都过去”[②]。又如，在田纳西的伙伴到法庭上为田纳西辩护时，作者首先对伙伴的外貌进行了一番描述：“说真的，他的确不是一个仪表堂堂的人，身个儿又矮又胖，生着一张四四方方的脸，给太阳晒出了异乎寻常的红色，身上穿着一件宽大的帆布工装，裤子上溅满了一道道红土。”之后，小说作者又描写了伙伴进来后的动作：“他弯身把拿着的一个沉甸甸的毡制手提包放到脚下。”[③] 按照一般的创作手法，这应是一处连贯的外貌动作的描写，但是作者却在这中间添加了自己的议论：“不论在任何情况下，他的样子都显得很古怪，而现在则简直是可笑的。”[④] 对小说主人公外貌的反应，应该是读者自己的感受，如此一来，伙伴的外貌是可

① ［美］布鲁克斯、沃伦编著：《小说鉴赏》（中英对照），主万等译，世界图书出版公司2006年版，第154页。

② 同上书，第146页。

③ 同上书，第147页。

④ 同上。

笑的，则由作者强加给了读者。再如，布雷特·哈特对田纳西的绞刑又做了这样的议论："然而，当那件懦弱、愚蠢的事干完，一条生命带着它的希望和义务从吊在空中的畸形的东西中逝去之后，鸟儿叫着，花儿开着，阳光普照着，全和先前一样愉快。"① 在议论中，田纳西作为一个对朋友不忠、不学无术、在道路上抢劫的人被绞杀后，作者认为这是一件懦弱、愚蠢的事；接着还描写了在一个带着希望和义务的生命逝去之后，然而世界却依然欢愉的情境，作者试图为读者渲染一种为生命感到悲怆的气氛或者情感，却全然不顾这种情感并非事件本身所能给予的。

第二，叙述者语言和人物语言中不必要的"诗化"或"雅化"倾向。

布鲁克斯、沃伦指出，《田纳西的伙伴》中"作者全然不顾作品的戏剧性情节而一味地强调、美化或者诗化自己的语言"②。具体而言，在这篇小说中，有如下的表现。

首先，"诗化"的景物描写。在田纳西被施以绞刑后，当伙伴把朋友的尸体带到墓地时，小说里有这样的描述："这个队列一路穿过灰熊谷——这时候，谷里已经披上了丧服和暮色。红杉把鹿皮靴般的树根埋藏在红土里，沿着小道一长行地排列下去，用低垂的枝条向经过的尸体一路传递着简单的祝福。一只兔子在队列经过时，吓愣住了，不知如何是好，笔直地坐在路旁的羊齿草里打颤。"③ 显然，大自然也在与伙伴的悲哀一起叹息。像伙伴一样，大自然所给予的仅是一种"简单的祝福"，不过它也尽可能地表达出它的同情感

---

① ［美］布鲁克斯、沃伦编著：《小说鉴赏》（中英对照），主万等译，世界图书出版公司2006年版，第149页。

② 同上书，第154页。

③ 同上书，第150页。

了。或许有人会认为布鲁克斯和沃伦的观点有些偏激，因为在小说中，作家可以合理地把景物描写作为一种手段用以渲染叙事作品中的气氛，甚至可以把景物作为某种特殊的象征物。布鲁克斯和沃伦也是承认这点的。但令人遗憾的是，这篇小说的作者布雷特·哈特并没有合理地使用这一手段，“景物描写在这里是被用来制造幻觉以加强场面的悲怆性的，而这种景物描写……完全是多此一举，而且是一种追求虚饰的表现，这是作者致力于达到情感效果的例证……而这种效果并未得到环境本身给予的支持”①。布鲁克斯、沃伦的分析告诉我们：文学作品中的景物描写，不是作为纯粹的自然景物出现的，不管你愿不愿意、是否承认，任何一部艺术作品展现的“自然物”都是“人化的自然”，不可随意为之。这个道理似乎很简单，但在实际的艺术创作和欣赏中，不是每一个人都能解决得很好的。如此看来，布鲁克斯、沃伦关于“诗化”的景物描写方面的阐发，具有重要的理论价值和实践意义。

其次，“诗化”的人物语言。② 读者都会注意到，在小说最后，伙伴因为心碎而临死之际，作者让他说了这么一段话：“现在，是去找田纳西的时候了，我得把‘珍妮’（一头驴）套上车子”，“喂，留神，‘珍妮’——留神，驴儿。多么黑呀！留神车道——还要留神着他，驴儿”③。从前文中我们知道，田纳西的伙伴是个木讷、不苟

① ［美］布鲁克斯、沃伦编著：《小说鉴赏》（中英对照），主万等译，世界图书出版公司2006年版，第153页。

② 即人物语言与人物性格的关系问题，以此讨论二者是否协调一致。按布鲁克斯、沃伦的理解，人物语言要与人物性格一致。具体而言，人物说话的语体、语气和辞藻应用等方面，必须有充分的心理依据，必须与说话人的地位身份、文化修养、兴趣爱好及其所处的具体语境、场合等相符合。一句话，人物的语言，不是作者思想的“传声筒”，必须符合人物性格，符合人物的心理逻辑和情感逻辑。

③ ［美］布鲁克斯、沃伦编著：《小说鉴赏》（中英对照），主万等译，世界图书出版公司2006年版，第152页。

言笑、毫无幽默感的人，这样的话完全不符合伙伴的讲话习惯，如果他说“我的老天爷啊，天黑了”，则更合理。布鲁克斯和沃伦分析了作者改变伙伴讲话习惯的原因，在于布雷特·哈特正致力于达到某种强烈的感情效果。认真读过小说的读者一定会察觉到，田纳西的伙伴说的这些“俏皮话”，完全与其性格不相符合，这样的口吻和用词，完全是小说中另一个人物——一个玩世不恭、泼皮无赖的田纳西的口吻。难怪布鲁克斯、沃伦批评说，《田纳西的伙伴》的作者布雷特·哈特之所以让田纳西的伙伴说出那些漂亮的“俏皮话”，是“因为他正致力于达到某种强烈的感情效果，他觉得像生活中一样的语言不够好，于是便采取‘诗化’人物的方式了”①。这种出力不讨好的做法，“根本就是一种不合时宜的情感反应”②。

第三，在人物性格的塑造上，作者“每每避开那些为小说最终产生效果而应该加以注意的真实问题”。

即是说，作家在塑造人物性格时，有一些无论如何都无法回避的，支撑着基本问题、核心事件的“基点”或“基础”。换言之，如果人物的语言和行动，并非基于其心理现实③，那么作家就会陷入某种困境，“使整篇小说显得既无重点又无逻辑性”④。下面仍旧以《田纳西的伙伴》作为具体实例说明之。

在《田纳西的伙伴》这篇小说里，布雷特·哈特的最终目的是制造关于伙伴忠诚行为的悲怆感，所以他全然不顾这种忠诚行为的基础是否合理。正如前面所论述的那样，在处理田纳西与其妻子私

---

① ［美］布鲁克斯、沃伦编著：《小说鉴赏》（中英对照），主万等译，世界图书出版公司2006年版，第153页。

② 同上书，第154页。

③ 亦即作家没有充分展示人物言行背后的心理基础和“心理变化”。

④ ［美］布鲁克斯、沃伦编著：《小说鉴赏》（中英对照），主万等译，世界图书出版公司2006年版，第154页。

奔的事件上，作者对田纳西伙伴的态度采取了回避的办法，叙述者只是轻描淡写地说道：

> 田纳西的伙伴把老婆逃跑的这件事看得很平淡又很认真。这本来是他一贯的态度。可是，使大家惊讶的是，当田纳西有一天没带他伙伴的老婆——她已经又对别人笑笑，跟着别人走了——从马里斯维尔回来的时候，田纳西的伙伴却是第一个亲热地跟他握手来欢迎他的人。聚集到峡谷里想看开枪火拼的小伙子，自然全大感愤慨。他们本来也许想说一些刻薄话来发泄自己的愤怒，可是看见田纳西的伙伴目光里那种严肃认真的神气，他们又止住了。其实，他是一个不苟言笑的人，一贯聚精会神在为难的情况下、令人不很愉快的那些切合实际的小事上。①

对于田纳西的伙伴而言，田纳西不够朋友，对他理应有“夺妻之恨”。妻子与田纳西私奔，本就是一件蒙羞之事，但当田纳西回到这个小镇时，田纳西的伙伴非但不计前嫌，还第一个亲热地欢迎田纳西。田纳西的伙伴为什么会这样呢？对此，小说家应该有一个合理的解释。但是，仅凭上文所引文字，一般读者自然会认为，这件事并没有得到一个令人信服的解释。因此整篇小说的合理性，包括作者力图想要表达的悲怆感也就失去了基点。我们无法理解小说主人公——田纳西之于他有夺妻之恨——对田纳西死心塌地的忠诚及其一系列不可思议的行为。

---

① ［美］布鲁克斯、沃伦编著：《小说鉴赏》（中英对照），主万等译，世界图书出版公司2006年版，第145页。小说家不仅仅是一个说故事的人，小说创作有很高的技术含量。任何一个细节、一句台词、一个动作、一幅图画，其背后都有作者的良苦用心。小说家不可以随意而为，读者也不应走马观花。

田纳西的伙伴不单原谅了田纳西与老婆私奔这件事，又一次接纳了田纳西，在田纳西因为偷窃并犯有人命案被处以死刑后，还给田纳西收尸，甚至厚葬。这也就罢了，更不可思议的是，还要在田纳西的葬礼上发表一番演说。不能不说，作家在创作这篇小说时，自己给自己出了很大的难题，遇到极其巨大的挑战。布鲁克斯和沃伦分析说："如果要使这种悲怆感达到顶点而且有意义的话，作者必须先使我们相信，第一，这个性格特殊的人物在这样的情况下发表演说是合乎逻辑的；第二，他的演说能使前述各个事件所具有的意义及其解释得到集中的表现。"[①] 但是，作家却试图把小说推向这样的"高潮"：

> "如果一个人，"田纳西的伙伴慢条斯理地开始说，"整天都在外边放荡，他应该做的是什么事呢？嘿，回家呀，如果他不能回家，他的好朋友怎么办呢？嘿，把他接回来！田纳西就老在外边放荡，我们把他从游荡中接回家来了。"他停了一会儿，拾起一小块石英，沉思地在袖口上擦着，继续说道："你们瞧见我刚才把他驮在背上。这并不是第一次。这也不是我第一次在他要人照顾的时候把他接到这所屋里来。我和'珍妮'也不是第一次在他不能说话、认不清我的时候等在那边山上，抬起他来，把他带回家。不过现在这是最后一次了，嗐——"他停住，把那块石英轻轻地在袖口上擦擦，"你们瞧，他的伙伴多少有点儿难受。现在，先生们，"他突然加了一句，一边拾起长

① ［美］布鲁克斯、沃伦编著：《小说鉴赏》（中英对照），主万等译，世界图书出版公司2006年版，第153页。

柄铲子，“葬礼结束了。谢谢各位来参加，我也替田纳西谢谢各位。”①

这段演说，完全是个人情感的抒发，悲怆之情溢于言表。但是，这段演说与整个小说却显得格格不入。首先，它不符合发表演说的情节逻辑。伙伴既然对朋友忠诚到如此地步（可以不顾是非曲直），那么对于非要置朋友于死地的人应该报以愤恨之情，那么在这些“刽子手”面前，他能做这样的演说吗？正如布鲁克斯和沃伦在对《带家具出租的房间》的讨论中说的那样：“感伤情调有时来源于缺乏逻辑性——不管这个场合是不是合情合理，总是动不动就诉诸感情。”② 其次，演说词也完全不符合人物性格。因为，即使要在这些围观的人面前发表演说，也应该是以一种无辜被害的心情发出尖刻的讽刺或者谩骂，而不是怀着一种“好像基督般的宽宥之心”而对这些旁人表示歉意并对他们的同情表示感谢。布鲁克斯和沃伦讲：“伙伴简单、善良得到了令人无法相信的地步。所有的目的全在于抒发感情。”③ 因此，他们认为，布雷特·哈特为制造悲怆感而所做的所有努力，反而“使整篇小说显得既无重点又无逻辑性”。或许这样的批评过于尖锐，但细细推敲起来，这确实是感伤情调所带来的后果。

其实，在充满悲痛之情的小说中也可以做到风格严谨，避免感伤状态的出现。在《小说鉴赏》第二章“情节”部分所选的篇目中，契诃夫的《万卡》则是布鲁克斯和沃伦所赞赏的风格严谨，避

---

① ［美］布鲁克斯、沃伦编著：《小说鉴赏》（中英对照），主万等译，世界图书出版公司2006年版，第151页。

② 同上书，第56页。

③ 同上书，第153页。

免了感伤状态出现的佳作。

《万卡》这篇小说，实际上就是小万卡写给他爷爷的一封信，叙述了小万卡简短的生平和目前苦难的生活，最后小万卡带着全部希望把这封地址不明的信投进邮筒，他梦见那封信顺利地到达目的地，他的爷爷正在大声念信。读罢这篇小说，我们会情不自禁地为小万卡苦难的生活而难过，但更加让人悲痛的是读者很清楚小万卡那满心的希望只能变作绝望，因为地址不明的信永远都无法到达爷爷的手中。

这的确是一篇哀婉动人的小说，尽管在《万卡》的叙述话语中，我们看不到他充满感伤的议论，也没有刻意营造一种痛哭流涕的悲凉氛围，在这封信里，我们只看到了小万卡向爷爷诉苦和祈求，话语还带着几分童稚。布鲁克斯和沃伦很欣赏这一点，他们认为，如果"这篇小说的重点放在动人哀怜的词句上，很可能产生伤感的气氛"[①]。同时，他们还做了另一种假设，如果小说只是大致按照时间顺序，历叙万卡一生中的所有苦难，直到圣诞节的前夜，他独自待在那个阴暗寒冷的小屋里做祷告。如果这样的话，小说"充其量只不过是一篇充满感伤气氛的速写（sketch）"[②]。我们不得不佩服契诃夫的高明，全篇小说的高潮并不在于小万卡信中所叙述的自己是如何受到主人的虐待、生活是多么悲惨的，而是在于结束时情节的突转：由于他的年幼无知，把没有确切地址的信满心希望地投出去，又满心期待地等着爷爷来拯救他。布鲁克斯和沃伦分析说，"这是采取一种尖刻、挖苦的笑话形式，再加上突然转折，因此这种转折就

① ［美］布鲁克斯、沃伦编著：《小说鉴赏》（中英对照），主万等译，世界图书出版公司 2006 年版，第 60 页。

② 同上书，第 61 页。

不需要做任何解释，早已包含了前面的全部内容，只通过笑话这个形式表现出来”[①]。正是笑话这个形式、这个突然转折，如一束亮光一般“使前述各个事件所具有的意义及其解释得到集中的表现”，从而“起到了减少感伤情调的作用”[②]。

再来看看小万卡的性格，在契诃夫的笔下，是真实而可信的。他不甘被虐待，自己写信向爷爷求救，在小说的最后，作者这样写道：

> 他写完信而没有人来打扰，心里感到满意，就戴上帽子，顾不上披皮袄，只穿着衬衫就跑到街上去了。……他抱着美好的希望而定下心来，过一个钟头就沉酣地熟睡了。……在梦中他看见一个炉灶。祖父坐在灶台上，耷拉着一双光脚，给厨娘们念信。……鳗鱼在炉灶旁边走来走去，摇尾巴。[③]

契诃夫的笔调没有一丝哀怜，他给了小万卡一个美好的梦中结局。从这个梦中，我们愈加感受到小万卡对亲人的渴望，对美好生活的向往。“鳗鱼在炉灶旁边走来走去，摇尾巴”，不正是小万卡回到爷爷身边时的象征吗？不可否认，契诃夫在写这篇小说时，必定怀着对当时俄国社会千千万万像小万卡一样有着悲惨童年的孩子的同情与哀怜，在没有丝毫伤感情调的词句上，却让读者感受到了和他一样的悲哀，小说的高潮在结尾，在这希望背后的绝望。小万卡的年幼无知、小万卡寄信后的短暂欢愉，在我们看来都是那样的真实。

运用质朴无华的叙述语言以及笑话式的结尾的契诃夫的《万

---

① ［美］布鲁克斯、沃伦编著：《小说鉴赏》（中英对照），主万等译，世界图书出版公司2006年版，第61页。

② 同上书，第61、153页。

③ 同上书，第60页。

卡》，不仅非常艺术地表现了材料本身蕴含的思想，还成了布鲁克斯和沃伦所赞赏的风格严谨的小说；采用诗化语言，处处抒情的布雷特·哈特的《田纳西的伙伴》，不仅没有达到小说家预想的悲凉效果，反而成为一篇充满感伤调子、风格不严谨的作品，为布鲁克斯和沃伦所批判。其间的道理，我想在于小说内容的合理性、逻辑性以及人物性格的真实性，这应该是颠扑不破的真理，很值得我们在小说阅读、批评和鉴赏中重视。

小　结

《小说鉴赏》“第三章　人物性格”部分，集中体现了布鲁克斯、沃伦的人物性格理论及批评实践，他们选取了布雷特·哈特《田纳西的伙伴》、詹姆斯·乔伊斯《阿拉比》、伊凡·屠格涅夫《县城的医生》、卡森·麦卡洛斯《侨民》、弗兰克·奥康纳《醉汉》、D. H. 劳伦斯《请买票》、林·拉德纳《理发》7个短篇小说展开讨论和提问。本章按照《小说鉴赏》第三章的体例，依次对他们的人物性格理论与批评实践，从三个方面做了系统的阐发。

首先，论者对布鲁克斯、沃伦的人物性格理论要点，从三个方面做了归纳和梳理。一是人物性格表现的总原则。布鲁克斯、沃伦强调，小说中人物性格表现的总原则即“真实性”，但这种“真实性”不是那种“与事实完全符合的真实性”，而是一种“连贯的真实性”。而人物性格的“连贯的真实性”，必须满足三个条件：人物行为应符合人物性格；人物语言应符合人物性格；人物“有其自身性格的连贯统一性”。二是人物性格的表现方法。布鲁克斯、沃伦认为，“直接概括”与“间接揭示”相结合（叙事层）、通过多种矛盾冲突塑造人物形象（情节层）、“个性”与“共性”的有机统一（哲理层），是小说家塑造人物形象的基本方法。三是人物性格的重要性。超越了传统小说理论在人物、情节、环境三要素的平面上讨论人物性格，布鲁克斯、沃伦把人物性格与小说意义直接联系起来，提出要“了解一篇小说的基本情况”，“唯一的方法就是问一下‘这是谁的故事’”。

其次，主要总结归纳了布鲁克斯、沃伦的小说批评实践，是对前述人物性格理论的超越和发挥。一是叙述视角与人物塑造。在布鲁克斯和沃伦看来，用第一人称视角叙述故事比较自然，可以将一些注释性的材料、事件较为轻松而随便地引入小说。此外，对人物性格发展和揭示也更加清楚。二是叙述语言与人物塑造。布鲁克斯、沃伦通过对第三人称小说的批评赏鉴认为，叙述语言不宜有过多的“议论”成分，杜绝不必要的“诗化”倾向。三是叙述主体与人物塑造。布鲁克斯和沃伦认为，由于时间的介入，叙述者可以既是体验者又是叙述者，既是观察者又是被观察者，可以大大丰富人物形象及作品意义。四是小说结局与人物塑造。布鲁克斯、沃伦强调指出，成功的小说结尾，由于其具有某种“表现”特质，有助于人物塑造和意义表现。

最后，我们总结了布鲁克斯、沃伦人物性格分析过程中的“问题”追问。第三章“问题提出”部分，编著者先后提出了58个问题，主要围绕“语调”展开，我们从中梳理出两个问题。一是叙述语调与人物塑造的关系问题。布鲁克斯、沃伦强调指出，小说情节能否达到统一性与连贯性，除了从情节与主题、情节与人物性格等方面去分析，很重要的一方面，我们可以从作者所使用的语调中去探讨。他们指出，语调作为作者介入文本的重要手段，对于情节和人物塑造均有重要影响。二是“感伤情调”之于人物塑造的危害。在《小说鉴赏》的多处，布鲁克斯、沃伦都谈到“感伤情调”及其危害。他们重点谈到布雷特·哈特《田纳西的伙伴》、欧·亨利《带家具出租的房间》以及安比鲁斯·比尔斯《鹰溪桥上》中的“感伤情调”，完全是作者个人情感的抒发，严重背离了人物塑造的“连贯的真实性”。

第三章　布鲁克斯、沃伦小说主题理论及批评实践

成功的文学作品内部，其各个组成部分之间是密切相关的。

按传统文学理论的说法，成功的文学作品，内容与形式是有机统一的，没有无内容的形式，也没有无形式的内容。

布鲁克斯、沃伦及“新批评”其他成员的文学批评理论，虽然继承了传统文论思想的一些方面（比如，对文学作品审美性的强调、对形式主义文学理论的继承和发展等），但在文学作品构成理论方面，他们不主张把文学作品一分为二，而是极力强调文学作品本身的有机统一性。因此，当他们在《小说鉴赏》中把小说的重要因素（情节、人物性格、主题等）分开来讨论的时候，从来没有把这些要素孤立起来看待，而是时时处处强调它们之间的密切关系。布鲁克斯、沃伦强调指出，“一篇好的小说，它是一种有机的统一体，其中各种重要因素相互之间都有关系。一种因素会牵涉到其他所有的因素”，“我们不可能不注意小说的主题而能深入地了解小说的情节和人物”[①]，正如在专门

---

① ［美］布鲁克斯、沃伦编著：《小说鉴赏》（中英对照），主万等译，世界图书出版公司2006年版，第220页。

讨论主题部分，不可能不注意小说的情节和人物而能深入地了解小说的主题。

因此，布鲁克斯、沃伦在《小说鉴赏》第四章专门讨论“主题”问题的时候，始终是把这一重要因素放在它与小说情节和人物性格以及其他因素的相互关系中进行考察的。

下面，我们就分三节展开他们关于小说主题的理论和实践。

第一节　布鲁克斯、沃伦小说主题分析之理论要点

一　小说主题的含义及特性

《小说鉴赏》一书第四章“章节引言”部分，布鲁克斯、沃伦开宗明义地指出：“在对小说的主题作进一步系统研究时，我们先重申一下我们对主题的看法。”[①] 我们认为，布鲁克斯、沃伦关于主题方面的“看法”，至少包含以下三个方面的思想。

（一）主观性：主题是通过题意（the topic）[②] 表现出来的东西

布鲁克斯、沃伦明确指出，“主题”这个词虽然有时候是在广义上加以使用的，它有点儿类似于题意或题材。但是，“不能把小说的主题（the theme of a piece of fiction）简单地看作就是故事的题意

① ［美］布鲁克斯、沃伦编著：《小说鉴赏》（中英对照），主万等译，世界图书出版公司 2006 年版，第 220 页。

② “topic”似乎翻译为“题材”比较好，中译本把它译为“题意”。

(the topic of story)”。比如，我们会说海明威的《杀手》（一译《杀人者》）和赖特的《人，差点儿》这两篇作品十分相像，因为它们有同样的题意（topic），即都是写少年最初进入成年时期的情形。至于两篇题目一样的小说，如莫泊桑的《爱情》和斯图尔特的《爱情》，它们当然表现相同的题意（topic），我们也会发现这两篇小说在处理上颇为相似，可我们同样也会发现，这两篇小说的含义以及作品所赋有的“感情色彩”是截然不同的。以上两组小说，它们在题意或题材方面有些相似或相同，但这些相似或相同只是就客观材料上而言的，是就取材方面而言的。而主题，必然与创作者的主观意图密切相关。所以，布鲁克斯、沃伦认为：“主题是通过题意表现出来的东西（The theme，then，is what is made of the topic）。它是小说在其展开过程中所涉及的思想性内容的集中表现。”① 布鲁克斯、沃伦强调，主题是指作家借由 topic“表现出来的东西”。

因此，主观性是文学作品主题的最大特点。再精彩的故事和逸闻，如果没有作家生命的投射，没有作家情感的观照，没有作家理想的表露，这些东西不会对人产生意义。一切艺术皆然。“天地一笼统，井上黑窟窿。黄狗身上白，黑狗身上肿”与“千山鸟飞绝，万径人踪灭。孤舟蓑笠翁，独钓寒江雪”相比，前者不是艺术，后者是艺术，其根本区别就在于后者有人的气息、人的欲望、人的理想。为此，布鲁克斯、沃伦特别强调小说主题与具体的人生的联系：“主题就是对一篇小说的总概括。它是某种观念，某种意义，某种对人物和事件的诠释，是体现在整个作品中对生活的深刻而又融贯统一的观点。它是通过小说体现出来的某种人皆有之的人生经验——在

① ［美］布鲁克斯、沃伦编著：《小说鉴赏》（中英对照），主万等译，世界图书出版公司2006年版，第220页。

小说中，总是直接或间接地含有某种对人性价值和人类行为价值的议论。”[1] 这里所用的一系列概念（诸如观念、意义、诠释、观点、议论等），无不把主题与作者的情感、思想和理想密切联系起来。

很明显，“主观性”这一点（主题是通过 topic 表现出来的东西），是就小说主题与小说题材的区别和联系来下的判断。

（二）人类性：小说主题是对人类生活的创造性模仿

对小说主题的认识，仅仅强调“主观性”还不够，还要在此基础上，继续前进一步，即强调它的“人类性”。

布鲁克斯、沃伦强调指出，在一篇成功的小说里，作家写的虽然是他人的故事，但随着读者阅读的深入，却会不知不觉“卷入在一个活生生的变化过程中”。因为我们人类不是禽兽，人类有文化，有共同感，读者感受的虽然是他人的生活，却“会使我们对自己的生活也发生兴趣”，从而产生深深的共鸣。小说中的观念、情感、思想以及对待自然、社会、自我的态度等，虽然是个别的、个性化的描写，但“它是对人类生活的创造性模仿（it is the created image of the very life process）”。

在《小说鉴赏》第四章“章节引言”中，布鲁克斯、沃伦多次强调小说及其主题与人性价值、人类价值的关系。比如，在谈及小说与人类生活经验关系时反复强调：“小说，如前所述，就是人类生活进程的一种模仿（a story，as we have said，is an image of the life process）。”“它是对人类生活的创造性模仿（the crested image of the

① ［美］布鲁克斯、沃伦编著：《小说鉴赏》（中英对照），主万等译，世界图书出版公司2006年版，第220页。

very life process）。”①

在谈到主题含义时，他们认为，“它是通过小说体现出来的某种人皆有之的人生经验（it is what we are to make of human experience rendered in the story）”，它“总是直接或间接地含有某种对人性价值和人类行为价值的议论（always involving，directly or indirectly，some comment on values in human nature and conduct）”，“主题是关于人类价值观念的一种议论（a comment on human values）”②。

小说中表达的人生经验，不只属于某个人，而是属于全人类的，“借此我们感到我们自己正在赋予我们自身的生活经验以某种意义”③。

这一点，是从表现对象方面强调小说的“人类性”，小说不是就事论事，它在表现对象方面具有的人类或人性的共通性，必然使小说的主题也具有普遍性、一般性和典型意义，此乃“人类性”。

需要进一步指出的是，布鲁克斯、沃伦在强调小说主题“人类性”的同时，并没有忘记：小说作为一种艺术，不只是对人类社会的笨拙记录和简单模仿，它对人类社会的模仿，是一种“创造性模仿”。也就是说，它与我们人类社会的关系，既是个别的，又是一般的；既是记录，更是创造；其中的人生经验，既与个人的生活息息相关，又被赋予了更深更广的“人性价值”及人类学意义。

（三）娱乐性：娱乐性与小说的主题并不矛盾

对布鲁克斯、沃伦而言，强调小说主题的“主观性”（主题是通过题意表现出来的东西）与“人类性”（小说主题是对人类生活

① ［美］布鲁克斯、沃伦编著：《小说鉴赏》（中英对照），主万等译，世界图书出版公司2006年版，第221—222页。

② 同上书，第220—221页。

③ 同上书，第221页。

的创造性模仿），并不意味着他们认同这样的观点：小说是对某种思想、某种观念的“图解”。

“小说不是图解（illustration）”，布鲁克斯、沃伦明确宣称，“小说绝不是观念的简单图解”。

“因为就图解来说，我们始终认为被图解的观念才是至关重要的，图解的内容始终是由那个被图解的东西——某种‘观念’——所决定的。图解只是释义，而不是对生活的不断的发现。”①

这就必然涉及小说世界中感性形象与理性观念的关系问题，二者是一种什么样的关系，前者是不是仅仅作为表现后者的手段而存在的？布鲁克斯、沃伦强调，在成功的小说里，其中的理想观念不是至关重要的；想象力所创造的感性形象不仅仅是手段、工具或媒介，它“有其自身存在的权利”（exists in its own right），它具有一种“自在自为的迷惑力”（some degree of this illusion of independence existence）。成功的小说中，感性形象与理性观念是融为一体、有机统一的。

这种感性形象与理性观念是融为一体的思想，后来在布鲁克斯《精致的瓮：诗歌结构研究》中，亦有深刻的阐发。布鲁克斯指出，对诗歌的释义不能作为诗歌批评的立足点，因为对诗的“松散的释义”往往与“诗歌自身的内在秩序”格格不入。但是，这并不等于说诗歌中“没有自己的思想”，“一首诗的知性与非知性成分的关系，实

---

① ［美］布鲁克斯、沃伦编著：《小说鉴赏》（中英对照），主万等译，世界图书出版公司2006年版，第221页。布鲁克斯在《精致的瓮：诗歌结构研究》第十一章“释义谬说”（heresy paraphrase）中，专门就诗歌的“释义”问题进行了研究。笔者以为，“释义谬说”的实质，就在于把文艺作品中的感性形象与理性概念，割裂开来理解，是对文艺作品内部构成持“内容与形式二元论”观点的必然结果。布鲁克斯对“释义谬说”的批评，意在坚持文艺作品是一个统一整体的有机论思想。这一思想，在他与沃伦合著的《理解诗歌》《理解小说》（即中译本《小说鉴赏》）中，也是一以贯之的。

际上远比传统所说的更为紧密，这种关系并非是‘包裹在感情’（wrapped in emotion）中的一种思想，也不是一种‘感性意象伪装下的散文感’（prose－sense decorated by sensuous imagery）的关系”①。

因此，小说中的理想观念与感性形象同等重要，“对主题在小说中的地位的强调”并非是要忽略“小说的娱乐性或者喜剧性”；反之，“小说的娱乐性或者喜剧性并不能否认主题存在的事实”②。

在“重要词汇”部分，他们给主题下了一个非常简洁的定义，主题即“故事或小说的主旨或意图”③。这句话看似简单，其实它包含了主观性、人类性和娱乐性三方面特质。

顺理成章，布鲁克斯、沃伦对小说主题“娱乐性”的强调，就自然导引出以下议题——小说主题的存在方式。

二　小说主题的存在方式

在《精致的瓮：诗歌结构研究》（1947）中，布鲁克斯专门谈及诗歌批评中的谬误以及诗歌主题的特殊存在方式问题：“我们在批评过程中遇到的困难大多植根于释义谬说（the heresy of paraphrase）。”“大部分胡乱的评论都是由于把有关诗歌的某种论述当作诗歌自身的基本核心。即关于诗歌说了些什么，表达的是什么真理，或展示的是哪些模式。”在诗歌作品中，“所有元素之间的关系一定是一个有机整体，这是没有问题的。然而至于可释义元素是否应居首位，则是非常重大的问题”。布鲁克斯明确指出，“构成诗歌精髓

① ［美］布鲁克斯：《精致的瓮：诗歌结构研究》，郭乙瑶、王楠、姜小卫等译，上海人民出版社2008年版，第190页。

② ［美］布鲁克斯、沃伦编著：《小说鉴赏》（中英对照），主万等译，世界图书出版公司2006年版，第221页。

③ 同上书，第642页。

的真正核心不是释义”，并认为温特斯（Winters）“将诗的‘理性内容’放在首位”的做法，正是典型的“释义谬说（the paraphrastic heresy）的例子”[①]。

这种有机论的思想，就是反对把文学作品理解为机械的、可简单拆分的物品，特别强调作品主题与其他要素之间的密切关系，强调作品各要素之间的有机性和整体性，即“强调形式与内容或者内容和方法之间不可分割。艺术家并非首先凭借直觉知道他的对象而后再找到适当的方法，而是通过方法感觉到他的对象”[②]。这种理念不仅贯穿在布鲁克斯《精致的瓮：诗歌结构研究》中，也贯穿在他与沃伦早年合著的《理解诗歌》（1938）中，还贯穿在《理解小说》（即中译本《小说鉴赏》，1943）中。

为了进一步阐发小说主题的特性，布鲁克斯、沃伦谈到小说阅读和批评活动中的复杂情形。比如，我们的阅读生活中存在这样一种现象：一方面我们欣赏某一部小说，但另一方面我们却不能接受它所表达、传达的观念。他们问道：“我们怎么会一方面不接受某篇小说的主题，一方面又能欣赏这篇小说呢（how can we appreciate a story whose theme we cannot accept）?”[③]

其中的道理何在呢？

布鲁克斯、沃伦为我们做了饶有兴味的分析：“我们和形形色色的人们生活在一起，我们和其中大多数人在意见上、爱好上以及价值观念上都有着这样或那样的严重分歧。”“我们每人都各有各的价

① ［美］布鲁克斯：《精致的瓮：诗歌结构研究》，郭乙瑶、王楠、姜小卫等译，上海人民出版社2008年版，第184、186—188页。

② 同上书，第187页。

③ ［美］布鲁克斯、沃伦编著：《小说鉴赏》（中英对照），主万等译，世界图书出版公司2006年版，第221页。

值尺度，而且都以此待人处世。……当我们碰到不同意见时，我们要尽力了解对方意见的实质，尽力找到最基本的共同之处。只有这样，人类的相互尊重才有可能。”布鲁克斯、沃伦指出，在小说阅读、小说批评中，我们不妨“把小说的作者当作我们的朋友或熟人看待，即使在意见相左的时候，我们也努力设法去弄清楚他的思想的基本逻辑是什么；因为小说的主题也就是这种逻辑的进一步展示”①。

布鲁克斯、沃伦雄辩地分析说，在读者、批评家与小说家人人平等的基础上，我们可以赞同小说家的某种思想，当然也可以不接受、不欣赏，甚至坚决反对某种思想。小说毕竟是一门艺术，是“对人类生活的创造性模仿”。所以，我们有时在阅读一篇小说时，即便不同意它的主题（观念或思想），但“如果主题是合乎逻辑地加以展示的话”，我们看到作者“为寻找生活意义而作的巨大努力”②，如果我们是把它作为艺术品看待的话，那么，我们就应该“欣赏这篇小说”。

同样的道理，我们的阅读生活中还存在一种完全相反的现象：“我们有时对某篇小说表示反感倒并不是因为这篇小说的主题触犯了我们，我们之所以反感，是因为它不可信——虽然它的主题我们是赞同的。”③

对此，布鲁克斯、沃伦首先分析了“好的小说”的标准，“好的小说，其含义——即主题——总是全面渗透在整个作品中的。一篇小说只有显示出它是一个有机的统一体，小说的各种成分才会有助于主题的表现（If a story shows organic unity，all parts contribute to

---

① ［美］布鲁克斯、沃伦编著：《小说鉴赏》（中英对照），主万等译，世界图书出版公司2006年版，第222页。

② 同上。

③ 同上。

the meaning)”。以此为标准，假定我们完全同意一篇小说所表达的思想、观念，但如果一篇小说的各种要素或成分还没有融为一体，感性形象与理性观念之间还是两层皮，那么无论它想表达怎样的“主题”，我们都会对它“表示反感”①。

这类失败的小说，就其主题的表现艺术而言，无非存在这样几种情况：一是小说的主题“未能从情节的发展中表现”，小说主题是“概念化”的，一如马克思、恩格斯所说的，作品倾向“没有从情节和场面中自然而然地流露出来的”，是“席勒式”的而不是“莎士比亚化”的；二是“作者要求读者在感情上和逻辑上作出的反应，实际上并不是通过人物和情节得到的”，小说主题是“感伤性”②的。布鲁克斯、沃伦说过：“我们要求小说具有合乎逻辑的主题。”③但这类小说里的主题，无论是“概念化”的，还是“感伤性”的，在艺术上，都达不到这个要求。

关于小说阅读和批评活动中的复杂情形，布鲁克斯、沃伦总结说：“诸如此类的异议，合起来一句话，就是这种小说不能令人信服，因为它缺乏完整性。小说里的各种成分没有合成一体。”④

在布鲁克斯、沃伦看来，要深刻地理解小说的主题，必须把小说主题与一般观念（包括小说家的意图）区分开来，必须把小说主题本身与小说主题的表现区分开来。如此区分以及充分注意到小说阅读和批评中的两种情形（“一方面不接受某篇小说的主题，一方面又能欣赏这篇小说。”虽赞同某篇小说的主题却对这篇小说“表示反

① ［美］布鲁克斯、沃伦编著：《小说鉴赏》（中英对照），主万等译，世界图书出版公司2006年版，第222页。

② 亦即在前文我们分析过的“感伤情调”。

③ ［美］布鲁克斯、沃伦编著：《小说鉴赏》（中英对照），主万等译，世界图书出版公司2006年版，第220页。

④ 同上书，第222页。

感”)，旨在对小说主题的存在方式得出如下结论：“整个作品，包括作品里总的气氛在内，都是主题的体现。我们在第二章里讨论情节时曾经说过，我们必须把整篇小说当作一种对生活的模仿来加以认识，这种模仿虽然并不完全相像，却也表现出生活的意义。我们可以把整个作品看作是表现主题的具体的象征物。”①

三　小说主题的考察原则、重点及步骤、方法

《小说鉴赏》一书第四章“章节引言”部分，布鲁克斯、沃伦从创作论和构成论的角度，对小说主题含义、特性及存在方式等做了深刻的阐发。接下来，他们又从文学批评、文学鉴赏的角度，对小说主题的考察原则、重点及步骤、方法，做了条分缕析的阐发。

通过上文的分析，布鲁克斯、沃伦认为，整个作品都是表现小说主题的“具体的象征物”；理想的或成功的小说往往构筑了一个令人信服的艺术世界，其中的各个要素经由作家苦心经营统一为一个有机的整体。令人遗憾的是，“我们生活在一个不完美的世界里，世上也几乎没有已经尽善尽美地利用了题材的作品”，也就是说世上没有多少小说真正达到了尽善尽美的地步，没有多少小说真正达到了完美统一，成为一个有机的整体。但这丝毫不妨碍我们用有机论的思想、“连贯的真实性”的标准去要求艺术作品，因此“我们可以先假定某一篇作品是统一的，随后再对它做全面的考察，直到得出结论为止。进行这种考察的唯一方法就是尽量找到贯穿在作品里并不断发展着的是怎样的观念（idea）、怎样的感情（feeling）和怎样

① ［美］布鲁克斯、沃伦编著：《小说鉴赏》（中英对照），主万等译，世界图书出版公司2006年版，第223页。

的态度（attitude）”①。这句话首先指出了考察小说主题的基本原则或总原则，即一定要用最高的艺术标准，先假定被考察对象是一个统一的艺术整体。这是考察活动的逻辑起点。有了这个起点，有了这个标准，所有的评判才有据可依，从而成为一种客观的科学活动。其次，因为整个作品都是表现小说主题的“具体的象征物”，考察就不能止于某一个方面或某些方面，而是要“对它作全面的考察”，考察它的情节、人物、环境、语言、态度、情感、风格等所有方面。最后，是要“尽量找到贯穿在作品里并不断发展着的是怎样的观念、怎样的感情和怎样的态度”。这里的“观念”“感情”和“态度”必须是贯穿作品始终的，也必须是不断发展变化的。布鲁克斯、沃伦认为，这是考察小说主题的“唯一的方法”。

以这个总原则以及此前对小说主题的理解为基础，布鲁克斯、沃伦认为，在对小说主题的考察过程中，必须分清主次，注意考察的“着眼点”。首先，对小说主题的考察，“不想着眼于小说的道德教益（moral hunting）”方面。前文已经有论述，说小说主题不是“图解”。若着眼于道德教益，其实就认同了“图解”说。这是布鲁克斯、沃伦所反对的。其次，也“不想着眼于为各种小说的主题做一般性的概述（general statement）”②。虽然布鲁克斯、沃伦并不反对在文学研究中，对文学作品做“一般性概述”的必要性。但是，这样的“一般性概述”，毕竟不能替代我们对小说主题的考察。

那么，小说主题考察的重中之重是什么呢？布鲁克斯、沃伦强调指出：“首先，要弄清楚一篇小说的主题（如果这是一篇好小说的

① ［美］布鲁克斯、沃伦编著：《小说鉴赏》（中英对照），主万等译，世界图书出版公司2006年版，第222页。

② 同上书，第223页。

话）是怎样势所必然地来自生活的，它只是在小说中得到表现而已。当然，我们在这里要涉及统一性问题。”“其次，要弄清楚主题是怎样独立地得到发展的，这样做就意味着我们必须设法弄清楚主题（如果我们用一般性的语言来谈理论是可能的话）在作品中被具体处理时是怎样受到限定和制约的，而由于受到限定和制约，作品最终‘说出的’东西也就比原来设想的更特殊，更独立无倚。当然，这是我们讨论中的最大的难题。”①

关于小说主题的考察步骤，布鲁克斯、沃伦强调指出，首先，“我们可以注意观察作品中的人物属于哪种类型以及作品中的环境属于哪种性质。这是第一步，因为这样做可以使我们对作者的兴趣、阅历和感情有所了解。我们可以追问某个人物——或者几个人物内心所执着的是什么，或者作品最终揭示了什么。我们可以注意观察情节的结构并尽量弄清楚这样的结构意味着什么，因为情节的结构如何是很重要的”。其次，“我们可以看看作品的语调如何，其中又含有怎样的感情。是冷嘲热讽的？严酷无情的？冷眼旁观的？入情入理的？哀婉动人的？抑或滑稽可笑的？还是怒气冲冲的”？最后，“我们可以看看人物的语言是否恰到好处，并设法判断作者的风格”。就这样，布鲁克斯、沃伦抽丝剥茧般地给我们指出了考察小说主题的基本步骤，由创作素材到情节结构，再由情节结构到语体风格。这是一个由客观材料到作者情意的考察步骤。按我们的理解，以上三大步骤，只是一个大致的区分，均涉及小说作品中几个重要的构成成分。而且，这三大步骤不是截然分开的，不是单向的，而是相互交织、回环往复的，因为它们应该是一个有机统一体。为此，布

① ［美］布鲁克斯、沃伦编著：《小说鉴赏》（中英对照），主万等译，世界图书出版公司2006年版，第223页。

鲁克斯、沃伦还进一步强调指出，在考察过程中，要“自始至终都不应忘记问一句这篇作品是否具有统一性。唯有这样，我们才有可能对主题作出最后的判断”①。

至于小说主题的具体考察方法，没有一定之规，这是因为不同作品“使用各种不同的方法表现它们的主题。有的是用概括加以表述，有的是用譬喻和象征加以暗示，有的是用写实的戏剧性场景加以展现”②。因此，对小说主题的具体考察，应该根据具体作品的艺术特性，分别使用不同的考察方法。

第二节　布鲁克斯、沃伦小说主题分析之批评实践

在《小说鉴赏》第四章的理论概述部分，布鲁克斯、沃伦大致提到了我们可以通过哪些角度去考察小说的主题，如人物类型、环境性质、人物语言、作品的语调等。然而这仅仅是切入角度，具体以哪种方式去考察小说主题，则主要是根据具体作品的艺术特性来决定。这在某种程度上反映了布鲁克斯、沃伦的小说批评实践并非其理论的注脚，而是真正做到了具体问题具体分析，我们甚至可以看到批评实践对批评理论的具体化过程中所达到的某种修正与超越。

布鲁克斯、沃伦在这一章中，选择了莫泊桑的《爱情：某猎人笔记上的三页》、斯图尔特的《爱情》、海明威的《杀手》、安德森的《林中之死》、赖特的《人，差点儿》、福克纳的《纪念

① ［美］布鲁克斯、沃伦编著：《小说鉴赏》（中英对照），主万等译，世界图书出版公司2006年版，第223页。

② 同上。

爱米丽的一朵玫瑰花》和奥康纳的《好人难寻》这几篇小说，对它们的主题做具体考察。当然，如同前面所提到的，布鲁克斯、沃伦小说批评实践的总原则是通过小说各要素之间关系的讨论，考察小说的整体的有机构成是否具有统一性、连贯性："一篇好的小说，它是一种有机的统一体，其中各种重要因素相互之间都有关系。一种因素会牵涉到其他所有的因素。"① 因此，布鲁克斯、沃伦在对小说主题的讨论中，不可避免会论及作家意图、小说情节、人物性格等方面。这些要素在其他章节已有讨论，本章则专注于对布鲁克斯、沃伦如何在具体篇目的批评实践中考察小说主题做一番讨论。

有必要提到的是，在《小说鉴赏》讨论"主题"这一章中，布鲁克斯、沃伦只选择了海明威的《杀手》、安德森的《林中之死》和福克纳的《纪念爱米丽的一朵玫瑰花》这三篇小说做了详略不一的讨论，而对其余篇目的批评，主要体现在篇末精心设计的"问题"当中。因此，本节主要从上述三篇具体的批评实践中去阐释布鲁克斯、沃伦根据具体篇目的艺术特性，从不同角度对如何考察小说主题所做的讨论。本节分别从以下三个方面切入：一是从小说结尾考察小说主题；二是从作家风格考察小说主题；三是从小说细节考察小说主题。在下一节中，我们还将讨论布鲁克斯、沃伦所追问的某些问题，从而再去把握布鲁克斯、沃伦从其他角度切入，对小说主题理论的提升与发明。

---

① ［美］布鲁克斯、沃伦编著：《小说鉴赏》（中英对照），主万等译，世界图书出版公司 2006 年版，第 220 页。

一　从小说结尾考察小说主题

关于小说结尾的问题，美国学者约翰·盖利肖在《小说写作技巧二十讲》中，对小说结尾的功能进行了概括。在他看来，“结尾部分的主要功能是，向读者描述整篇小说的最后行动，它表现主角（或是主角驱使的某种力量）明确回答了主要叙述问题”①。

阅读布鲁克斯、沃伦的《小说鉴赏》，我们会发现，小说结尾是他们的重点考察对象。在多数批评家那里，较为注重对小说主题、情节、人物形象、环境等要素的考察，然而布鲁克斯、沃伦则看到了结尾对于一篇小说的重要性。在他们看来，一篇好的小说，应该是一个有机整体，小说的各个要素最终为这篇小说的整体性、连贯性服务；反过来说，小说的整体性、连贯性又反映在其各个要素之间的关系上。

在前面两章中，我们阐述了布鲁克斯、沃伦所探讨的小说结尾与情节之间的关系、小说结尾与人物性格塑造之间的关系，在这些关系的讨论中，我们看到了布鲁克斯、沃伦小说批评实践对其小说理论的超越。在本章有关小说主题的探讨中，布鲁克斯、沃伦还探讨了小说结尾与主题之间的关系。

其实，在前面的叙述中，布鲁克斯、沃伦对小说结尾与小说主题之间的关系已有所论及。在“情节”一章，布鲁克斯、沃伦对莫泊桑的小说《项链》做了细致分析。我们知道，在《项链》的结尾，玛蒂尔德太太得知了其为之付出10年光阴的钻石项链是假的这一消息。布鲁克斯、沃伦认为，莫泊桑有意设置这一“惊人的结

---

① ［美］约翰·盖利肖：《小说写作技巧二十讲》，梁森译，北京十月文艺出版社1987年版，第324页。

尾”，它对小说主题的表达有不可忽视的作用。而这一作用，他们则通过问题的追问来诱导读者去思考。布鲁克斯、沃伦提出了如下问题：“在钻石项链是假的这个基本事实和罗瓦塞尔太太最终获悉这一消息的事实之间，有一种真正的重要区别吗？即使她一辈子都不知道钻石项链的实情，这篇小说里会不会有讽刺意味？”“福莱斯蒂埃太太关于原来的项链是假的的揭示，给我们读者指出了这篇小说的意义所在。那么，它给罗瓦塞尔太太又指出了些什么呢？”如果我们去思考这些问题，就会发现，正是由于莫泊桑设置了这样出人意料的小说结尾，从而使得他在这篇小说中所要表达的真正主题变得明晰起来。正如布鲁克斯、沃伦所谈到的，“《项链》的讽嘲是建立在一种更为独特的思想观点上”。因此，我们可以说，小说结尾对主题的表达至关重要，有时候甚至带有决定性的作用。

在布鲁克斯、沃伦对《项链》的讨论中，从小说结尾去考察小说主题的方法已经初见端倪。下面，我们从布鲁克斯、沃伦对海明威的小说《杀手》所做的讨论分析中，去具体了解如何从小说结尾的角度去考察整篇小说的主题。

首先，小说结尾可以使读者真正弄清楚分析小说主题的方向。

在布鲁克斯、沃伦看来，海明威的《杀手》这篇小说，“在技巧上具有相当明显的特点”：小说的叙述视角极为客观，其内容也“全部由简洁而合乎生活实际的人物对话来表现”，而“整个小说分为一个长景和三个短景”[1]。他们发现，尽管可以对这些技巧做多方面的考察，但仍解决不了这样一个问题，即这篇小说说明了什么，也就是这篇小说的主题。

---

① ［美］布鲁克斯、沃伦编著：《小说鉴赏》（中英对照），主万等译，世界图书出版公司2006年版，第242页。

想要知道这篇小说说明了什么，我们首先需要回答这样的问题："这是谁的故事?"具体到美国作家海明威的《杀手》，布鲁克斯、沃伦认为，至少可能产生三种不同的读法：可以看作一篇关于杀手的故事，也可以"理解为安德森的故事"，还可以理解为尼克发现罪恶的故事。如果分别按照这三种读法去解读小说，那么，我们会得到三个不同的主题。然而，海明威所要表达的主题真是那么具有开放性的吗？在这里，布鲁克斯、沃伦发现了小说结尾的明晰作用。从小说结尾可以推知海明威的《杀手》主要写尼克如何发现了罪恶。如果就这么简单地认为布鲁克斯、沃伦就是以如此方式通过小说结尾去考察小说主题的话，那你就错了。布鲁克斯、沃伦的小说批评是严谨的，要得出这一结论，他们认为还应该返回小说文本中，通过具体的情节结构来对此加以验证。即是要回答这样一个问题："小说作者是否在小说的最后部分，向读者阐明了那些最初仅仅作为偶然的生活琐事出现的细节含义?"① 我们说，对小说结尾的考察，统一性与连贯性必须贯穿其中。

布鲁克斯、沃伦所提出的"验证"，实际上就是我们接下来所要谈到的第二个方面，小说结尾与小说细节的关系。

其次，小说结尾让小说细节具有意义，即小说细节对小说主题的突显或暗示，离不开小说结尾的支撑。

布鲁克斯、沃伦在对《杀手》的分析中，通过结尾提出假设，即以尼克发现罪恶为主题，来倒推如"尼克被歹徒捆绑、嘴里被塞上东西以及后来又被乔治释放等细节的意义"。布鲁克斯、沃伦认为："嘴里给塞上东西，这是在惊险小说里才能读到而并非生活中所

---

① ［美］布鲁克斯、沃伦编著：《小说鉴赏》（中英对照），主万等译，世界图书出版公司2006年版，第243页。

能碰到的事，它给人的最初印象是一种刺激，很像是欢快之感，因为这显然是可以表现男子气的事情。”然而，如果没有小说这样的结尾，或许我们仅仅简单地这样去理解这一细节，但当我们通过小说结尾去反推细节的合理性、逻辑性时，我们会发现“‘以前从来没有被人用一条毛巾绑在嘴上过’——这个明显而真实的细节作为小说结局的一种预示，又为整个事件的完成做好了铺垫”①。

“从小说结尾考察小说主题”这一说法可能会引起读者的误解。最后，我们需要说明的是，在《小说鉴赏》中，“统一性”“连贯性”“整体性”是布鲁克斯、沃伦所贯穿始终的思想原则。因此，我们说“从小说结尾考察小说主题”或者说“考察小说结尾与小说主题”的关系，实质上考察的是小说结尾促使了其他要素在逻辑关系上的完整性，从而使小说主题得以完整显现。正如我们前面所讨论过的那样，在考察过程中，要“自始至终都不应忘记问一句这篇作品是否具有统一性。唯有这样，我们才有可能对主题做出最后的判断”②。那么，在对小说结尾的考察中，我们似乎也不应该忘记了对小说开头的思考。对小说开头的讨论，布鲁克斯、沃伦在“情节”一章中谈得较多，而在“主题”这一章，也并没有将其弃之不顾，如他们在对莫泊桑《爱情：某猎人笔记上的三页》的讨论中，提出了这样的问题：“你对第一段有什么看法?”“第二段有什么意义?”或许，这样的问题要在小说的结尾才得以回答，或许这样的问题要从小说主题中去思考，布鲁克斯、沃伦要提醒读者的是：整个作品都是表现小说主题的“具体的象征物”。

---

① ［美］布鲁克斯、沃伦编著：《小说鉴赏》（中英对照），主万等译，世界图书出版公司2006年版，第243页。

② 同上书，第223页。

二　从作家风格考察小说主题

在约翰·盖利肖《小说写作技巧二十讲》中，有对现代短篇小说创作风格的论述。他在开篇提出了这样的观点：关于小说的风格，在不同人那里，其意义有所不同，我们无法找到所有人所共同认可的有关风格的定义。[①] 笔者赞同盖利肖的这一观点，我们在讨论有关小说风格的问题时，必须明确所指，因为小说风格绝不仅仅指作品语言的问题，正如盖利肖所说，作品“内容决定了风格”，塞米利安在其《现代小说美学》中也指出：“风格一词是一个多义词。”[②]

关于作家创作风格的问题，我们在讨论人物性格一章论及“感伤状态”时已有所涉及。既然整个作品都是表现小说主题的“具体象征物”，那么，对小说主题的讨论，必然会论及作品的风格问题。布鲁克斯、沃伦在“主题”这一章中所论及的风格问题，与之在“人物性格”部分所讨论的特指“语言的选择和顺序”这一风格问题有所不同。在这里，他们所采用的是一种联系的观点去讨论该作家的整体创作风格与这篇小说主题之间的关系。

布鲁克斯、沃伦在对海明威的《杀手》这篇小说的讨论中，阐释了海明威的文体风格与这篇小说主题之间的关系。

布鲁克斯、沃伦提出了这样的问题：“海明威对他的题材采取何种态度？这种态度又是如何得到表现的？”[③] 要回答这些问题，就需

---

① 参见［美］约翰·盖利肖《小说写作技巧二十讲》，梁森译，北京十月文艺出版社 1987 年版，第 115 页。

② ［美］利昂·塞米利安：《现代小说美学》，宋协立译，陕西人民出版社 1987 年版，第 145 页。

③ ［美］布鲁克斯、沃伦编著：《小说鉴赏》（中英对照），主万等译，世界图书出版公司 2006 年版，第 244 页。

要我们去讨论海明威所创作的小说中，其整个的文体风格是怎样的，这其中包括人物性格的塑造、基本情节的处理方式、句法的使用等。也就是说，将《杀手》这篇小说置于海明威多部短篇小说的创作语境中去考察。

具体而言，布鲁克斯、沃伦对海明威创作的小说中，所写到的事件和人物的类型进行分析，他们发现，海明威小说里的事件总是含有强烈的成分。例如，在《太阳照样升起》里，写的是酗酒狂欢和性关系的混乱；在《永别了武器》《丧钟为谁而鸣》和《不能走那条路》里，写的是战争中的混乱和残忍；而在《杀手》《有的和没有的》和《赌徒、修女和收音机》里，写的则是种种罪行。① 而关于人物的设置，他们认为，“典型的海明威式的主人公是硬汉子，而在表面上，又显得感觉迟钝”，同时，他们是敏感的、守信的，“在厄运临头之际，真正地懂得同情或者悲怜”。因此，“从粗鲁和感伤的对比中，以及从强烈和感伤的对比中，流露出克制的态度，这是海明威在方法上的一贯表现”②。那么，我们可以说，通过对海明威的整体创作风格的把握，可以帮助我们去理解其某篇小说的主题。

除了对创作风格的把握，我们还可以通过对文体风格的把握去考察小说的主题。然而，在此之前必须解决这一问题，即布鲁克斯、沃伦紧接着提出的：“海明威的文体风格和他小说中的原始意图又有何种联系呢?”如果能回答这个问题，那么，我们就能通过对作家整个文体风格的把握去考察其中某一篇小说的主题。对于《杀手》而

① ［美］布鲁克斯、沃伦编著：《小说鉴赏》（中英对照），主万等译，世界图书出版公司2006年版，第245页。

② 同上书，第246页。

言，布鲁克斯、沃伦认为："这篇小说和他的其他许多作品一样，其文体风格简洁到了几乎是惜墨如金的程度。句子的特点是简单句，有时也用复合句，但即使是复合句，在短语符合中也毫无含糊之处。段落结构也很有特色，基本上是单线排列。"① 正是这样的文体风格，使得《杀手》中质朴无华的人物和简单的基本情节通过一种明快的文体得以表现，而这种明快的文体、短促的节奏、短句的并列等，可以凸显海明威创作的原始意图，即"想在自己的文体中表现直接经验——各种事物就像它们当初被看到和被感觉到时一样，逐个地出现，而并不对它们刻意进行整理和分类"。因为"那种曲折多变、语义晦涩的文体，那种堆砌词语、佶屈聱牙、人为造作的文体，是通过理智处理经验的产物"。布鲁克斯、沃伦认为，海明威采用这样的文体风格，实质上是想表明："即使在解决世界性问题时发挥了人的理智，世界也还是一个漫无秩序而又凶狠残暴的庞然大物。要想找到任何明确的价值标准都几乎是不可能的。所以，最好还是记住生活中的基本事实——那些与性、爱、危难和死亡有关的事实，其中至关重要的是生的本能——并设法解决这些问题，因为这些问题一直被社会习惯势力或者空洞的理性所掩盖甚至歪曲。最好还是记住勇敢、诚实、忠贞、守信这些人类的基本德性。"② 因此，我们可以说，海明威小说的文体风格，也是对其主题的反映或暗示，在他的作品中，海明威的基本态度与客观事物得到了有机统一。

布鲁克斯、沃伦通过作家风格去考察小说主题，实质上考察的是作品所呈现的各种特点与作家对世界、对生活的态度之间的联系，

① ［美］布鲁克斯、沃伦编著：《小说鉴赏》（中英对照），主万等译，世界图书出版公司 2006 年版，第 247 页。

② 同上。

因为他们认为，一个优秀的作家在一生中会创作各式各样的作品，但“其中始终贯穿着某种基本一致的态度”，“优秀的作家是不会像万花筒似的向我们显示五花八门的主题的，他总是反反复复地处理非常有限的几个主题”①。因此，考察某篇小说的主题，不妨把这篇小说和这个作者的其他小说联系起来，考察它们的共同风格，这种风格则会体现出作者对生活、对世界的态度，而这种态度则是他们想要表达的主题。

三　从小说细节考察小说主题

在理论概述部分，布鲁克斯、沃伦谈到，“整个作品都是表现小说主题的‘具体的象征物’”。那么，“整个作品”包含的内容有很多，是一个较为笼统的说法，它包含了小说的情节设置、人物设置、叙述视角的选择以及其他一些艺术技巧等。那么，对小说艺术特性的分析，或通过小说的艺术特性去考察小说的主题，学者们也不乏相关的文章与专著。

布鲁克斯、沃伦关注到了“整个作品”中容易被我们所忽略的一个问题，即作家对小说细节的处理，这可以说是他们对主题分析方法或者角度上的创新。

我们在这里讨论的“细节”，其实也是一种广义的细节。它包含情节设置的细节、人物语言的细节、环境设置的细节等。

布鲁克斯、沃伦在前面“情节”部分，分析了契诃夫的小说《万卡》，我们在前一章论述“感伤状态”时已经做了分析。在这

① ［美］布鲁克斯·沃伦编著：《小说鉴赏》（中英对照），主万等译，世界图书出版公司2006年版，第248页。

里，要谈谈契诃夫在本篇小说情节设置上的一处细节，它使这篇小说的主题得到了提升。我们都知道，契诃夫的《万卡》写的是童工小万卡写信给他爷爷倾诉悲惨生活的故事。然而正是作者在小万卡写信封的这么一处细节上——让小万卡在信封上写上了“寄乡下祖父收”这样的无效地址，以笑话的形式凸显了本篇小说的主题。这一细节的处理，减少了小说的感伤情调，同时又加重了契诃夫对社会中千千万万个小万卡的悲悯情怀。布鲁克斯、沃伦指出：“假定这封信按照确切地址送到爷爷手里，无奈爷爷没法违反学徒合同，以致万卡得到的境遇比过去还要糟。那该是一篇多么拙劣的小说啊！”①

在“主题”这一章中，布鲁克斯、沃伦在对海明威《杀手》的分析中，也专门讨论了从小说细节入手去考察小说主题。首先，小说细节与小说结尾的关系十分密切。作者往往会在文中设置某些悬念或者刻意描写生活上或对话中的某些小细节，而这些细节往往在我们读了小说的结尾再往回看、再对小说内容做细细回味时，才能理解作者的用意。对此，我们在讨论“从小说结尾考察小说主题”这一方法时，已有详述，此处不再赘述。

在布鲁克斯、沃伦对这篇小说主题的分析中，还讨论了一处细节，即小说中歹徒对电影的打趣：“你应该多去看看电影。像你这样一个机灵的小伙子，看看电影是非常好的。”由于海明威的这篇小说的内容全部用“简洁而合乎生活实际的人物对话来表现”，因此对于小说中某些打趣式的对话，我们可能会忽略掉，或者也不会将它与小说主题联系起来，但布鲁克斯、沃伦却对此“另眼相待”，在他们看来，这样的细节，在小说中有预示主题的作用：“毫无疑问，一再

---

① ［美］布鲁克斯、沃伦编著：《小说鉴赏》（中英对照），主万等译，世界图书出版公司2006年版，第61页。

重复地提到电影，而且是歹徒们在饭馆里安排停当之后提到的，从某种意义上讲是一种间接的说明：读者是知道合伙谋杀他人的一般原因和一般过程的。而从另一个意义上讲，这些话着重指出了这样的发现，即报纸和电影里胡诌乱扯的那些离奇事现在已成现实。”[①]我们说，对小说主题的考察，必须从文本内部入手，用文本内部的“细节”来“加以验证”。这是深入的具体的文本分析，是“新批评”文本细读法的魅力所在。

对小说主题的考察，除了以上三个方面的基本方法以外，布鲁克斯、沃伦还从作品中的环境描写、自然意象等方面进行考察，如他们对《进入波兰》《爱情：某猎人笔记上的三页》《好人难寻》等作品的考察，都给我们提供了示范，值得我们进一步学习。

第三节　布鲁克斯、沃伦小说主题分析之问题追问

《小说鉴赏》第四章的“问题”部分，与第一章、第二章、第三章的“问题”部分一样，布鲁克斯、沃伦继续就该章研究的主要议题即“小说主题”进行追问。

这些问题，既是对前面在“引言”部分、“讨论”部分提出的相关理论的具体运用，又是对相关理论的扩展、修正、补充和完善，共同构成了布鲁克斯、沃伦小说批评理论和批评实践的重要组成部分。

布鲁克斯、沃伦在谈及小说主题时一再强调它与作品其他要素之间的有机性、统一性和连贯性，所谓“整个作品都是小说主题的具体

---

① ［美］布鲁克斯、沃伦编著：《小说鉴赏》（中英对照），主万等译，世界图书出版公司2006年版，第243页。

象征物”的思想，不仅表现在他们对该书第四章所选小说文本的讨论中，也集中体现在他们在“问题”部分所提出的各种各样的问题中。这37个问题，无不围绕着展示小说主题的“具体象征物”而展开。

布鲁克斯、沃伦提出的“问题”，乃示范性地展示了在文学批评中对小说主题的考察有哪些基本步骤，有哪些基本要领。提问之细致、深入，尤其是提问的专业水准，足以让我们大开眼界、受益匪浅。下面，我们把布鲁克斯、沃伦在该书第四章“问题”部分提出的37个问题，进行分类总结，以期更全面、更深入地认识布鲁克斯、沃伦关于小说主题方面的理论思考和实践运用，以期深入认识他们批评理论与批评实践之间相互发明的关系。

一　作者态度与小说主题

对小说家之于所选题材态度的追问，是考察小说主题的一个主要方面。作家之于其所选题材的态度，究竟是粗鲁的还是礼貌的、感伤的还是克制的、幽默的还是调侃的、平淡的还是强烈，将会大大影响其小说主题。

为了展示小说家的态度与小说主题的密切关系，布鲁克斯、沃伦主要分析和讨论了海明威的《杀手》和弗兰纳里·奥康纳的《好人难寻》。

海明威的《杀手》是一篇对话体的小说，整篇小说几乎全是对话描写，类似于戏剧剧本。小说由几个戏剧性场景构成，其中有一个长场景和三个短场景。小说主要描写一对杀手埋伏在亨利餐馆准备杀死一个瑞典拳击手奥勒·安德森，而安德森知道了这件事之后，既不打算逃走也不愿意告诉警察。在小说中，安德森虽然没有被杀死，但杀手要杀死与他们无冤无仇的安德森这件事，以及安德森知道了这件事的反应（他“什么打算也没有”），在餐馆伙计乔治、尼克以及黑人厨子山姆内心深处及日常生活里造成了不同的反响。

在讨论海明威《杀手》的过程中，布鲁克斯、沃伦提出了这样的问题：“海明威对他的题材（material）采取何种态度（attitude）？这种态度又是如何得到表现（expression）的？”①

为了分析海明威“对他的题材采取何种态度”，布鲁克斯、沃伦认为，“最简单的办法也许是先对海明威所写到的事件和人物的类型加以考虑”。“海明威小说里的事件总是含有强烈的成分”，“海明威式的人物通常是些硬汉子，他们经受着周围世界的严峻考验而又显得无动于衷……他的人物是打不败的，除非他们自己承认，他们中的有些人甚至还赞美失败，即使在实际上失败了，他们仍旧坚持着他们的理想，他们就是靠了这种有时清晰可辨，有时模糊不清的理想，才得以生存下来”②。那么，海明威“这种态度又是如何得到表现的”？布鲁克斯、沃伦认为，“从粗鲁和感伤的对比中，以及从强烈和感伤的对比中，流露出克制的态度，这是海明威在方法上的一贯表现”③。

弗兰纳里·奥康纳的《好人难寻》，写一个很讨嫌的老奶奶与一家人出外旅行，碰上了一个“不合时宜的人”——一个心理变态的杀人狂，最后一家人被全部杀死的恐怖故事。

在讨论了弗兰纳里·奥康纳的《好人难寻》之后，布鲁克斯、沃伦提出了这样的问题：“这篇小说可以分成两部分——第一部分篇幅较长，写旅行的情况；遇到那个‘不合时宜的人’以后，是小说

① ［美］布鲁克斯、沃伦编著：《小说鉴赏》（中英对照），主万等译，世界图书出版公司2006年版，第244页。

② 同上书，第245页。

③ 同上。

的第二部分。请思考一下，这两部分是通过什么东西合成一体的？这样的结合与小说的主题有何联系？我们或许会说，这样的结合纯属巧合——一家人遇到了意外的事，而偏偏在这时，那个‘不合时宜的人’正好路过。我们曾经说过，在一般情况下，依靠巧合构成的小说是失败之作。这篇小说的情况又如何呢？这篇小说里确实有巧合，但这种巧合是否和主题有联系？”①

布鲁克斯、沃伦赞同那种“和主题有联系”的巧合，而不是纯属偶然的巧合。正是那种“和主题有联系”的巧合，表明了小说家之于所选题材的态度，以及之所以如此安排小说情节结构的意图。

二　环境描写与小说主题

莫泊桑的《爱情：某猎人笔记上的三页》，小说以第一人称口吻讲述，叙述者与表兄去沼泽地打猎为这篇小说的叙述框架。叙述者从某报纸上读到一则爱情悲剧（一男子杀了女的，然后自杀了），由此想起年轻时期某次打猎经历中一对鸟儿的爱情故事。

在“问题”部分，布鲁克斯、沃伦问道：“对沼泽地所进行的大段的环境描写有何值得一读的意义？”② 显然，这个问题，看似普通，却把问题指向了小说中的环境描写与小说主题关系的思考。在我们了解了故事梗概之后，有必要熟悉一下这段环境描写：

> 我素来爱水。我爱海，虽然它是那样浩瀚，那样波翻浪涌而不能停滞；我爱河水，它是那么动人，源源不断而昼夜不息；

---

① ［美］布鲁克斯、沃伦编著：《小说鉴赏》（中英对照），主万等译，世界图书出版公司2006年版，第300页。

② 同上书，第228页。

我尤爱那沼泽地的涓涓细流，那里有许多水生的小动物在默默地度完一生，世代不息。沼泽地是我们这个星球上的一个自成一体的大千世界——一个不同的世界，它有着自己的生活，有固定的居民，有往来的过客，有自己的语言，有自己的喧嚣，尤其是，它有自己的秘密。再没有什么地方能比一大片低洼的沼泽地更令人神往，更令人不安，甚或更令人恐惧了。为什么在那片被水覆盖着的洼地里竟会笼罩着一种模糊的恐惧呢？是那蒲草在沙沙作响，是那磷火在依稀明灭？是那夜气弥漫的静谧？是那帷幕般迤逦在水面上的沉沉雾霭？还是那捉摸不定的噗噗声息？这声音是那样微细，那样温柔，然而听来却比人们的大炮甚或天上的响雷更为怕人。难道就是这些，才使那沼泽地显得仿佛是个梦境般的国度——那令人胆寒的国度，显得那样神秘莫测又危险四伏吗？①

像其他小说中的情节设置、人物性格刻画一样，这一段环境描写，透露出淡淡的哀愁，也通过对“那里有许多水生的小动物在默默地度完一生，世代不息”沼泽地的描写，与人类世界的钩心斗角、尔虞我诈形成了鲜明对比。沼泽地，本来是一个“梦境般的国度”，却由于人类的残忍、自私，使得它“危险四伏”“令人胆寒”。

由莫泊桑《爱情：某猎人笔记上的三页》这一段环境描写，我们可以更深刻地体会布鲁克斯、沃伦关于小说主题的核心思想，即整个作品是一个有机整体，整个作品都是主题的“具体的象征物”。在小说家笔下，那似乎不经意的环境描写，粗看无非是提供了故事

① ［美］布鲁克斯、沃伦编著：《小说鉴赏》（中英对照），主万等译，世界图书出版公司2006年版，第225页。

的背景或舞台，实际上，在很多成功的小说中，那似乎不经意的环境描写，也成为小说家表现主题的“具体的象征物”。这是布鲁克斯、沃伦小说主题理论，给我们最大的启发。

由此，我们想到布鲁克斯、沃伦所批评过的欧·亨利的小说《带家具出租的房间》。在《小说鉴赏》第二章，布鲁克斯、沃伦对欧·亨利利用巧合解决他自己写作中的困境大加批评，认为欧·亨利利用巧合来欺瞒读者。我们认为，这些批评就小说情节设置与小说主题的关系来看，很有道理。我们也赞同他们对欧·亨利的批评。但是，如果我们换一种视角去看《带家具出租的房间》这篇小说，即从环境描写与小说主题关系的视角去考察，我们对这篇小说也许会有一种新的认识：欧·亨利的小说《带家具出租的房间》，压根儿不是靠情节取胜的，它是靠小说中精细的环境描写取胜的，它的主题不是依靠情节和人物性格，而主要是靠其中大量的环境描写尤其是其中成系统、成体系的“意象群”来暗示的。有理由认为，欧·亨利的小说《带家具出租的房间》，与其说是一篇情节小说，毋宁说是一篇意象小说（或环境小说）。

我们认为，《带家具出租的房间》中的意象，可以归为两大类：第一类是死亡意象；第二类是生命意象。在《带家具出租的房间》中，一系列的死亡意象构成了这篇小说的基本材料（material）。其中，有视觉意象，有听觉意象，还有味觉意象，诸如“蛆虫（worm）”“楼梯上的地毯（carpet）”“壁龛（niche）”“带家具出租的房间（the furnished room）”“带绒毛的声音（in her furriest tones）”“臭烘烘的气味（stale odor）”等。

第二类意象是生命意象，即作品中男主人公在带家具出租的房间里闻到的“木樨香味（odor of mignonette）”。它在作品中虽然微乎其微，却占有了不可小觑的地位。正是这死亡意象与生命意象之间的强烈对比，才成功地暗示了小说的主题。

在讨论完奥康纳的《好人难寻》后，布鲁克斯、沃伦提出这样一个问题："请思考一下，公路旁餐室里（at the highway restaurant）的那些描写（the scene）具有何种意义?"[①] 《好人难寻》是个比较长的短篇小说，关于公路旁餐室场景的描绘，无论是作者对餐厅内部的描摹（"宝塔餐厅里面是间长条的屋子，黑咕隆咚，一端有个柜台，另一端放着几张桌子，中间空当权当舞池"[②]），还是老奶奶与红萨米之间的对话，均透露出一种破烂不堪、世风日下、今不如昔、好人难寻的情调，也预示了老奶奶一家人的不幸命运。这些描写，看似很不经意，却有着极为深刻的用意。一般读者对作品的感受或评论，更多的是被其中的情节和人物所吸引，很少关注到这些"不起眼"的描写。由此可见，在文本批评过程中，我们需要调动我们敏锐的艺术感觉。布鲁克斯、沃伦所设置的这些问题，无疑会引导我们读者朝着文本内部更纵深的所在探寻。

下面，我们再看一段文字：

> 田野里花花绿绿的、被罂粟花点染得分外红艳；正是中午时分，微风在渐渐变黄的稞麦中间荡漾着；洁白无瑕的荞麦，宛如远处修道院的一道围墙耸起在地平线上。安谧的沃棱河水，蜿蜒曲折地从我们身边流过，随后就在桦树林上空灰蓝色薄雾里消失了；在遍地花开的斜坡之间匍匐爬行，还得穿过一片又一片蛇麻草，不时扎伤了两条早已疲惫不堪的胳膊。而橘黄色

---

① ［美］布鲁克斯、沃伦编著：《小说鉴赏》（中英对照），主万等译，世界图书出版公司2006年版，第301页。

② 同上书，第290页。

太阳，却像一颗被砍掉了的脑袋，从天上徐徐下降，偶尔还从云端里透出一点柔和的光影。落日时分，军旗在我们头顶上空迎风飘扬。傍晚，凉风习习，里面还掺杂着昨天浴血奋战和被宰掉的马匹的气味。黑黝黝的兹勃鲁赫河在咆哮，河水随着一团团泡沫往下游奔腾而去。各处桥梁都已经坍塌了，于是我们就只好涉水过河。这时皓月当空，波光粼粼。许多马匹都装上了后鞧，喧嚣的湍流在数百条马腿中间汩汩作响。有人沉到了水里，还在大声诅咒圣母玛利亚。河面上漂起了从马车上掉下来的黑糊糊的方方块块的碎片，而且到处是乱糟糟的噪音，夹杂着哨声和歌声，正在微弱的闪光隐约可见的山谷里，和在月光下弯弯曲曲的小径上空回响着。①

上引文字，是巴贝尔《进入波兰》中的第二自然段。巴贝尔这篇小说，几乎没有什么情节，叙述者“我”是第六师一名辎重车队的战士，在完成了撤退任务后，于深更半夜投宿到一个住着犹太人的屋子。屋子里污秽不堪，共有四个犹太人，一个怀孕妇女，两个红头发、瘦脖子，另一个人贴墙而睡。士兵挨着那个贴墙而睡的犹太人躺下，很快进入梦乡。噩梦中，他被那个怀孕的妇女叫醒。定睛看去，发现那贴墙而睡的犹太人是个早已咽气的老头子，喉管被割断，脸孔被劈成两半，胡子上的污血已凝成蓝色的铅块。怀孕妇女向“我”控诉父亲被波兰人杀害的经过后，突然发出一阵可怕的狂叫声：“我真想知道，任凭你走遍天下，哪能再找到像我父亲那样的父亲呢？”小说戛然而止。在这篇小说后面的“讨论”部分，布

① ［美］布鲁克斯、沃伦编著：《小说鉴赏》（中英对照），主万等译，世界图书出版公司 2006 年版，第 79 页。

鲁克斯、沃伦提出的第一个问题，就是对上引文字的发问："在第二自然段中，描写大自然的美（'被罂粟花点染得分外红艳'的田野，'渐渐变黄的稞麦'，'安谧的河水'，'桦树林上空灰蓝色薄雾'）等一系列形象，和代表暴力的标志（'昨天浴血奋战'的气味，咆哮的兹勃鲁赫河，以及人们大声诅咒）都相互交错在一起。你觉得这一段描写与小说其他部分有什么关系？在这里，要注意第五自然段对窗外月亮的描写。"① 巴贝尔这不足1800字的短篇，没有曲折的情节，更没有个性鲜明的人物形象，小说意义的传达主要是靠作者通过对自然美景的描写和对暴力场面、战争氛围的营造等来完成的。小说第五自然段："只有那个月亮正用她蓝幽幽的手捂住自己闪闪发亮、无忧无虑的圆脸孔，活像窗外一个流浪汉在四处漂泊一样。"这个把月亮喻为"流浪汉"的比喻，同第二自然段中把"橘黄色太阳"喻为"一颗被砍掉了的脑袋"一样，既暗示了战争的残酷，让人四处漂泊、无家可归，又喻示了下文中那个犹太老人被杀害时的惨状，非常好地烘托了这篇小说的主题。正是借助于环境描写和对战争氛围的营造，小说既表现了战争的残酷和非人道，也表现了人们对美好和平生活的向往和追求，呼唤了美好人性的回归。

三　人物形象与小说主题

就情节与主题的关系而言，如果说"所有虚构的情节都是朝着主题思想发展下去"的，作家往往"通过情节点明小说的意义所在"②；那么，从人物塑造与小说主题的关系而言，小说主要是写人

① ［美］布鲁克斯、沃伦编著：《小说鉴赏》（中英对照），主万等译，世界图书出版公司2006年版，第81页。

② 同上。

的，小说的人物塑造之于小说主题的传达更有不可小觑的意义。在《小说鉴赏》第三章“章节引言”中，布鲁克斯、沃伦提及人物性格与小说意义的关系时强调指出：“人物性格对小说来说是如此重要，所以要想了解一篇小说的基本情况，唯一的方法就是问一下‘这是谁的故事？’”①

在该书第四章“主题”部分，布鲁克斯、沃伦更是紧扣人物形象（塑造）与小说主题的关系。对于莫泊桑《爱情：某猎人笔记上的三页》，布鲁克斯、沃伦在讨论之后提出的问题，除了关注环境描写与小说主题的关系外，作品中的人物形象与主题的关系，自然也成为他们思考主题表现的“着眼点”。小说是以第一人称写的，其结构方式是把人类爱情与一对鸟儿的爱情做对比，其重心是对那只“失偶的可怜的飞禽”以及动物爱情的赞美，表兄这个人物在一般读者那里，是不会引起重视的。但是，布鲁克斯、沃伦提出：“表兄这个人物的塑造和主题是否有某种联系？”② 这个问题，一下子就把我们带回到小说中，它促使我们一定要细读文本。

通过细读文本，我们发现，小说写到表兄的地方有以下这么几处。小说破题处写道：“我表兄是个 40 来岁的快活人，红头发，身体很棒，满脸络腮胡子。他是个乡下绅士，脾气随和而又有点任性。他富有高卢人的机智，常能化平庸为神奇。他住的房子既不像农庄又不像城堡，坐落在一片谷地里，谷地很开阔，还有一条小河流经其间。”叙述者来到表兄家，这么写道：“傍晚时分，我到了表兄家里。天气冷得连石头也会开裂。晚饭是在一个大房间里吃的，房间

① ［美］布鲁克斯、沃伦编著：《小说鉴赏》（中英对照），主万等译，世界图书出版公司 2006 年版，第 141 页。

② 同上书，第 228 页。

里的柜橱上、墙壁上以及天花板上都挂满了鸟类标本，有的看起来似乎展翅欲飞，有的则停枝栖息——有隼、苍鹭、猫头鹰、欧洲夜莺、鹈鹕、雄鹰、秃鹫、猎鹰——我表兄呢，穿着一件海豹皮夹克，也活像一头来自北国的稀有动物。”在打猎出发前，小说写道：“3点钟，表兄把我叫醒。这回我也穿了一件羊皮大衣，而我看见卡尔表兄穿着一件熊皮大衣。”① 当我打下那只雌水鸭后，小说最后写道：

> 卡尔蹲下身子，把枪举到肩上，紧紧盯住那只飞禽，等它进入自己的射程。“你打下那只雌的。”他说，“这只雄的是不会飞走的。”
>
> 雄野鸭果然没有飞走。它在我们头上一圈一圈地兜着，一边不住地哀鸣。从未有过什么痛苦的呻吟能像这阵阵哀鸣，像这只空中失偶的可怜的飞禽发出的悲怨指责之声那样使我心痛。
>
> 有时，它也避开那紧盯着它的枪口的威胁，似乎准备只身继续它的长途飞行，然而它终于下不了决心，又飞回来寻觅它失去的伴侣。
>
> “你把那只雌的扔在地上，”卡尔对我说，“雄的过一会儿就会飞进射程的。”雄鸭果真不顾危险，向我们飞近。由于那种动物的爱情，由于对它那刚被我杀死的情侣的痴情，它已经不顾一切了。
>
> 卡尔开枪了，正如一只放在空中的纸鹞被人一刀割断了放飞的牵绳，我看到一个黑糊糊的东西跌落下来，又听见跌到枯草间的声响。

---

① ［美］布鲁克斯、沃伦编著：《小说鉴赏》（中英对照），主万等译，世界图书出版公司2006年版，第224—226、228页。

以上四处对表兄的描写，第一处写外貌、身份，第二处、第三处对表兄家“柜橱上、墙壁上以及天花板上”各种各样鸟类标本的描写，以及对表兄穿着的介绍（表兄“穿着一件海豹皮夹克”“表兄穿着一件熊皮大衣”），尤其是第四处写表兄是如何设计打死那只雄鸭的，均对这篇小说主题的表现，产生了重要的影响。这篇小说在人与动物爱情的对比中，歌颂了动物纯真的爱情，批判了人类的残忍。小说的第一自然段就揭示了主题，人类的所谓爱情不能使人“发生兴趣”，只能使人“意志消沉”“十分惊恐”；而动物的爱情，“就像天空中的十字架向早期基督徒显圣一样”，使人久久不能忘怀。小说中的表兄，是个“脾气随和”的绅士，对动物的习性了如指掌；他在猎杀动物方面的老练与不动声色，象征着人类的狡诈和残忍。而且，小说中“我”的“多思多虑”和忏悔与表兄的“机智”“任性”“化平庸为神奇”亦形成强烈的对比，充分说明了人类的残忍已经到了何种地步。总之，这篇小说中人类爱情与动物爱情的对比，“我”与表兄的对比，都对小说主题的表现，起到了画龙点睛的重要作用。

围绕《好人难寻》中的老奶奶与小说主题的关系，布鲁克斯、沃伦接连问了三个问题：“老奶奶的性格如何？她是个讨人喜欢的人呢，还是个让人讨厌的人？她是值得尊敬呢，还是只配唾弃？她是自私的呢，还是不自私的？她的性格对于理解这篇小说有何意义?”“简述老奶奶的性格特征，并谈谈你是怎样把她和小说的主题联系起来的?”“老奶奶对那个‘不合时宜的人’所讲的最后一句话有何意义？对情节发展有何意义？对主题表现又有何意义?”①

① ［美］布鲁克斯、沃伦编著：《小说鉴赏》（中英对照），主万等译，世界图书出版公司2006年版，第300—301页。

老奶奶是这篇小说的核心人物，她的性格自然与小说主题有密切的联系。换言之，对老奶奶性格的理解，直接关乎对这篇小说主题的理解。我们认为，至少可以从两个方面来理解老奶奶与小说主题的关系。

第一，从老奶奶与其家庭成员之间的关系看。老奶奶在家庭成员中辈分最高，表面上“高高在上”，但却得不到自己一家人的尊重。小说开始写她的独生子贝雷在津津有味地看报纸上的体育新闻，老奶奶却让他关注报纸上的另一则新闻，“贝雷依旧津津有味地看报，头连抬都没抬一下”；在路旁餐厅休息，电唱机奏出《田纳西圆舞曲》时，“老奶奶说不知怎的，这支曲子总叫她想站起来跳舞。她问贝雷愿不愿意跳这个舞，他只冷冷地回瞪了一眼”。当她发表自己关于外出旅行的建议和意见时，儿媳妇“好像没听见她的话”，8岁的胖孙子故意唱反调，长着金发的孙女数落她时“脑袋抬也没抬”①，全家人对她似乎都不屑一顾。

第二，从老奶奶与“不合时宜的人”的对话看。老奶奶自以为是、引火烧身，因为指错了路，致使一家人陷入危险境地。她首先想到的不是儿孙们的安危，而是自己，仅仅是自己，她对“不合时宜的人”反复说：“你不会杀害一个妇道人家吧?”在知道“不合时宜的人”的身世，在一家人先后被杀害后，她仍旧在讨好“不合时宜的人”以求不死：“你出身高贵，我知道你不会枪杀一个妇道人家的！我知道你是好人家抚养大的!”当老奶奶发现无论怎么哀求都保不住自己性命时，她使出最后的“撒手锏”——对杀害自己一家人的杀人狂“不合时宜的人”小声说道：“唉，你也是我的一个孩子，

① ［美］布鲁克斯、沃伦编著：《小说鉴赏》（中英对照），主万等译，世界图书出版公司2006年版，第286、290页。

我的一个亲生儿子哟！”[①]

小说以老奶奶为焦点。“好人难寻”是老奶奶对世道的感叹，她认为，世风日下、今不如昔。自己小时候，“孩子对自己的家乡啦，自己的父母啦，还有别的一切一切，都比现在更尊重。那当儿，大伙儿都规规矩矩。”“人确实没有从前那样好啦。”“在上帝的这个花花绿绿的世界里，没有一个人能让你信得过，没有一个人例外，没有一个人哟！”[②] 其实，老奶奶本人，就是一个自私自利的人。由她来感叹“没有一个人能让你信得过”，无疑充满了反讽意味。老奶奶并非死有余辜，但她的自作聪明、自私自利，对全家人的悲惨遭遇负有不可推卸的责任；“不合时宜的人”固然是个变态的杀人狂，但通过他与老奶奶的对话，似乎又让人对他抱有更复杂的感情，既可恨可恶又可悲可怜。因此，《好人难寻》这部小说，通过老奶奶和“不合时宜的人”这两个人物的塑造，把小说引向了更深刻的主题。

四　视角设置与小说主题

布鲁克斯、沃伦的《小说鉴赏》，虽然不是专门的叙事学著作，但它却比一般的叙事学分析更细致；比起某些打着“叙事学”分析，而实际上与“叙事学”不沾边的文学批评来，显示出所谓“新批评”理论家和实践家的理论幅度，不仅更为开阔，也非常细致深入。在《小说鉴赏》前面几章，讨论小说情节和人物时，布鲁克斯、沃伦经常用叙事学的方法进行分析，提出很多深刻的、颇具可操作性

---

① ［美］布鲁克斯、沃伦编著：《小说鉴赏》（中英对照），主万等译，世界图书出版公司2006年版，第295、299、300页。

② 同上书，第290、291页。

的思想方法，比如他们在讨论林·拉德纳的《理发》时，就提出过叙述者设置与小说主题的关系问题，见解非常深刻：“视角——这由小说作者加以决定——对于任何叙事作品来说，都是一个至关重要的问题。”因为，某种视角的使用，可以“影响到整篇小说和我们对小说的看法”。

林·拉德纳的《理发》写了一个爱搞恶作剧的怪人——吉姆，此人粗野、自私、自大，毫无一点儿爱心和同情心，特别喜欢搞恶作剧，不仅作弄别人，连自己的妻儿也作弄。最后，终于在作弄别人的时候，丢了自己的性命。对于这样一个故事，林·拉德纳可以选择一种最直接、最简便的表现方法，“也就是作者自己来讲故事”，作者直接把吉姆的故事“赤裸裸地表现出来”。但是，作者没有这么做，而是“设计了一个叙述者，就是那个理发师，而通过理发师把故事转述给我们”①。

在具体分析理发师这个视角“转述”的意义及其对小说主题的影响时，布鲁克斯、沃伦总结了三个方面的功能或作用：“使用叙述者这个角色，首先是为了使小说不那么干巴巴，不那么单调无味；其次是，可以通过理发师的嘴使我们对小镇有所了解，对店铺里的那些食客的无聊和粗野有所了解。”布鲁克斯、沃伦认为：“理发师本人是不无同意地参与了那些粗野的恶作剧的，所以他和那个怪人可算是一丘之貉。”而且，当吉姆死后，“理发师感到小镇生活由于没有了那个怪人而变得很无味了”。因此，当我们知道理发师其人以及他与吉姆的联系，对理发师所生活的那个小镇有了深入了解之后，我们就“知道那伙合谋作恶者的联系”是

---

① ［美］布鲁克斯、沃伦编著：《小说鉴赏》（中英对照），主万等译，世界图书出版公司2006年版，第215页。

多么广泛了。以上两个方面，是理发师这个视角在内容上的功能。除此之外，这个叙述者在“表述方面”的功能更不可小觑了。布鲁克斯、沃伦分析指出：“我们想一想，叙述者理发师告诉我们的仅仅是些和他同类人的事情，而这些人呢，也就是些和那个怪人合谋干坏事的心照不宣的同谋，而叙述者本人又认为这些人也理应受到指责。这样一来，我们就会发现自己马上就得和叙述者抱同样的态度。叙述者的态度和我们的态度就会毫无抵触了。但是，从实际情况来看，我们的态度和叙述者的态度是有抵触的，因为我们老是想不和他同流合污，老是想在（善良的）我们和（邪恶的）理发师之间制造某种紧张的戏剧性状态。换言之，拉德纳使用的是一种倒转的、含有讽刺意味的手法。叙述者表现的既不是作者的观点，也不是我们的观点。那个理发师讲故事时每每歪曲故事的含义，借此作者提醒我们，对小说里什么东西是加以肯定的应抱更大的警惕心，甚至刺激我们，使我们警觉到自己不能和理发师那样显得又残忍又愚钝。”反过来说，《理发》“这篇小说如果采取平铺直叙的方法，或者让叙述者在讲故事时采取与我们完全一样的态度的话，我们会把那个怪人仅仅认作为一个畜生，一只虫豸，而他的所作所为也就是理所当然的。但由于这样做过于简单，我们便会忽略整篇小说的内容。而采取现在这样的方法，这就迫使我们或多或少地对理发师制造的麻烦加以注意，而当我们这样做时，也就不知不觉地被更深入地引进了小说”①。

《小说鉴赏》第四章，布鲁克斯、沃伦继续就视角设置与小说主题的关系进行追问。

---

① ［美］布鲁克斯、沃伦编著：《小说鉴赏》（中英对照），主万等译，世界图书出版公司2006年版，第215页。

在讨论完杰西·斯图尔特的短篇小说《爱情》后，布鲁克斯、沃伦在“问题”部分问道：“作者为什么要用第一人称来叙述这个故事？要是用第三人称来讲，在讲述方面会出现哪些现在未出现的问题？”①

布鲁克斯·沃伦注意到福克纳《纪念爱米丽的一朵玫瑰花》视角设置与小说主题的关系，“这篇小说是通过一个镇上的居民的口讲述的。这个人作为贯穿小说始终的一种成分，他反映出公众对爱米丽小姐的态度。”通过考察公众对于爱米丽的态度，有助于把“爱米丽小姐的思想和行为跟她背后的一般的社会生活连起来，并且在两者之间建立起某种联系”。因为，只有这样，才能“使一则病史成为‘有意义’的小说”，也才不至于把爱米丽的所作所为“仅仅局限于试论一则变态心理学方面的病史”。对这篇小说的叙述视角，布鲁克斯、沃伦又设想道：“如果用第三人称的视角来写这篇小说，将会有何种难处？”②

在该书第四章的“问题”部分，布鲁克斯、沃伦还涉及“情节设置与小说主题”方面的思考。比如，在讨论《林中之死》的时候，他们追问：“如果这篇小说里把关于狗的事情全部删去，那么这篇小说的意义和效果会有什么不同？”③ 在讨论《人，差点儿》时，他们追问：“在掩埋骡子时，大福成了人群中其他雇工取笑的对象，这件事有何意义？这和小说的基本主题有何联系？其他雇工取笑他是出于什么动机？”④ 这部分内容我们在第一章第三节中已经涉及，此处不再赘述。

① ［美］布鲁克斯、沃伦编著：《小说鉴赏》（中英对照），主万等译，世界图书出版公司2006年版，第232页。

② 同上书，第284—285页。

③ 同上书，第260页。

④ 同上书，第273页。

小　结

布鲁克斯、沃伦在《小说鉴赏》第四章专门讨论“主题”问题的时候，始终是从小说主题与小说情节、人物性格以及其他因素的相互关系中进行考察的。本章分三节讨论其小说主题理论和批评实践。

首先，我们从三个方面梳理了布鲁克斯、沃伦的小说主题理论的理论要点。一是小说主题的含义及特性。布鲁克斯、沃伦认为，主题是通过题材表现出来的东西，是对人类生活的创造性模仿，“小说的娱乐性或戏剧性”蕴含其中。二是小说主题的存在方式。布鲁克斯、沃伦认为，要深刻地理解小说的主题，必须把小说主题与一般观念（包括小说家的意图）区分开来，必须把小说主题本身与小说主题的表现区分开来。应该把“整个作品看作是表现主题的具体的象征物”，反对简单的主题“释义”法。三是小说主题的考察原则、重点及步骤、方法。布鲁克斯、沃伦认为，对小说主题的考察，不应着眼于小说的道德教益，不应着眼于为各种小说的主题做一般性的概述；主题考察的重点是，要弄清楚它与生活的联系，特别要弄清楚它“在作品中被具体处理时是怎样受到限定和制约的”。注意考察作品人物和环境的类型、性质，考察作品语调及其蕴含的感情，考察人物语言的特性及其寓意，是考察小说主题的基本步骤和方法。

其次，主要总结归纳了布鲁克斯、沃伦小说主题分析方面，对于前述批评理论的发挥。一是从小说结尾考察主题。布鲁克斯、沃伦认为，小说结尾促使了其他要素在逻辑关系上的完整性，它可以使读者真正弄清楚分析小说主题的方向，让小说细节具有意义。二是从作家风格考察主题。布鲁克斯、沃伦认为，考察作家整体的创作风格以及具体作品的文体风格，有助于理解其作品主题。三是从小说细节考察主题。布鲁克斯、沃伦强调，作者往往会在文中设置某些悬念或者刻意描写生活上或对话中的某些小细节，某些细节甚至还反复出现，它们在小说中往往有预示主题的作用。

最后，我们总结了布鲁克斯、沃伦小说主题分析过程中的“问题”追问。在该书第二章“问题”提出部分，编著者先后提出了37个问题。一是作家态度与小说主题。对小说家之于所选题材态度的追问，是考察小说主题的一个主要方面。作家之于其所选取的题材，究竟是粗鲁的还是礼貌的、感伤的还是克制的、幽默的还是调侃的、平淡的还是强烈的态度，将会大大影响其小说主题。二是环境描写与小说主题。布鲁克斯、沃伦认为，在很多成功的小说中，即便那些“不经意”的环境描写及各种意象，也会成为小说家表现主题的“具体的象征物”，值得特别注意。三是人物形象和小说主题。布鲁克斯、沃伦强调指出，人物外貌、身份、穿着及性格，以及作家对人物的具体态度，都会成为作家指向主题的标识。四是视角设置与小说主题。布鲁克斯、沃伦认为，由小说作者加以决定的视角，对于作品主题来说是一个至关重要的问题，某种视角的使用，可以“影响到整篇小说和我们对小说的看法”。

第四章　布鲁克斯、沃伦小说批评的特性：“问题式”文本批评

从《小说鉴赏》的体例安排、具体讨论及问题设置来看，布鲁克斯、沃伦对于小说的批评实践，与二人合著的《理解诗歌》[①] 一样，不是那种从概念到概念、简单套用理论的文学批评，而是一种“问题式”文本批评。

“问题式”，是我们借用来的一个哲学术语，语出张一兵《问题式、症候阅读与意识形态——关于阿尔都塞的一种文本学解读》[②]一书。借用这个术语，是用来描述我们对布鲁克斯、沃伦小说批评之独特性的理解。

所谓“问题式”文本批评，是与那种“理论式”“体验式”的

① 《理解诗歌》（*Understanding Poetry*，1938）是布鲁克斯、沃伦的成名作，也是“新批评”在实践方面最具代表性的著述。该书共 8 章，收录 245 首英美诗歌，并对大部分诗歌进行了深入细致的文本分析。《理解诗歌》在体例上极具特色，第一章至第五章，每一章均由“章节引言”“诗歌文本”“讨论”及“问题”四部分构成。《理解小说》（*Understanding Fiction*，中译本将书名译为《小说鉴赏》）一书，在体例上就延续了前者。

② 张一兵在研究阿尔都塞的《保卫马克思》一书时提出，“问题式是阿尔都塞的全部哲学理论方法的核心范式”，是“阿尔都塞得以建构其全部理论的逻辑原型”。所谓“问题式”，简单地说，即“理论问题的生产方式”。（张一兵：《问题式、症候阅读与意识形态——关于阿尔都塞的一种文本学解读》，中央编译出版社 2003 年版，第 23—25 页）

文本批评相对而言的文本分析方法。“理论式”的文本批评或文本分析，其不足在于从理论出发，将文学文本看作验证理论有效性的材料，从而破坏了文本的有机统一性和艺术感受的鲜活性和完整性。“理论式”文本分析的最大特点是，用理论套作品、要作品就理论。在当代文学批评中，存在着大量“理论式”文本分析，它往往以理性裁制感性，以理论切割作品，以个性化的文本证明某种文学理论的有效性。

“体验式”的文本批评或文本分析，虽然没有破坏艺术感受的鲜活性和完整性，但因其没有自觉的方法论意识，缺乏示范性和可操作性，而显得不易掌握。在文学教育中，“体验式”的文本分析，因其理论意识的阙如，往往显得捉襟见肘、不易传达。

“问题式”的文本批评，是指与分析主体的人生体验、艺术体验和理论体验融为一体的文本分析方法。它旨在强调将具体的理论方法与分析主体的个人体验相结合，强调文本分析过程中要形成主体自己的理论话语，强调文本分析由文学感受出发而不是仅仅从理论话语出发，强调将任何一种理论方法转化为切合文本特性的几个有针对性的问题，强调文本分析的可操作性。“问题式”文本分析的最大特点是，理论就作品，而不是作品就理论，这是它相比“理论式”文本分析的优势所在。

文学文本尤其是经典的文学文本，毕竟是一种有着很强技术性和人文性的语言实体和文化实体。因而，文本分析必须有分析主体人生体验、艺术体验和理论体验的积极参与，必须将种种理论方法转化为自己的理论话语（而不是对某些新方法的简单套用，使文学文本成为论证理论方法有效性的材料）。“问题式”的文本批评方法，会使得文本分析的过程，既是体验性的，又贯穿了一定的方法，从而颇具可操作性。

"问题式"文本批评，不要求统一的方法。其具体操作方法，受具体批评对象之艺术特性，以及批评主体的艺术感觉、理论素养及价值取向等的制约。不同的文学文本，因其艺术特性不同，所以有不同的切入角度和分析策略；不同的批评主体，也因其不同的艺术感觉、理论素养及价值取向等，自然会采取不同的方法。

笔者认为，布鲁克斯、沃伦的《小说鉴赏》，就只是提供了"问题式"文本批评的范例。下面我们从三个方面进行说明。

第一节　布鲁克斯、沃伦"问题式"文本批评的理论基础

任何一种文学批评，均有其理论基础。布鲁克斯、沃伦"问题式"文本批评的理论基础，我们可以概括为以下几个方面。

一　"有机论"基石

布鲁克斯、沃伦小说批评的理论要点及批评实践特色，已于本书前三章予以阐明。正是这一特色，我们称为"问题式"文本批评。

下面，谈一下笔者对布鲁克斯、沃伦"问题式"文本批评之理论基础的理解。

《小说鉴赏》这部书给人最突出的印象，即编著者布鲁克斯、沃伦对"有机论"的突出强调。"有机论"思想，成为贯穿全书的一条红线，是布鲁克斯、沃伦最核心的理论观念。笔者认为，正是这一核心观念，构成了布鲁克斯、沃伦"问题式"文本批评的

理论基础。

对于"有机论"思想，布鲁克斯、沃伦在《小说鉴赏》一书的各个部分，一而再再而三地反复申明。

比如，在这本书的开篇，他们就正面强调指出："一篇小说写得成功，必须是一个整体。让我们设法来看一下……各篇作品里，最重要的部分是如何和其他部分交织在一起的。"① 这里，布鲁克斯、沃伦开宗明义地强调，在一篇文学作品的内部，其中的各个重要组成部分密切相关，正是它们（情节、人物、主题等）的有机"交织"，才构成一篇小说的"整体"世界。

为了充分申明"有机论"的思想，他们特别强调小说作品中"三个基本要素"的密切关系，"我们能否把小说中的情节、人物和主题这些部分截然区分出来呢？不，它们都是同一个重要事件的各个侧面，是一个整体的必不可少的组成部分"②。在讨论"情节"的前言部分时，他们明确指出："我们一定要经常思考情节同人物和主题的关系问题。"③

为了进一步突出强调小说作品的有机整体性，他们在讨论"人物性格"部分时，还特别提出了"连贯的真实性（the truth of coherence）""与事实完全符合的真实性（the truth of correspondence）"这一对概念，并做了仔细分辨："因为文学并不伪称自己就像记录实际事例的文件那样面面俱到，它所要表现的只是典型的、有代表性的和一般准则的要求。就小说或诗歌自身而言，我们首先关注的是真

① ［美］布鲁克斯、沃伦编著：《小说鉴赏》（中英对照），主万等译，世界图书出版公司2006年版，第2页。

② 同上书，第17页。

③ 同上书，第47页。

实的连贯性——各部分是如何连贯而构成一个有意义的整体的。"①

在谈到小说主题时，布鲁克斯、沃伦继续强调指出，在讨论小说情节及人物性格时，"我们始终着眼于小说的主题、思想和意义。我们不可能不注意小说的主题而能深入地了解小说的情节和人物，因为正如我们所强调的，一篇好的小说，它是一种有机的统一体，其中各个重要因素相互之间都有联系。一种因素会牵涉到其他所有的因素，而它们又是为同一个目的服务的"②。

在论及"小说与人生经验"的关系时，布鲁克斯、沃伦除了强调"作家为我们创造的那个生活领域"与"作家的实际生活领域"以及"我们的实际生活领域"的联系以外，还特别强调指出："小说可以从任何事物发源，只要这些事物能激发人的想象力从而去完成小说的使命，即把事物有机地联系起来并从中生发出某种意义来——不，不仅仅是联系起来就够了，而是要创造一个世界，在这个世界里，各种事物相互自然依存而其中又赋有意义。"③

为了说明"短篇小说品类繁多，几乎无穷无尽"，《小说鉴赏》最后一章，布鲁克斯、沃伦又选取了12个短篇小说"供读者欣赏"。他们提出建议说，阅读欣赏要发挥读者的才智、想象力和理解力，"读者应当向自己提出一些诱导性的问题，并力求认真回答这些问题。这些问题不应当只涉及小说的要旨（meaning），而且要涉及它所采用的方法（method），因为……这两方面是密切相关的，事实上，它们往往都是对同一个事物，也就是对小说本身要

① ［美］布鲁克斯、沃伦编著：《小说鉴赏》（中英对照），主万等译，世界图书出版公司2006年版，第143页。

② 同上书，第220页。

③ 同上书，第369页。

看到的一些方面"①。

就这样，"有机论"思想，就如一条红线一样，贯穿于《小说鉴赏》的始终。但必须指出，上述"有机论"思想，是有不同维度或侧面的：或者从小说作品内部构成的维度，强调情节、人物、主题等"最重要部分"之间的有机联系；或者从小说创作的维度，强调小说文本中的艺术世界与作家个人生活领域的有机联系；或者从小说鉴赏的维度，强调艺术欣赏过程中读者或批评家的个人生活领域与小说文本中的想象世界及作家个人生活领域的有机联系，还强调"小说的要旨（meaning）"与"它所采用的方法（method）"之间的有机联系。也就是说，这种"有机论"思想，是一种立体的"有机论"，而不是单向度的。也正是在这个意义上，我们认为那种指责布鲁克斯、沃伦的文学批评和文学理论是纯粹"形式主义"，是割断了文本与世界、与作家、与读者联系的"文本中心主义"等，是多么不得要领。

在布鲁克斯与利昂奈尔·特里林（Leonard Trilling）于1951年论战时，他仍然坚持这种"有机论"的思想："文学批评主要关注的是整体，即文学作品是否成功地形成了一个和谐的整体，组成这个整体的各个部分又具有怎样的相互关系。"②

下面我们着重对布鲁克斯、沃伦关于情节设置的有机性问题，稍作阐发。

布鲁克斯、沃伦在《小说鉴赏》中特别强调一篇小说的有机整体性，可以说，他们对小说的各个要素的讨论都是为有机整体性服

① ［美］布鲁克斯、沃伦编著：《小说鉴赏》（中英对照），主万等译，世界图书出版公司2006年版，第484页。

② ［美］布鲁克斯：《形式主义批评家》，赵毅衡编选《"新批评"文集》，盛宁译，中国社会科学出版社1988年版，第486页。

务的。以往小说评论家在对小说文本的分析中，当然也不乏对小说各个要素之间关系的探讨，然而却很少会涉及小说各个要素自身的有机组成问题。布鲁克斯、沃伦在对小说情节的考察中，对于情节设置中的有机性问题做了思考，而这种思考是一种动态的思考。其中的有机论思想，可谓《小说鉴赏》的创新之处。

布鲁克斯、沃伦将“情节”的基本构成区分为“破题”（exposition）、“开展”（complication）、“高潮”（climax）、“结局”（denouement）四个方面，这在该书“情节”理论部分已做详细介绍，此处不再赘述。在对构成“情节”的这四个部分进行讨论之后，布鲁克斯、沃伦试图“诱导”我们向更深处挖掘。

例如，在对科利尔的《埋葬》做了一番讨论后，布鲁克斯、沃伦提出了这些问题：“试将《埋葬》里有关破题和开展的两部分区别开来。在开展部分开始发生前，你能指出哪些是属于破题的部分吗?”“倘若科利尔在小说结尾处插入一段，描写大夫在回忆自己结婚前的孤独，细想艾琳毕竟也给过自己片刻之间的缱绻柔情，因此对此刻自己突然感到可怕的冲动不寒而栗，但到最后，他却又硬起心肠来了。这样的写法将会如何改变这篇小说的效果？对整个小说的基调又会产生什么样的影响？这篇小说还能保持前后一致吗?”[①]

很明显，上述问题的提出和接连追问，实质上是对小说情节设置中的有机性问题的思考。首先，第一个问题，是对小说情节的剖析。为何要剖析小说情节？布鲁克斯、沃伦在该章具体篇目的具体“讨论”中曾谈到，情节的四个基本构成部分之间或许泾渭分明，或许并没有明确的界线，它们是相互渗透、融合在一起的。对此，他

① ［美］布鲁克斯、沃伦编著：《小说鉴赏》（中英对照），主万等译，世界图书出版公司2006年版，第69页。

们提出了"圆熟灵活"的原则。因此，在"问题"部分，布鲁克斯、沃伦对划分情节各部分的追问，意在诱导读者去进一步思考："在一个情节所包含的各个部分之间截然分开，或者相互渗透、融合在一起，跟作品最后效果又有怎样的关系。"① 这个问题，除了涉及情节各组成部分之间的有机性问题外，还涉及情节整体及其审美效果的有机性问题，是很深刻的思想见解。其次，上面第二个问题是在第一个问题基础之上的进一步追问。我们可以将第二个问题的提出，看作是布鲁克斯、沃伦从创作论角度对"情节"有机性的一种动态性的追问。（在《小说鉴赏》诸多篇目后的"问题"中，他们均提到了类似的问题，即一种假设性提问②）如果将整个"情节"比作由这四个基本要素构成的四边形，四个要素相当于它的四条边，那么，无论哪条边发生了变化，这个四边形的性质及其"最好效果"都会发生变化。布鲁克斯、沃伦提出这种假设性问题（如前文提到"倘若科利尔在小说结尾处插入一段回忆"），则是诱导读者对小说情节的有机构成做动态分析，在这一分析中，我们可以发现小说作者在故事情节设置过程中的其他"可能发生的事物"，发现作家创作过程"可以有更多的余地进行迂回"这一事实，更有助于凸显文学批评本身的再创造性质。

这里，我们必须强调指出布鲁克斯、沃伦小说批评的一个独特性，即在与小说创作的比照中突出小说批评的本质，进而凸显文学阅读、文学鉴赏、文学批评与文学创作的有机联系。在《小说鉴赏》

---

① ［美］布鲁克斯、沃伦编著：《小说鉴赏》（中英对照），主万等译，世界图书出版公司 2006 年版，第 46 页。

② 在《小说鉴赏》中，布鲁克斯、沃伦在"讨论"和"问题"部分，经常使用诸如"试将""试想""想象""认为""要是""倘若"等一些关系副词，就小说情节发展和构成的多种可能性，做了很多对比、假设，其目的就是要凸显文学批评与文学创作有着截然不同的"方向"。

第六章，布鲁克斯、沃伦借用美国小说家尤多拉·韦尔蒂的创作谈《我怎样写作?》，道出了他们在该书中一以贯之的思想：“一篇小说和对这篇小说所做的分析并非是相辅相成的两面镜子，两者是背道而驰的。不过，批评本身也能成为一种艺术，可以比批评的对象更加富有深意，也可以有更多的余地进行迂回。”与小说家相比，“分析家，一般说来，总是逆向而行。……批评家是按原路摸索上去的，并非开辟新路”。批评家“是从作家走过来的路上往回走，他沿途也许会因为发现某个惊险之处而大喊大叫，殊不知作家早已知道这些地方意味着什么——他早就跳着避开了”[①]。布鲁克斯、沃伦二人，尽管没有像韦尔蒂那样说得这么明白，但他们在具体讨论和问题追问部分，始终都是这么做的，整个《小说鉴赏》一书，无论是在“讨论”部分，还是在“问题”追问部分，布鲁克斯、沃伦始终是把小说阅读、小说鉴赏、小说批评与小说创作紧密结合在一起的。他们的文本批评实践始终在显示这样一个道理：真正的文学批评，必须深谙文学创作的规律；一个与文学创作隔膜的分析家，不可能把文学批评变成“一种艺术”。正因如此，我们才反复申明：那种认为布鲁克斯、沃伦的文学批评割断了文本与作家的联系、把文学文本完全孤立起来的观点，是多么不得要领。

二 “整体性”构架

《小说鉴赏》给人的另一个突出印象，是编著者布鲁克斯、沃伦对“整体性”构架的设置。

---

① ［美］布鲁克斯、沃伦编著：《小说鉴赏》（中英对照），主万等译，世界图书出版公司2006年版，第392页。

作为大学教科书，《小说鉴赏》与其他类似教科书的一个最大区别，就在其体例。全书共由 7 个章节构成，"第一章 小说的意图与要素""第二章 情节""第三章 人物性格""第四章 主题""第五章 新小说""第六章 小说与人生经验""第七章 阅读材料"。

每一章又由 4 个部分构成：章节引言（理论概述）、小说作品选、"讨论"部分、"问题"部分。

通过仔细研读《小说鉴赏》，我们认为，该书的特殊体例①以及此一体例所体现出的"整体论"方法是应该加以注意的：每一章的引言部分，均为各章的理论概述，此一部分，编著者集中对其小说批评理论的基本思想予以简明扼要的阐发②；每一章所选录的小说文本，均是根据各章内容设计而精挑细选的结果；每一章选文后面的"讨论"部分，既是对其理论概述部分相关理论的具体运用，同时又根据选文之文本特性对引言部分的批评理论有所扩充、修正、完善和超越；而每一章"讨论"后面的"问题"部分，既呼应了各章引言及"讨论"部分的有关思考，又在不同程度上补充和超越了前面的理论概述和批评实践部分。

在布鲁克斯、沃伦看来，引言、选文、"讨论"及"问题"四个部分共同构成了他们小说批评理论和批评实践的整体，任何一部分都不可或缺；四个部分，缺一不可。

如果说，在《小说鉴赏》每一章的引言部分，"有机论"思想像一条明线贯穿始终的话，那么"整体性"方法则像一条隐在的线索，体现在每一章引言、选文、"讨论"及"问题"四个部分之

---

① 布鲁克斯、沃伦编著的《理解诗歌》一书，也是这样的体例。

② 在这一部分，布鲁克斯、沃伦分别对小说的主要构成因素以及小说情节、人物性格、小说主题等方面的理论，进行了简明扼要的阐发。

间的逻辑构架中。恰恰是这一条隐在的逻辑构架，被中外学界很多人所忽视，以至于很多人误解、误读甚至出现了不少错误的结论。

对于布鲁克斯、沃伦而言，文本批评中对于“问题”的设置，其重要性是不言而喻的，而且涉及批评对象的诸多方面：“这些问题不应当只涉及小说的要旨，而且要涉及它所采用的办法，因为，我们早已了解，这两方面是密切相关的，事实上，它们往往都是对同一事物，也就是对小说本身要看到的一些方面。不过，除此之外，对于人物和情节，也有必要力求运用想象力来感受。”①

但非常遗憾的是，赵毅衡编选的《“新批评”文集》和史亮主编的《新批评》，在编选过程中，没有注意到布鲁克斯、沃伦文本批评的“整体性”，仅仅保留了其分析性的“讨论”部分，却有意或无意删去了后面的“问题”部分。

比如，赵毅衡《“新批评”文集》选译的《克丽奥帕特拉的悲悼》，原文提出的 3 个问题未译出；史亮《新批评》选译的《论〈纪念爱米丽的一朵玫瑰花〉》，原文提出的 3 个问题亦未译出。针对福克纳的《纪念爱米丽的一朵玫瑰花》，布鲁克斯、沃伦在文本批评的过程中，提出了以下 3 个问题：

1. 如果用第三人称的视角来写这篇小说，将会有何种难处？

2. 爱米丽小姐选中被人们轻蔑地称为“北方佬，一个拿日工资的人”作为自己的情人，为什么说这种举动是意味深长的？

3. 就其一般的象征性意义，回顾一下《年轻的布朗大爷》

① ［美］布鲁克斯、沃伦编著：《小说鉴赏》（中英对照），主万等译，世界图书出版公司 2006 年版，第 484 页。

和《杀手》这两篇作品，能不能说现在这篇小说也像那两篇一样，具有更为普遍的意义——即对当前社会提出了一种象征性的批评？若是，你又如何对此加以论证？

在今天看来，这样的选本（或称"节本"），造成的后果是：第一，直接影响国内学者对"新批评"总体面貌的理解。以为"新批评"的主要贡献是在其理论观念上。实际上，"新批评"主要是一种批评实践。正是他们在诗歌批评、小说批评方面的实践，奠定了他们在西方文学理论、文学批评历史上的重要地位。第二，使得国内"新批评"研究，对其理论有着浓厚兴趣，或发掘其哲学基础，或关注其"文学性"，或侧重其理论本身和各种外缘之联系等，而对"新批评"批评实践，尤其是小说批评实践，极少关注。第三，近年出版的各类教科书也颇受选本影响，编著者大多习惯于给"新批评""贴标签"，并因袭了选本对"新批评"的一些误解（认为"新批评"是一种狭隘的形式主义文论；"新批评"的文本分析被认为是一种只适合于诗歌文本的批评实践等）。

站在今天的立场，回望20世纪80年代的"新批评"译介工作，我们必须承认：赵毅衡先生、史亮先生居功至伟。正是他们的辛勤劳动，才使当时的中国文论界在观念的更新上迈出了重要一步。但问题是，当时的人们为什么会"不约而同"、有意无意删去了"新批评"实践家文本批评中最有特色，也颇为有趣的"问题"呢？是无意的疏忽，还是有意的取舍？取舍之间，编译者是因布鲁克斯、沃伦文本批评中所提出的"问题"不具有参考价值故意舍弃，还是压根那些"问题"就没有进入其视野？

在西方文学理论的译介过程中，编译者首先面临译文的选取和编排问题；其次，在编译者选择节译（只译文章的部分内容）的情况下，更是面临如何取舍的问题。对于许多读者和研究者来说，西方文学理论的“知识图景”正是靠这些译文选本建构起来的。从表面上看，编译者的个人爱好、视野、趣味、识见等，决定了西方文学理论在中国呈现的总体面貌和水平；而实际上，其间却深刻地体现了一个时代的文学观、理论观和问题意识，表象的背后均有深刻的理论支持、学科预设和学术期待，是时代精神、文化选择使然。

笔者认为，问题的复杂性还在于，我们在接受“新批评”文学批评观念的过程中，一些固有的文学观、理论观以及研究理路（理论霸权或理论帝国主义、重理论轻实践）严重制约了我们对“新批评”的引进。一些受当时历史条件制约的理论观念和研究范式，不仅影响了20世纪80年代对“新批评”译介工作和观念的接受，还直接妨碍了方法转换的有效开展；更有甚者，它还深刻地影响了行进中的中国当代文论问题意识的觉醒，从而大大延缓了西方文论中国化的历史进程。

因此，反思20世纪80年代对于“新批评”的译介工作，有助于认识那个时代的理论预设和学科期待，有助于改变“消极对待”理论的态度，充分认识到布鲁克斯、沃伦的文本批评所具有的“整体性”或“完整性”，不做人为的切割。

由此，我们必须认识到，正是“有机论”思想与“整体性”方法的双重变奏，才成就了《小说鉴赏》一书，将使其拥有永久的理论魅力和方法论启示；也正是它们的双重变奏，才导引出了它的一个最大的亮点。

这一亮点，值得我们大书特书，那就是批评理论与批评实践的互相发明关系[①]。新批评实践家布鲁克斯、沃伦的小说批评实践，不是一个简单套用其批评理论的过程。其批评理论与批评实践之间，是一个互相发明的关系。我们在研究其批评理论转变成为批评实践的基础上，应该重点考察其批评实践的操作程序（细读—艺术特性之描述—问题的提出—深入的分析）；在研究其小说批评实践的同时，应该重点考察其理论生产的基本模式。

通过分辨其批评理论和批评实践的关系，我们发现，布鲁克斯、沃伦的批评理论是建立在其批评实践基础之上的；更主要的是，新批评实践家通过大量的批评实践不断修正、补充和完善其批评理论，而不是在其批评实践中直接、简单套用其批评理论；其小说批评实践的过程，是不断修正、补充和完善其批评理论的过程。正是在丰富的批评实践过程中，布鲁克斯、沃伦受具体小说文本审美特性的牵引，进行富有创造力的理论生产和理论创新，而不是亦步亦趋、故步自封于其批评理论的"圈子"之中。

这就是布鲁克斯、沃伦小说批评理论与实践的生命力所在，也是《小说鉴赏》给我们最大的启示。这一根本性的启示在于：第一，任何时候，在任何情况下，文本永远大于理论，而不是相反；第二，有创造力、生命力的理论生产，不是从理论到理论，更不是对前人的简单复制，而是在具体的文本分析实践中创造的。

正是"有机论"思想、"整体性"体例架构，构成了布鲁克斯、沃伦"问题式"文本批评的理论基础。

① 不仅如此，二人合著的《理解诗歌》，亦作如是观：批评理论与批评实践之间，是一个有机的统一体，二者的关系，是相互发明的关系。

第二节　布鲁克斯、沃伦“问题式”文本批评的几个维度

长期以来，我们对《小说鉴赏》的研究很不够，对他们所倡导并践行的“问题式”文本批评的重视不够、领悟不深，致使我们在研究、传播、运用“新批评”有关理论方法的过程中，仅得其皮毛，有时又多有误解。

在我们看来，布鲁克斯、沃伦在《小说鉴赏》中所进行的大量小说文本批评，绝非什么“一味强调文学的内部因素，而对文学的外部因素完全弃之不顾，割裂了文学与作者、社会历史、现实生活的联系，从而具有明显的狭隘性”的“形式主义的批评流派”①，在我们看来，它至少涉及以下几个方面的问题。

一　文本批评与批评理论的关系

文本批评（实践）与批评理论的关系，实则就是批评家如何对待批评理论与批评实践的关系问题。简言之，批评家究竟是“用理论套作品”，还是“让理论就作品”；或者说，在批评家的心目中，是“理论大于作品”，还是“作品大于理论”。那些坚持“理论大于作品”的批评家，必定会“以理论套作品”；而只有坚持“作品大于理论”的批评家，才会“让理论就作品”，从而走向真正的文学批评。

① 朱立元主编：《当代西方文艺理论》（第2版·增补版），华东师范大学出版社2005年版，第93页。

而且，从理论到批评，从文学理论、文学批评理论到文学研究、文学批评实践，并非一步之遥，而是有着重重关卡、种种转换：文学（批评）理论须转换为具体的文学批评方法，文学批评方法又须转换为具体的、有步骤的、可操作性的程序。

在论及自然科学与人文科学区别的时候，伊瑟尔把前者称为"硬理论"，把后者称为"软理论"。"软理论并不会得出一个普遍原则，相反，它从一个基本假设出发，而考虑到框架之中吸纳进被观察到的数据，这一假设又可以因之而改变。"① 也就是说，文学理论会因为文学批评对象的丰富性和复杂性而"改变"，而不是相反。

纵观中外文学批评实践中的佼佼者，尤其是布鲁克斯、沃伦的《理解诗歌》和《小说鉴赏》，无不经历了从理论到方法、从具体方法到操作程序方面的创造性转换。但凡有此种转换的批评实践，均非用一般理论直接套在具体文本脖颈之上的简单"切割"，而是一种"问题式"的文本批评。

通过前面三章对布鲁克斯、沃伦小说批评理论与批评实践关系的考察，我们发现，布鲁克斯、沃伦在小说文本批评实践中，始终坚持"作品大于理论"的思想，在对批评理论的运用过程中，是"让理论就作品"而不是"以理论套作品"。

比如，在《小说鉴赏》的第二章"情节"的引言部分，布鲁克斯、沃伦首先对小说情节的本质、功能、构成及理想境界做了较为系统的阐发。但是，在该章"讨论"部分，布鲁克斯、沃伦并没有一味地、简单地把这些理论观点，套用在对欧·亨利《带家具出租的房间》、安东·契诃夫《万卡》、约翰·科利尔《埋葬》、安布鲁

① ［德］沃尔夫冈·伊瑟尔：《怎样做理论》，朱刚、谷婷婷、潘玉莎译，南京大学出版社 2008 年版，第 6 页。

斯·比尔斯《鹰溪桥上》、艾萨克·巴贝尔《进入波兰》、盖伊·德·莫泊桑《项链》、路易吉·皮兰德娄《战争》、路德亚德·吉卜林《国王迷》8个短篇小说的分析中。受所选文本艺术特性的制约或规定，布鲁克斯、沃伦没有对各篇小说的情节构成、特性及意义做一般性的说明，而是重点围绕两个核心问题展开，一个是小说情节中的巧合，另一个是小说的结尾艺术。俗话说，无巧不成书，小说当然离不开巧合，但布鲁克斯、沃伦认为，小说不能为巧合而巧合，巧合应该是情节结构中自然而然的发展，而不是为了解决作者创作困境的花招。关于小说结尾，布鲁克斯、沃伦也提出了很好的思想，“一篇成功的小说结尾，常常把一种可取的总的人生观留给了我们”①。

又如，《小说鉴赏》第四章“主题”的引言部分，布鲁克斯、沃伦首先对小说主题的含义、特性、存在方式以及对小说主题的考察原则、重点、步骤及方法等做了非常系统的阐发；之后，在该章的“讨论”部分，他们也没有简单地把自己所理解的小说主题理论，直接用在对盖伊·德·莫泊桑《爱情：某猎人笔记上的三页》、杰西·斯图尔特《爱情》、海明威《杀手》、舍伍德·安德森《林中之死》、理查德·赖特《人，差点儿》、威廉·福克纳《纪念爱米丽的一朵玫瑰花》、弗兰纳里·奥康纳《好人难寻》等的分析中。在该章“讨论”部分，布鲁克斯、沃伦从所选小说文本的艺术特性出发，他们示范性地重点从小说结尾、作家风格、小说细节三个方面考察小说主题，其中，他们提出了很多富有启发的思想。不仅如此，在后面的“问题”部分，他们仍然没有简单套用引言中的理论归纳，

① ［美］布鲁克斯、沃伦编著：《小说鉴赏》（中英对照），主万等译，世界图书出版公司2006年版，第45页。

而是根据所选小说文本的实际情况，分别从作者意图与小说主题、环境描写与小说主题、情节设置与小说主题、人物性格与小说主题等角度，提出了许多富有启发而又超越了引言部分的新思想、新方法和新问题。

由此可见，《小说鉴赏》各章的“讨论”部分，就不只是对各章引言部分批评理论的简单套用，而是在对批评对象文本细读的基础上，做出了深入的艺术分析，从而使其文本批评大大超越了引言部分的批评理论。也正是在这个意义上，我们说，在布鲁克斯、沃伦《小说鉴赏》中，批评理论与批评实践的关系，是相互发明的关系。

这种“相互发明的关系”，我们是从以下三个方面理解的：

一是批评理论对批评实践的指导，批评实践对批评理论的运用。这是二者之间最一般的指导与被指导的关系。如果二者关系停留于此，则断难产生伟大的文学批评家，也不会产生高质量、高水平的文学批评。

二是批评家在运用批评理论（无论是自己的，还是他人的）的过程中，不应亦步亦趋、人云亦云、照搬照抄、按部就班，而是要根据批评对象的不同特性，根据批评家的具体目标，对原有批评理论进行补充、修正、完善和超越。

三是就布鲁克斯、沃伦的小说文本批评而言，“讨论”部分的结束并不意味着批评活动的结束，之后的“问题”部分是批评活动的进一步展开，这一部分，我们可理解为，是对此前批评理论和批评实践的进一步丰富、扩充。这是因为，文本大于理论；对于那些优秀的文学作品，某一次批评活动不可能穷尽批评对象的所有特性，而只能揭示文本的某些特性。因此，“问题”提问部分，就是对批评活动的进一步丰富和扩充。

由此可见，布鲁克斯、沃伦文本批评（实践）与批评理论的互相发明关系，远不止如此，更不是一种二元论的指导与被指导的关系。《小说鉴赏》中所体现的这种关系，其实早在二人合著的《理解诗歌》里，就表现得很明显了。这种“互相发明关系”之所以能够贯彻落实，并得以始终，得益于布鲁克斯、沃伦对于文学作品与文学理论（批评理论）关系的理解。这才是根本之所在。

也就是说，怎样理解批评理论与批评实践的关系，首先是看怎样理解理论与作品之间的关系。对二者关系的理解，不外乎两种：第一种，理论大于作品，作品是为证明理论服务的；第二种，正好是完全相反的观点，认为作品大于理论，作品不是为了证明理论的有效性服务的，它有自己的逻辑、自己的天地。

理论、批评、提问，三者之间之所以能够形成一种良性互动，并演绎一曲曲美妙绝伦的“华尔兹”，是由于它们有着一片片富饶丰厚的土壤，这土壤是理论的用武之地，也是批评的栖息之所，更是理论和批评得以生发、升华的乐土。这就是那些题材广泛、风格各异、价值多元、“长相”各异的文学文本。

一个时期以来，国内理论界对文学理论的理解，有一种“单质化”倾向——仅仅在观念层面上理解和把握文学理论。这一倾向，严重制约了理论创新和理论生产，也严重影响了我们对西方文学理论引进的质量和水平，自然也影响我们对包括布鲁克斯、沃伦在内的“新批评”的理解。我们认为，文学理论不是单质的或一维的，而是有着三维空间，即观念维、方法维和问题维等多个维度。就英美“新批评”而言，它既有观念层面上对“文学本体论”（“意图谬误”和“感受谬误”是这一理论的具体化）的坚持和强调，又有在方法论层面上对上述观念的具体体现（"有机性""悖论""反讽""张力""隐喻""象征""连贯性""统一性"），更有在文本分析过程中对问题意识的独特把握。在过去80多年来引进和接受"新批评"的过程中，研究者们更多地在观念层面上打转转，在第二个、第三个维度上的掘进还不充分。

说到理论与评论的关系，不得不提及热奈特在其《叙事话语：新叙事话语》（该书的研究对象是《追忆逝水年华》中的叙事）中的经典论述。热奈特指出，在处理评论与理论的关系时，有两种极端，一种是"将特定对象服务于总目标，将评析服务于理论"，"或者相反使诗论附属于评论"。热奈特"厌恶"这两种极端，他"觉得不可能把《追忆逝水年华》当作一般的叙事，或小说叙事，或天知道什么别的等级、类别、种类的普通例子来处理：普鲁斯特叙述的特殊性从总体上是不可缩减的，任何推论在这里都是方法上的失着；《追忆》只说明它本身。但另一方面，这种特殊性并非不可分解，从分析中得出的每一个特点都可以进行对照、比较或展望。和一切作品、一切机体一样，《追忆》由普遍的或至少超越个别的要素组成，它把这些要素集合成特定的综合体，独特的整体"。热奈特明确宣称："我在此提出的主要是一种分析方法，我必须承认在寻找特殊性时我发现了普遍性，在希望理论为评论服务时我不由自主地让评论为理论服务。"①

由此可见，但凡是经典理论家，在分析理论与批评的关系时，都慎之又慎。《小说鉴赏》和《叙事话语：新叙事话语》等的作者，给我们提供了成功的范例。

① ［法］热拉尔·热奈特：《叙事话语：新叙事话语》，王文融译，中国社会科学出版社1990年版，第4页。

二　文本批评与人生经验的关系

一个文学批评家，可以不是作家，但不能不了解作家。批评家和鉴赏家，不仅要了解作家，了解作家的创作，更要对文学创作有深入细致的理解和把握。若非如此，不会有真正的文学批评。

为了突出文本批评与人生经验的密切关系，在《小说鉴赏》中，布鲁克斯、沃伦专辟“小说与人生经验”一章，分别选取了美国小说家尤多拉·韦尔蒂、凯瑟琳·安·波特、罗伯特·潘·沃伦的短篇小说以及“三位作家就他们的作品的成因所谈的种种情况”。在这一章的引言部分，布鲁克斯、沃伦首先提出了文学阅读、文学批评活动中所涉及的“三个生活领域”，即“我们的实际生活领域、作家的实际生活领域和作家为我们创造的那个生活领域”。而“作家创造的那个生活领域，就是我们打算加以欣赏并从中得到享受的领域。但是，有时我们并不能对自己创造的那个领域加以充分的领会，除非我们考虑到和它有关的另外两个领域，即作家自身的生活领域以及我们自己的生活领域”①。

布鲁克斯、沃伦一再强调：“小说所创造的生活领域本质上是和我们每个人自身的日常生活领域密切相关的。”“每一篇单独的作品都无例外地来自于作家本人的生活领域……小说中的想象生活领域总是和实际生活领域联系着的，其中也包括我们个人的独特的生活领域——不管这种生活是什么样子。因此说到底，我们想象力所勾勒出来的东西并不是凭空杜撰出来的东西，而是现实生活的一种投

① ［美］布鲁克斯、沃伦编著：《小说鉴赏》（中英对照），主万等译，世界图书出版公司2006年版，第366页。

影，一种重新组合的图景。"①

如果说，布鲁克斯、沃伦关于"三个生活领域"的论说，意在强调人生经验之于文本批评的重要意义，强调文学作品中的生活内容与我们实际生活内容的关系的话，这一点不难理解，也可以说没有什么特别的新意。

那么，布鲁克斯、沃伦关于小说中的艺术技巧与作家人生经验关系的论述，就特别值得我们注意。这也是他们的创造性所在。

他们的文本批评有一个基本预设：成功的文本批评，首先必须对作家的创作过程及其复杂性有充分的理解和把握；小说家的创作意图、生活经历对作家创作有重要的意义，小说技巧方面也必须从作家的生活经验中得到解释和说明（当然，这种解释和说明，不是直接的，而是深藏着的）。

他们在创作论的框架下面谈小说技巧问题，"因为意识到了技巧问题，一个作家在他的创作过程中才希望把种种技巧上的考虑全盘地包容在他的整个思想和感情过程中"。对于小说家来说，"他需要把技巧融合在自身之中并和小说的其他方面有机地联系在一起。技巧服从于总的原则就能全部彻底地融合在作家的个性里，所以我们时常看到，优秀的作家无论在遣词造句还是在谋篇布局方面都很少显露出技巧的痕迹或者某种特殊的方式"②。也就是说，小说技巧不是一个独立于小说其他成分（思想和感情）中的因素，它是包含在整个创作过程中，与作品中的其他元素有机统一在一

---

① ［美］布鲁克斯、沃伦编著：《小说鉴赏》（中英对照），主万等译，世界图书出版公司 2006 年版，第 366 页。

② 同上书，第 367—368 页。

起的，与作家个人的生活领域统一在一起。换言之，作家的创作技巧实际上是他生活经验的一个组成部分，而且是一个有机组成部分，成为作家的某种下意识或无意识，这是作家创作的最高境界。所以，布鲁克斯、沃伦才说："能彻底地将技巧问题融合在创作过程中，这对于作家来说是一种理想的境界。"当然，作家创作也会遇到各种各样的困难，这个时候就"不得不停下来并完全有意识地思考技巧问题"① 了。

美国小说家尤多拉·韦尔蒂、凯瑟琳·安·波特、罗伯特·潘·沃伦在他们的创作谈中，都提到他们各自的人生经验对于他们小说创作的影响。这种影响，不仅表现在他们小说作品中的生活内容，直接与其自身经历密切相关，还表现在他们作品中的人物形象、结构方式等技巧，均与其个人经历存在着深刻、内在的关联。

罗伯特·潘·沃伦的《〈春寒〉：一段回忆》一文中，谈到作者写作《春寒》的时代背景及个人生存状态：那是1945—1946年的秋冬，第二次世界大战刚刚结束，整个世界弥漫着一种悲观情绪；即将迎来40岁生日的作者，正住在北方一个多雪的现代化大城市（时已5月5日，冰雪依然未消），挤在汽车间上面的一套狭小的房间里，在为即将出版两部作品（长篇小说《国王的人马》和一篇关于柯勒律治诗歌《古代船工》的研究文章）而忧心忡忡。② 在这种战后情绪、思乡之情、生存压力及疲惫感的情境下，罗伯特·潘·沃伦着手创作《春寒》这篇小说。

---

① ［美］布鲁克斯、沃伦编著：《小说鉴赏》（中英对照），主万等译，世界图书出版公司2006年版，第368页。

② 同上书，第477页。

小说中，大量的对比（树林中流浪汉与树林中的男孩的对比、流浪汉的世界与孩子纯洁世界的对比、体验者"我"与叙述者"我"的对比）、第一人称叙事角度等，都与罗伯特·潘·沃伦的个人经历息息相关。

这里，他们说了这么一个道理：小说技巧，只能来自小说家的个人生活之中。这是一条颠扑不破的真理。

在"新批评"阵营中，没有专门的理论家，绝大多数成员都是多重身份：艾略特是诗人、剧作家、教育家，也是文学批评家和理论家；燕卜逊既是诗人，又是学者，还是文学批评家；罗伯特·潘·沃伦，则是集诗人、小说家、文学批评家于一身；兰色姆更是因诗人、教师、学者、批评家的多重身份而知名。布鲁克斯虽然没有专门从事过文学创作，但他是莎士比亚研究专家，是英国诗歌史家，是福克纳研究专家。所有这些，都保障了"新批评"成员，无论是文学理论研究，还是文学批评实践，都是在丰富的创作经验、大量的艺术体验基础上完成的，而不是那种从理论到理论的简单滑行。

三　文本批评与作家意图的关系

对小说文本意义的追问，离不开对于作家创作意图的考察。"新批评"理论家和实践家布鲁克斯、沃伦的《小说鉴赏》，也把考察作家创作意图作为其文学研究和文学批评的题中之义。

但在国内外学界，因为"新批评"理论家维姆萨特和比尔兹利作于1946年的《意图谬误》，就不分青红皂白地认为整个"新批评"在文学研究、文学批评中，一味坚持文本中心主义，从而割裂了文本与作家创作意图的有机联系。[①]

事实上，无论是布鲁克斯、沃伦的《理解诗歌》，还是《理解小说》（即中译本《小说鉴赏》），不仅没有否认作家与文学文本的联系，而且还大张旗鼓地研究作家创作意图之于文本意义的作用和影响。在《小说鉴赏》第二章，布鲁克斯、沃伦反复讨论了作家创作意图与作品意义的密切关系，在他们对欧·亨利的《带家具出租的房间》、科利尔的《埋葬》、安布鲁斯·比尔斯的《鹰溪桥上》以及莫泊桑的《项链》等的“讨论”和“问题”部分，就具体作品对作家创作意图与小说情节设置的关系进行了系统追问和全面考察。

在讨论欧·亨利《带家具出租的房间》时，布鲁克斯、沃伦提出：“这篇小说显然分成两个部分。第一部分以房客之死而告终，涉及男主人公找寻情人的失败，木樨香味，女房东的谎言，以及自杀；第二部分则是真相大白，由女房东对她的知己朋友说：一个星期以前，他的情人早就在这同一个房间自杀了。欧·亨利认为必须用这样的方式来处理这个故事，原因是什么？”[②] 这里的提问，显然是对小说情节结构的思考。因为小说的情节设置，就是小说家对材料进行选择和安排的结果，这里面必然有作者的思考，有他意欲表达的

---

① 国内外学界一般认为，维姆萨特和比尔兹利的《意图谬误》这篇文章，就是简单地、绝对地反对文学研究、文学批评、文学阅读中对作家“意图”的研究。实际情况复杂得多，远非一般人理解得那么简单。布鲁克斯、沃伦的《小说鉴赏》出版于1943年，维姆萨特和比尔兹利的《意图谬误》发表于1946年。即便是“新批评”成员之间互有影响，但作于1946年的《意图谬误》，不可能对于三年前的《小说鉴赏》有直接的影响，此其一。其二，维姆萨特和比尔兹利的《意图谬误》反对将作者的意图作为评判作品的标准，其本意并不是一般性地反对研究作者的生平和意图。以为“意图谬误”一般性地反对研究作家生平和意图，是对“新批评”的严重误读。（这里的“其二”，参见张惠《“理论旅行”——“新批评”的中国化研究》，博士学位论文，华中师范大学，2011年）我们认为，对“意图谬误”等的误读，是对“新批评”单质化理解的必然结果。

② ［美］布鲁克斯、沃伦编著：《小说鉴赏》（中英对照），主万等译，世界图书出版公司2006年版，第54页。

某种思想、某种观念。这里，如果我们借用叙事学的术语来表示的话，即这篇小说实际上有两个故事序列①，第一部分是男主人公寻找情人，第二部分是女房东向自己的好友吐露实情。很显然，欧·亨利在交代了第一个序列后，想让第二个故事序列，与前一个序列形成对比、补充和说明的关系。具体而言，两者之间到底是怎样一种"对比、补充和说明关系"呢？布鲁克斯、沃伦分析指出："《带家具出租的房间》立意要写成一篇严肃的小说。欧·亨利要我们感到生活中的痛苦和嘲弄，大城市的残忍和烦恼与失意者的爱情和希望之间的对照。"② 布鲁克斯、沃伦之所以批评这篇小说，就在于欧·亨利的意图在某种意义上虽然得以实现，但他是在"哄骗"读者的过程中实现的，而不是通过情节自然而然的、符合逻辑推理的发展中实现的。设想一下，如果这篇小说没有第二个序列，将会是什么样子呢？

在分析科利尔的《埋葬》时，布鲁克斯、沃伦提出问题说："这篇小说如同《带家具出租的房间》一样，包含着偶然的巧合，而且结尾也很巧妙。但是不是这两个特点要比《带家具出租的房间》更为人们所接受？研究一下这两篇小说在意图（pretension）之间的差别，也许我们就可以对这个问题做出最圆满的回答。"③ 这里，不仅明确提出了对"意图"的关注，而且不局限于某一个文本进行所谓"封闭式"研究，而是比较研究多个文本在意图上的差异，以及

① 有论者将"情节分为三个层次，最底层为功能，中间层为序列，最高层为情节"。"功能被视为人物的行动"，"序列是由功能组成的完整的叙事句子，它通常具有时间和逻辑关系，序列有基本序列和复杂序列之分"。（胡亚敏：《叙事学》，华中师范大学出版社2004年版，第119—123页）

② ［美］布鲁克斯、沃伦编著：《小说鉴赏》（中英对照），主万等译，世界图书出版公司2006年版，第69页。

③ 同上书，第68—69页。

这些差异对于小说意义的影响和制约。

在讨论安布鲁斯·比尔斯的《鹰溪桥上》时，布鲁克斯、沃伦提出："作者为什么不让读者知道这个行将死去的人的感受只不过是一种幻觉？"①

讨论《项链》时提出的6个问题，其中有两个问题，都与莫泊桑的创作意图直接相关："这篇小说的基本意义，是取决于丢失项链（不管它是假的还是真的）这个事实吗？换句话说，玛蒂尔德·罗瓦塞尔不是那样一种贪图虚荣、了此一生的女人？（在这方面，请重读小说的第一段）莫泊桑没有利用项链丢失的事件作为一种手段，来加速和加强罗瓦塞尔太太性格中早已固有的变化过程？如果这种说法可以成立的话，那么，钻石项链的虚假，不就成为这篇小说基本情节的一种象征吗？那就是说，钻石项链的'虚假'，不就代表了罗瓦塞尔太太从前所认为的生活价值的'虚假'象征吗？""福莱斯蒂埃太太关于原来的项链是假的的揭示，给我们读者指出了这篇小说的意义所在。那么，它给罗瓦塞尔太太又指出了些什么呢？"②

以上所提问题，或追问作家"如此这般"隐瞒不报（如《鹰溪桥上》和《带家具出租的房间》）之于小说意义的影响或危害，或追问"如此这般"安排情节（如《万卡》和《项链》）之于人物性格塑造的作用。因此，对于作家创作意图的追问，实际上就是对于小说意义和人物性格的考察。布鲁克斯、沃伦虽然在《小说鉴赏》中，把小说分类为情节小说、性格小说、主题小说，但他们没有把小说文本中这些要素，人为地隔离开来，而是始终把人物、情节、

① ［美］布鲁克斯、沃伦编著：《小说鉴赏》（中英对照），主万等译，世界图书出版公司2006年版，第78页。

② 同上书，第90页。

环境、主题等作为一个有机体来看待的。这些问题的设计、提出等，充分证明了这一点。

第三节　布鲁克斯、沃伦"问题式"文本批评的操作程序[①]

通过前面几章的梳理和分析，我们认为，布鲁克斯、沃伦《小说鉴赏》中的小说批评理论及批评实践，不是一般的理论与实践，而是一种具有现代意义的"问题式"的文本批评。

这种"问题式"的文本批评，由各章引言、文本"讨论"及"问题"追问三个部分有机构成，并形成了一种完整的统一体。此一有机统一体，不是批评理论指导批评实践、文本批评实践简单套用理论的关系，而是理论指导实践、实践超越理论，以及理论与实践相互发明、相互补充、相互完善的关系。

这种理论与实践的相互发明关系，保障了布鲁克斯、沃伦的批评理论是鲜活的，批评实践是富有生产力并能激发理论生产和理论创新的生命活动。此一生命活动的最终目的，就是为了保障其文学批评的可操作性。

说到文学批评的可操作性，尤其是布鲁克斯、沃伦所代表的英美"新批评"的可操作性，我们不得不提到孙绍振先生的一段话。在《超出平常的自己和伦理的自由——〈荷塘月色〉解读》一文

① 本节部分内容，曾以《论布鲁克斯、沃伦〈小说鉴赏〉的操作程序》为题，参加了在南京大学举办的"文学与形式"国际研讨会（2010 年 10 月 22—25 日）。会后，收入大会论文集——《文学与形式》。收录本书时，对相关内容做了扩充、完善。

中，在谈到美国“新批评”的文本细读（close reading）之于文学批评和微观分析的重要意义时，孙绍振先生也谈到了它的局限：“‘新批评’也不是十全十美，它最大的局限是：第一，常常限于对诗歌的解读；第二，它的解读方法比较狭隘，常常限于词语方面；第三，它的操作性也比较差。”①

很明显，孙绍振先生指出的这三点，均有不同程度误解。只要我们认真读一读“新批评”的文本分析文章，上述两种误解就会不攻自破。至于说到美国“新批评”“操作性也比较差”云云，也是不实之词。

我们知道，任何一种文学批评活动，都要以一定的理论观念资源为思想基础。那么，具备了“有机论”思想、“整体性”架构的文学批评活动又何以展开呢？具体言之，文本批评有没有一套行之有效的操作程序？如果有的话，其操作程序的步骤又如何呢？

布鲁克斯、沃伦《小说鉴赏》中的小说批评实践，充分展示了他们在具备了某种理论观念的前提下，如何把这些观念转换为可操作性的方法，又如何在具体的批评实践过程中，示范性地、有步骤地次第展开其一系列操作程序。

前面几章，我们对布鲁克斯、沃伦的《小说鉴赏》关于小说情节、人物性格及小说主题等方面的理论和实践，分别做了梳理和分析。

“新批评”理论家和实践家布鲁克斯、沃伦的《理解诗歌》《小说鉴赏》，通过大量的文本分析，展示了他们“问题式”文本分析

① 孙绍振：《超出平常的自己和伦理的自由——〈荷塘月色〉解读》，《名作欣赏》2003 年第 8 期。

的独特魅力：首先，细读是他们文本批评的前提；其次，描述批评对象的艺术特性，是开展文本批评的基础；再次，提出一些"诱导性"的问题，是进行文本批评的关键；最后，既对批评对象进行形式分析，又要进行文化（意识形态）分析，"形式—文化"分析是布鲁克斯、沃伦文本批评的最高追求。下面，我们将把布鲁克斯、沃伦的《小说鉴赏》作为一个逻辑整体，初步探讨其文本批评的操作程序。

一　细读：文本批评的前提

任何一种文学批评的第一步，必然是细读。可以说，没有细读，就没有真正的文学批评。

因此，选准批评对象，进行文本细读，是布鲁克斯、沃伦文本批评的第一步。

所谓选准批评对象，是指选择那些有明显艺术特点的文本。这类文学文本或具有经久不衰的艺术魅力，或存在着这样那样的艺术瑕疵。

"新批评"实践家选择那些有着经久艺术魅力的作品，是自然而然的事，不必赘述。而选择那些在艺术上有着这样那样瑕疵的作品作为分析对象，也在情理之中。布鲁克斯、沃伦编著的《小说鉴赏》一书，除了选择那些有着经久魅力的经典小说文本（诸如契诃夫的《万卡》、莫泊桑的《项链》、劳伦斯的《请买票》、拉德纳的《理发》、海明威的《杀手》、福克纳的《纪念爱米丽的一朵玫瑰花》等）之外，还有意选择了一些在艺术上有不同程度瑕疵的文本。这里，既有"人物性格刻画尚显单薄，描写显得杂乱无章"[1] 的《带家具出租的房间》（欧·亨利著），也有犯了"将人物的描写以及人物经历的叙述，与小说的特定意义等同起来"[2]错误的《鹰溪桥上》（安布鲁斯·比尔斯著）；既有"陷入感伤状态"致"使整篇小说显得既无重点又无逻辑性"[3] 的《田纳西的伙伴》（布雷特·哈特著），更有"把善恶问题看作绝对的而回避开了"[4] 的《年轻的布朗先生》（纳撒尼尔·霍桑著）等，不一而足。

选准批评对象固然重要，更重要的是，对所选文本要进行深入的细读。对于"新批评"的"文本细读"，美国学者莱奇曾把它详细地总结为16个步骤，它们分别是：

> (1) 选择一简短的文本，通常为一首玄学派诗歌或现代诗歌；(2) 排除"发生学"的批评方法；(3) 避免"接受批评"的研究方法；(4) 把文本看作自治的、与历史无关的空间创作的客体（spatial object）；(5) 设想文本是既错综复杂又高效统一的；(6) 多次重复地进行细致研读；(7) 把每一文本视为内在相互对抗力量的戏剧性展示；(8) 注意力持续集中在文本上，集中在文本的语义和修辞的多层次相互关系上；(9) 强调文学语言本质上的比喻性力量，及由此而生的奇异的力量；(10) 力戒意义阐释或综述大意，否则应指明这种解释不等同于诗歌的意义；(11) 关注和谐的文本成分，探寻全而平衡的或统一的结构；(12) 对不和谐处和矛盾冲突的地方不予重视；(13) 把悖论、朦胧、反讽用作克服分歧和确保统一的结构； (14) 把

---

① ［美］布鲁克斯、沃伦编著：《小说鉴赏》（中英对照），主万等译，世界图书出版公司2006年版，第56页。

② 同上书，第78页。

③ 同上书，第153—154页。

④ 同上书，第24页。

（内在的）意义仅作为结构的因素之一；（15）阅读中注意文本中认知的、经验的成分；（16）努力做“理想读者”，创造出唯一真正的阅读，真正的阅读包含重复多次的阅读过程。[①]

这样的总结虽然有一定价值，但显得细碎有余，概括性不足。相比之下，另一位美国学者古尔灵将“细读法”划分为三个步骤[②]，则比较实用。国内有学者这样来概括新批评的“文本细读”，即“审慎地阅读作品的每一个词，揣摩它的本义与言外之意（暗示与联想），注意词句之间的微妙联系，从这种联系中把握单个词的意义。不仅是词义，像词句搭配、句型选择、语气、音律、比喻和意象等，都属于他们仔细推敲的对象。剖析这些局部因素又是紧紧围绕作品本身的篇章结构进行，局部问题一解决，整体的面貌也就勾勒出来了——一部作品艺术价值的高低，全在于它的各个局部的形式因素是否构筑成了一个复杂而又统一的有机整体”[③]。笔者以为，上述内容主要是就诗歌而言的，不具有普遍性。“新批评”实践家面对小说文本的“细读”，主要体现在对小说情节、人物性格、小说主题以及视角、叙述者、叙述接受者等的关注上。

正是建立在细读小说文本的基础上，“新批评”实践家提出了一些具体而微的问题。譬如，在分析意大利作家路易吉·皮兰德娄的《战争》时，布鲁克斯、沃伦问道：“在下面句子中加下划线的词语，它们有什么重要意义？‘那个老人也转过身来瞅着她，他瞪起那

① 李卫华：《价值判断与文本细读》，中国社会科学出版社 2006 年版，第 108—112 页。不得不说，这一段概括，存在着对“新批评”本质主义的嫌疑。

② 即词义分析、结构分析和语境分析三个步骤。参见［美］威尔弗雷德·L. 古尔灵等《文学批评方法手册》，姚锦清等译，春风文艺出版社 1988 年版，第 105—106 页。

③ 傅修延：《文本学——文本主义文论系统研究》，北京大学出版社 2004 年版，第 35 页。

双凸出的、令人发指的泪汪汪的蓝色大眼睛，讳莫如深地端详着她的脸孔。’”[①] 又如，在分析美国作家卡森·麦卡洛斯的《侨民》时，布鲁克斯、沃伦指出：“小说告诉我们，费里斯‘决定’给伊丽莎白打电话是出于‘一时冲动’，是没经过反复考虑的。可是这‘一时冲动’还有什么背景？我们是什么时候发现的？”“为什么迎接他进家的红发男孩使费里斯‘惊讶’？他不知道伊丽莎白再婚后已有了孩子？”“这篇小说用‘侨民’做标题，有什么意思？”“‘在办事的间隙，他仍有种不安的感觉……’这一段有什么特别的意义？”[②] 再如，在分析英国作家劳伦斯的《请买票》时，布鲁克斯、沃伦提出：“为什么安妮在说‘我不要他’时，神色却是‘失望之至’？作者说到安妮‘心里有什么东西在破灭’时有何示意？”[③]

有了这样的细读做准备，后面的工作——无论是对文本艺术特性的描述，抑或是在此基础上进行深入的艺术分析，就有了扎实的感性基础，也就自然而然、水到渠成了。要不然，后面的所有程序就难免成为空谈了。正是在这个意义上，可以说，任何文本批评都是建立在文本细读基础上的。

二　描述：文本批评的基础

在文本细读的前提下，描述批评对象的特性，尤其是它的艺术特性，是布鲁克斯、沃伦文本批评的第二步。

如果说文本细读是对于文学文本细部和局部的解读，那么对文

① ［美］布鲁克斯、沃伦编著：《小说鉴赏》（中英对照），主万等译，世界图书出版公司2006年版，第98页。

② 同上书，第180页。

③ 同上书，第204页。

本艺术特性的理解和描述就有赖于对文本的整体把握了。

"凡操千曲而后晓声，观千剑而后识器。"（刘勰《文心雕龙·知音》）对文学文本艺术特性的描述，是以批评主体丰富的艺术体验和敏锐的艺术感觉为基础的。所以，批评者的艺术体验和艺术感觉，在文本批评中就显得尤为重要。"新批评"实践家罗伯特·潘·沃伦既是一个小说家，还是美国第一个桂冠诗人；布鲁克斯也有着丰富的文学阅读经验，对诗歌、戏剧和小说都有相当的鉴赏水平。这一切，都保障了他们对于批评对象艺术特性的描述，既准确生动又颇具启发。

对小说艺术特性的描述，自然少不了对故事梗概的复述。对小说故事梗概的复述，有时候往往成为描述其艺术特性的一个必要条件，是检验复述者艺术体验功夫的一个试金石。在讨论詹姆斯·瑟伯的小说《沃尔特·米蒂的隐秘生活》时，布鲁克斯、沃伦这样复述道："郊区居民米蒂先生驾车把妻子载进市中心去买东西。他把车开得太快，挨了一顿骂之后，在理发店门口让她下了车，把车子停到停车场上去。他买了一双套鞋和一套狗饼干，然后到他妻子将和他会面的那个旅馆休息室去。在他们回到停车场的路上，他的妻子想起了自己需要到杂货铺买的一件东西。米蒂先生在铺子外面等候她，故事就这样结束了。"① 然而，故事梗概毕竟不同于文本的艺术特性。"新批评"实践家在介绍批评对象故事梗概的同时，始终不忘对小说文本艺术特性的揭示。紧接着《沃尔特·米蒂的隐秘生活》故事梗概的复述，布鲁克斯、沃伦写道："如果我们把这些就称作这篇作品的'情节'，那么，发生的事情的确很少。而如果我们接下去

① ［美］布鲁克斯、沃伦编著：《小说鉴赏》（中英对照），主万等译，世界图书出版公司2006年版，第23页。

说，实际上构成这篇作品主要部分的米蒂先生的幻想和情节根本无关，只是个性方面的一种直接表现，那么否认这篇作品是小说的这一立场，就变得相当有说服力了。看来这个简略的‘情节’不过是一个方便的挂物架，上面悬挂着米蒂先生内心生活的种种不同表现。……然而，证明它是一篇真正的小说毕竟并不困难。”①

再比如，在分析英国作家劳伦斯的《请买票》时，布鲁克斯、沃伦在细读文本的基础上，如此复述其故事梗概：“这篇小说的故事很简单。一个名叫约翰·托马斯的年轻电车线路检票员勾搭上了一个名叫安妮的年轻女售票员，而当他知道安妮在认真对待他的感情时，他又抛弃了她。安妮纠合了一些曾受过约翰·托马斯同样对待的姑娘们一起商定给他点儿厉害瞧瞧。她们虽然揍了他几下而且还撕破了他的短上衣，但并没有伤得他很厉害。约翰·托马斯走了。姑娘们呢，却对自己的所作所为感到惶惑不解，有点儿昏昏然，甚至有点儿惧怕。”接下来，作者是这样描述其艺术特性的：“这篇小说虽然安置了许多情节，甚至有剧烈的情节，却没有什么结局。……这种戛然中止的结尾，暗示出某种剧烈的心理变迁。”②

在有的小说批评文本中，他们对文本特性的描述则更加直截了当些，比如，在分析美国作家海明威的《杀手》（一译《杀人者》）时，布鲁克斯、沃伦直接点出其艺术特性：“这篇小说在技巧上具有相当明显的特点。整个小说分为一个长景和三个短景。显而易见，通篇所用的几乎全是描写，场景之间的过渡仅用三四句话就带过了。所用的角度完全是客观的，尤其是，小说内容全部由简洁而合乎生

---

① ［美］布鲁克斯、沃伦编著：《小说鉴赏》（中英对照），主万等译，世界图书出版公司2006年版，第23页。

② 同上书，第203页。

活实际的人物对话来表现。”①

当然，对文本艺术特性的描述本身不是目的，其出发点还是要为后面客观、深入的艺术评价做准备的。一个批评者，可能掌握各种各样的批评理论，但未必能对文学文本的艺术特性进行准确描述；一个批评者，可以描述文学文本的艺术特性，但不一定会将批评理论转化为具体的分析方法。

因此，有效的文本批评，不仅要准确描述出对象的艺术特性，还要在此基础上，对文本进行深入的艺术分析和美学评价。分析什么？分析差异、矛盾，或者说分析问题。因此，文本批评的最终任务，是利用一定的理论预设和方法，对文本有所发现，即发现文本中的差异和矛盾，并提出一些有趣的问题。

但应该依据什么提出问题，又提出哪些问题呢？纵观《小说鉴赏》一书，“新批评”实践家通过其批评实践，也给我们做了很好的示范。

三　提问：文本批评的关键

从理论预设出发，提出可值得探究的问题，并进行深入的文本分析，是“新批评”实践家文本批评最重要的一环，也是布鲁克斯、沃伦文本批评的第三步。

“新批评”小说批评的理论预设是什么？谈到“新批评”小说批评时，伊格尔顿认为：“新批评家……几乎只关心诗……小说在这

---

① ［美］布鲁克斯、沃伦编著：《小说鉴赏》（中英对照），主万等译，世界图书出版公司2006年版，第242页。

里可能被当成了任何东西，但却就是没有被当成小说。”①

“新批评”实践家果真如此吗？请看布鲁克斯、沃伦在其《小说鉴赏》中的自白：“随着世道的改变，小说也改变了，每一时代产生出自己的那部小说。更为重要的是，我们必须记住，虽然在我们的技术世界中，改变一般总被意味着进步，艺术世界中的改变（而小说基本上是一门艺术）则未必意味着进步；谁也不会认为最近的一部畅销书就一定比荷马的或莎士比亚的作品好。……我们在本书中探讨小说时，既涉及新的，也涉及老的，既涉及它们差异之处，也涉及它们类似之点。我们试图在可能范围内找一些持续不变的原则。不过本书的主要目的不是叙述短篇小说的历史，而是加深我们对各种形式的小说的鉴赏，从而加深我们对小说的兴趣。……小说的所有作品中的三个基本因素：情节、人物性格、主题。”② 可以看出，就布鲁克斯、沃伦二人的小说批评理念看，他们主观上是探讨小说的美学问题而不是其他。再读一读布鲁克斯、沃伦的小说批评文本，我们进一步发现，他们在继续推行“新批评”方法和观念的同时（这是继影响甚巨的《理解诗歌》后又一文本批评力作），并没有一味拘泥于“新批评”的理论，更没有将小说看成诗歌。就其小说文本批评本身而言，其中既隐含着“新批评派”自己的批评理论③，更有叙事学理论，同时还隐含着他们对社会历史批评方法的熟练运用，等等。他们总是根据批评对象的特点，选择恰当的理论工具，并将之转化为具体的研究方法。

---

① ［英］伊格尔顿：《二十世纪西方文学理论》，伍晓明译，北京大学出版社 2007 年版，第 49 页。

② ［美］布鲁克斯、沃伦编著：《小说鉴赏》（中英对照），主万等译，世界图书出版公司 2006 年版，第 2 页。

③ 比如，强调文学作品是一个有机的艺术整体，“重视作品本身甚于作家意图和读者反应”（布鲁克斯语）的文本中心论等。

比如，针对海明威《杀手》的艺术特性，布鲁克斯、沃伦首先“从结构上考察了事件和人物态度方面的各种关系”后，提出了这样的问题：“这篇小说说明了什么?”“小说写的是谁?”他们认为，因为海明威“既没有把小说的焦点落在歹徒身上，也没有落在安德森身上，而是落在饭馆里的两个小伙子”即尼克和乔治身上。“这里可以看出，两个小伙子中间，很显然是尼克对事件印象深刻。乔治已经和环境妥协了。由此推知，小说主要是写尼克，写他如何发现了罪恶。”[①] 布鲁克斯、沃伦认为，为了强化“尼克发现罪恶”这一主题，小说将尼克与乔治、厨子等进行了对比。“厨子是因为事件有涉于他自身的安全而战战兢兢。乔治则意识到此事别有牵连，只能回避。他们两人都没有从那件事中看到罪恶。只有尼克看到了，因为他还不懂得应该接受乔治的那种世故的劝告：‘得啦，你最好不如别去想着这件事儿吧。’”[②] 这是典型的小说主题分析，而且紧密结合着文本艺术形式特点，并非那种跨过形式直奔主题的庸俗社会学分析。

在有的小说批评文章中，布鲁克斯、沃伦强调，“视角同小说结构和主题之间的关系是最为重要的问题”[③]。比如，在一篇分析林·拉德纳《理发》的文章中，布鲁克斯、沃伦首先对这篇小说的叙述者进行了分析。他们认为，《理发》这篇小说之所以要用理发师的主观意识来表现情节，一是“为了使小说不那么干巴巴，不那么单调无味”；二是“可以使我们对小镇有所了解，对店铺里那些食客的无聊和粗野有所了解”；三是“迫使我们或多或少地对理发师制造的麻烦加以注意，而当我们这样做时，也就不知不觉地被更深入地引进

---

① ［美］布鲁克斯、沃伦编著：《小说鉴赏》（中英对照），主万等译，世界图书出版公司 2006 年版，第 242—243 页。

② 同上书，第 244 页。

③ 同上书，第 216 页。

了小说"[1]。接下来，又对小说中可能会出现的几种视角一一做了分辨。在分析莫泊桑的《项链》时，布鲁克斯、沃伦分析道："这篇小说给了我们一个良好的机会，去研究小说中如何处理时间概念的问题。小说对罗瓦塞尔太太是从青少年时期一直写到中年。她的少女时代在第一段里只是一句带过了，结婚后头几年在第二段至第五段中有所描述。接着，描写舞会那一段时间所占的篇幅相当长，直接写到寻找失物——项链。随后是含辛茹苦地度日，并把旧债偿清的时期，前后一共10年，占了一页左右篇幅。最后是结尾，即在公园里同福莱斯蒂埃太太邂逅。""我们可以看到，时间比较长的可用提要方式来写，时间比较短的可用多少富于戏剧性的方式加以直接描绘，但在两者之间务必保持一种平衡。"[2] 接下来，他们又深刻地指出："我们一定还要反问自己，某一篇小说的感受，它所讲述的故事内容的逻辑性，以及它所给予我们的影响，同作家对这个时间问题的处理手法究竟有多大关系。"[3] 这里，布鲁克斯、沃伦等人对短篇小说的细致分析，不仅常能切中肯綮，而且其中提出的诸多问题，如视角、叙述者、叙述时间等问题仍是当代叙事学关注的焦点。更为重要的是，他们所做的叙事学分析，不是那种纯粹形式主义的机械论，充分体现了"新批评派"的有机整体观。

至于"新批评"实践家的语义学批评，前文已做过介绍，此处不再赘述。

我们应该看到，依据文本特性去提出问题，并进行深入的文本分析，是"新批评"理论家和实践家的一贯做法。不同文本，由于

---

① ［美］布鲁克斯、沃伦编著：《小说鉴赏》（中英对照），主万等译，世界图书出版公司2006年版，第215页。

② 同上书，第90页。

③ 同上书，第91页。

其艺术特性不同，"新批评"实践家自然会提出不同的问题。"新批评"实践家在其小说文本批评实践中提出的问题，有的是针对情节而提出的，有的是针对主题而提出的，有的是针对人物性格而提出的，有的则是针对叙事者和叙述时间而提出的，有的是针对作者的态度而提出的，有的是针对小说的结构而提出的，还有的是针对小说中的语言而提出的。而那种以为所有小说文本都只有几个共性问题的天真想法，只能证明我们艺术感受力的贫乏。这是"新批评"实践家给我们最深刻的启示，也是"新批评"对质疑者最好的回应。

纵观"新批评"实践家布鲁克斯、沃伦的《小说鉴赏》一书，其小说文本批评的操作程序可初步概括为：选准批评对象，进行文本细读；描述批评对象的艺术特性；从理论预设出发，提出可值得探究的问题，并进行深入的文本分析。当然，《小说鉴赏》中的批评程序，要比本书所述复杂得多，对于"各种形式的小说的鉴赏"自有不同的、更加细致的操作程序，这些还可以进一步研究。但无论怎么说，认真研读"新批评"实践家的《小说鉴赏》，不仅可以帮助我们对其有新的、更加全面的认识，消除一切误解，也必将给国内小说批评及文学教育以有益的启示。

四　艺术分析：文本批评的目标

"新批评"实践家布鲁克斯、沃伦的《小说鉴赏》，既不是什么传统意义上的小说批评，也不是什么割裂文学与作者、读者、世界联系的形式主义分析，而是一种"形式—文化"分析。

曹文轩说得好："说布鲁克斯和沃伦只关心形式，这是不确切的，《小说鉴赏》同样关心着小说的内容，但这样的关心依然是在文学范畴的领域里展开的。它告诉我们，小说是怎样与人生经验纠缠在一起的、什么样的经验对小说而言是有意义的、什么样的经验对小说而言是无价值的、小说为什么要在意它的恒久作用而对偶然作用可以忽略不计，诸如此类。他们很清楚一个道理：如果只是到文学这里索取思想，何不直接去阅读哲学、政治学、社会学？显然，文学世界里除了思想，还有其他种种维度。”① 这“其他种种维度”，就是小说文本中的形式维度或结构维度。赵宪章先生也认为，文学研究和文学批评不能跨过形式直奔主题，而必须“通过形式阐发意义，即通过文学文本的审美分析阐发文学的思想”。赵宪章把这种“形式美学方法”看作文学研究的最有效的途径：“形式美学的文学研究应当作的第一个工作就是进行文本调查。所谓‘文本调查’，除必要的校勘考订之外，最主要的是对作品进行‘细读’，即通过‘细读’调查文学文本的基本构成并进行审美分析，包括关键词或高频字词的使用，音韵格律、遣词造句或句法句式的特征，文本结构、叙述方法和表情达意的特殊性，等等。总之，对于文本审美属性的这种‘调查’，在我们看来，应当是文学研究的基础和前提，以此为据所阐发的思想，毫无疑问属于‘文学的思想’。”②

事实上，“新批评”实践家布鲁克斯、沃伦不仅从理论上主张要对文学作品进行艺术分析或审美分析，他们所进行的“形式—文化”分析，像一根红线一样，贯穿在《小说鉴赏》的始终，从而成为布鲁克斯、沃伦文学批评实践的最高目标。

在分析人物性格的时候，布鲁克斯、沃伦没有简单地从人物行为、人物心理、人物语言等方面进行分析，而是结合具体作品的文

① 曹文轩：《小说鉴赏·审阅者序》，世界图书出版公司2006年版。

② 赵宪章：《也谈思想史与文学史》，《当代作家评论》2002年第1期。

本特性并借由这些特性进行审美分析。比如，在讨论布雷特·哈特的小说《田纳西的伙伴》时，他们注意到叙述者的语言风格之于人物塑造的影响。布鲁克斯和沃伦认为，布雷特·哈特这篇小说的语言陷入了一种"感伤状态"，在人物性格的塑造上，他"每每避开那些为小说最终产生效果而应该加以注意的真实问题"[①]，即各种现实心理动机的展示，而是不惜一切手段运用诗性语言，试图营造诗化氛围、造成悲怆效果。

在讨论 D. H. 劳伦斯的小说《请买票》时，布鲁克斯和沃伦又把对人物性格的探讨与小说结尾的设置联系了起来。《请买票》这篇小说的故事很简单，写一个名叫约翰·托马斯的电车线路检票员与一名年轻女售票员之间的情感纠葛。女售票员安妮将与其有同样遭遇的姑娘聚集起来，并且商量报复托马斯。在报复过程中，她们并没有把托马斯伤得很重。等约翰·托马斯离开后，姑娘们却变得不知所措了，小说的结尾这样写道："姑娘们都急于离开。她们匆忙地收拾着，脸上带着呆痴麻木的神情。"[②] 对于这样的结尾来说，大部分读者可能会感到茫然或者意犹未尽，而专注于文本细读的布鲁克斯和沃伦却发现："确实，就是这种戛然终止的结尾，暗示出某种剧烈的心理变迁。"[③] 布鲁克斯、沃伦由此认为，姑娘们由报复时的那种"颇为泼辣的狂热"到"呆痴麻木的神情"这样剧烈的心理变迁深刻反映了她们性格中的矛盾性与双重性，同时也表现出了姑娘们对托马斯的爱并没有完全消失，爱情中的情感是微妙而奇特的。

---

① ［美］布鲁克斯、沃伦编著：《小说鉴赏》（中英对照），主万等译，世界图书出版公司2006年版，第145页。

② 同上书，第203页。

③ 同上。

在讨论《阿拉比》《县城的医生》和《醉汉》等以第一人称叙事的小说时，布鲁克斯、沃伦还把叙事时间[①]与人物形象的复杂性联系了起来。针对《醉汉》这篇小说，他们问道："作为一个孩子，拉里对父亲的观察是否太成熟了？这个故事是拉里事后不久写的呢，还是隔了许多年，他成人后才写的？"[②] 在分析和讨论《阿拉比》《县城的医生》时，布鲁克斯和沃伦也隐含着类似问题，并做出了深入细致的分析，《阿拉比》"这篇小说是由主人公自叙的，但时间在很久以后，也即在他成年之后。……这是一个成年男子在回忆自己的少年时代。……这个成年人已经明白了自己少年时的行为在某种意义上讲是愚蠢的，少年的感情是迷茫的"[③]。在《县城的医生》中，"关于那个医生在昙花一现的理想爱情（显然是超脱尘世的）过去之后的生活，他依然操着那单调而辛劳的职业，最后娶了一个阴郁易怒的女人为妻（可能是因为她有嫁产）。我们不妨在此设想，那个医生后来的生活倒是一种人所共有的生活"[④]。

长期以来，我们有一些小说评论和文学教学对人物形象的分析，习惯于从人物语言、人物心理和人物行动等方面去分析，甚至有大量的人物形象分析从作品人物的生活内容出发进行分析，少有从小说的要素构成、小说的艺术特性等方面，进行深入的、有说服力的审美分析。上引布鲁克斯、沃伦关于人物形象的诸多分析，超越了那种庸俗的社会学分析方法，也超越了那种跨越形式直奔主题的分析模式，既是形式分析，也是文化分析，从而达到了二者的有机融合。布鲁克斯、

① 这里，牵涉到叙事学上另外两个概念，即小说中的两个"我"，一个是"体验主体"，另一个是"叙述主体"。

② ［美］布鲁克斯、沃伦编著：《小说鉴赏》（中英对照），主万等译，世界图书出版公司 2006 年版，第 190 页。

③ 同上书，第 161—162 页。

④ 同上书，第 171 页。

沃伦这些深入的“形式—文化”分析，给了我们很好的示范，也很有启发。

小　结

通过对布鲁克斯、沃伦小说批评的体例安排、具体讨论及问题设置等的考察，通过与一般小说批评的比较，我们认为，布鲁克斯、沃伦的小说批评，不是那种从概念到概念、简单套用理论的文学批评，而是一种“问题式”文本批评。在本章，我们从三个方面，对这种“问题式”文本批评做了系统说明。

首先，我们从两个方面分析了布鲁克斯、沃伦小说批评的理论基础。第一，“有机论”是它的理论基石。这一点，主要体现在布鲁克斯、沃伦对小说艺术中各个要素之间关系的理解上。他们对小说的内部构成，坚持“三要素”说，即情节、人物性格、主题三要素。不仅小说“三要素”之间的关系是有机的，所谓小说的外部要素与内部要素之间的关系，也是有机统一的。第二，“整体性”是《小说鉴赏》的基本构架。这一点，主要体现在全书体例的安排，体现在批评理论与批评实践的互为补充，体现在批评实践对于批评理论的运用、补充、完善和超越等方面。

其次，我们分析了布鲁克斯、沃伦小说批评的几个维度。第一，批评理论与批评实践的关系方面，后者不是对前者的亦步亦趋、简单套用，在坚持理论指导实践的过程中，又在实际运用理论的过程中、在二者的互动过程中批评实践对于批评理论有所超越、有所发展、有所完善。第二，在批评实践与人生经验的关系方面，布鲁克斯、沃伦并没有一味强调文学的内部因素，更没有对文学的外部因素完全弃之不顾，而是在具体的批评实践过程中，始终把文学世界与作者世界和读者或批评家世界，联系起来，没有陷入所谓狭隘的“形式主义的批评流派”的泥淖。第三，在具体的批评实践过程中，布鲁克斯、沃伦更是把对小说意义和主题的考察，与作家的创作意图密切联系在一起，与读者的阅读心理紧密结合起来，那种用“意图谬误”“感受谬误”来指责的说辞，并不符合实际。

最后，我们重点对布鲁克斯、沃伦小说批评的操作程序做了比较系统的说明。我们认为，文本细读是其前提，描述特性是其基础，发现矛盾是其关键，艺术分析是其目标。通过这样系统的考察和分析，我们的结论是，布鲁克斯、沃伦的小说批评，无论较之那种“体验式”的文本分析，还是较之那种“理论式”的文本分析，均具有较强的可操作性。文本分析就是要走向“问题式”文本批评。

结　　语

毫无疑问，布鲁克斯、沃伦的《小说鉴赏》，没有从事全面系统、精密细致的理论建构。该书虽然不具有严密谨严的理论体系，却在具体的批评实践中做了一些或较为全面或较为深入或较为新颖的理论发挥和补充。但最为可惜的是，学界对此没有给予应有的关注，更谈不上全面深入的研究。

受叶嘉莹先生《王国维及其文学批评》[①] 的启发，我们对布鲁克斯、沃伦的《小说鉴赏》做了一些整理工作，使其中的理论精义得以彰显。我们认为，只有对《小说鉴赏》中的小说理论做全面客观的整理，然后才能对《小说鉴赏》的价值进行全面客观的评价。

《小说鉴赏》中的小说理论，我们可以概括地把它们区分为批评

---

① 叶嘉莹先生在《王国维及其文学批评》第三章"《人间词话》中批评之理论与实践"中，从"《人间词话》之基本理论——境界说""自批评之实践所归纳的一些重要理论"两个方面，对王国维《人间词话》中的批评理论做了全面说明。叶嘉莹不仅注意到"境界说"的理论形态，更注意到它的实践形态。叶嘉莹认为，王国维的《人间词话》虽"外表不具理论体系的形式"，该书也"未能从事于精密的理论发挥"，但我们还是可以从其批评实践中归纳出一些重要理论，因此有必要对散见于批评实践中的"一些零星的论见""做一番爬梳整理的工作"，只有这样，我们才能给予《人间词话》"正当的评价"。（叶嘉莹：《王国维及其文学批评》，北京大学出版社 2008 年版，第 173—260 页）

理论和批评实践两部分。该书各章的“章节引言”部分，可以看作其小说理论的基本构成。该书各章对具体小说的“讨论”和“问题”部分，可以看作其小说批评实践部分，这一部分是对其批评理论的运用、发挥、补充和超越。这是我们对布鲁克斯和沃伦《小说鉴赏》的基本认识。

关于《小说鉴赏》中较为显著的批评理论之基本内容，我们可以从三个方面予以概括和总结，即小说情节理论、人物性格理论、小说主题理论。布鲁克斯、沃伦小说理论的三个基本方面，我们已于本书第一章至第三章做了较为全面系统的梳理和说明，不再赘述。这里，有必要对布鲁克斯、沃伦小说批评理论涉及的其他方面做一点补充说明：第一，关于小说的构成要素问题。在该书第一章“小说的意图与要素”中，布鲁克斯、沃伦对于小说构成要素做了明确界定：“我们一般同意称之为小说的所有作品的三个基本要素：情节、人物和主题。”① 按照这个思想，布鲁克斯、沃伦在该书第一章讨论完马克·吐温的《艾赛亚·塞勒斯船长》后提出，所有的小说不可能突出三个要素的所有方面，而只能突出其中的某一个方面，于是便有了“着重情节的小说，着重人物的小说和着重主题的小说”三种类型的小说。这种三种小说类型的区分，并不意味着布鲁克斯、沃伦把情节、人物和主题简单割裂开来。接下来，他们深刻地指出：“一篇小说要写得成功，必须是一个整体。让我们设法看一下，在下面各篇作品里，最重要的部分是如何和其他部分交织在一起的。”② 这正是布鲁克斯、沃伦“有机论”和“整体性”思想，在《小说鉴

---

① ［美］布鲁克斯、沃伦编著：《小说鉴赏》（中英对照），主万等译，世界图书出版公司2006年版，第2页。

② 同上书，第9页。

赏》中的集中体现。第二，小说与时代发展、新小说与旧小说的关系问题。有论证认为，布鲁克斯、沃伦等的思想，受南方重农主义的影响，有着明显的保守主义色彩，其《小说鉴赏》中的选文，即体现了这种保守倾向。事实究竟如何呢？《小说鉴赏》第五章“新小说”部分，布鲁克斯、沃伦选录了胡里奥·科塔萨尔《花园余影》、博尔赫斯《相遇》、罗布－格里耶《密室》、乔伊斯·卡罗尔·欧茨《二十九条臆想》、彼得·泰勒《爱玛琴的手》、唐纳德·巴塞尔姆《气球》等“新哥特体小说”。布鲁克斯、沃伦认为，面对20世纪的“巨大变动”，“小说对心理现实和客观现实在程度上的差别，表示了越来越多的关心。小说家不再像以往写简单的故事那样，以钟表为尺度直线式处理时间，而是采取了远为复杂的方法，同时又探索那些新近观察到的人类动机和行为之间的复杂关系，其中包括恐惧本能、心理创伤、性欲以及肆虐狂”。揭示完新小说的特征后，他们又总结指出：“通过本章所选作品，读者将看到这种新的实验性小说的范例。当然，新形式不可能完全取代更具特色的旧形式，但是，鉴于它在作家和读者中间已初具影响，以及在其本身的样式方面已取得某些进展，这种新形式可被视为某一方面的力量。诚然，这种新形式也许充其量只是表面上的发展，而现代科学和哲学的深刻影响可能会导致某种全新的小说形式的出现。但不管怎样，我们在这里所要指出的仅仅是这样的事实：科学和哲学方面哪怕是极小的思想进展也会给小说在方法和内容方面的发展带来影响。”[①] 这里，布鲁克斯、沃伦的思想，虽然说不上多么先锋，但硬要斥为“保守主义”，就言过其实了。因为布鲁克斯、沃伦并没有否认“新

① ［美］布鲁克斯、沃伦编著：《小说鉴赏》（中英对照），主万等译，世界图书出版公司2006年版，第305页。

小说”的意义和价值，只是采取了较为谨慎的态度而已。第三，小说与人生经验的关系问题。《小说鉴赏》第六章“小说与人生经验”，布鲁克斯、沃伦选了尤多拉·韦尔蒂《没有你的位置，我的爱》、凯瑟琳·安·波特《中午酒》及罗伯特·潘·沃伦《春寒》，选了三位作家就选文的创作谈，具体讲了各自小说的成因。三位作家的创作谈，以及布鲁克斯、沃伦的“章节引言”部分，集中明确表达了他们对小说创作与人生经验关系的观点：文学是现实生活领域的投射；小说世界与人们的日常生活密切相关，均在“为寻求生活意义”而努力；了解作家的创作意图及作品的成因，有助于提高读者欣赏文学作品的能力和水平；对小说技巧的分析是至关重要的，但作家的创作技巧不只是一个纯粹的技巧问题，作家在创作过程中要能把“种种技巧上的考虑全盘地包容在他的整个思想和感情过程中”①；本能、理智和模仿，是作家提供技巧的三条途径；文学欣赏和文学批评活动，必须涉及“三个生活领域：我们的实际生活领域、作家的生活领域和作家为我们创造的生活领域”②。由此可见，那种笼统地指责“新批评……极度蔑视历史、文化、作者、读者与作品之间的关系”③，那种批评布鲁克斯、沃伦等新批评家是“纯粹的形式主义”的观点，实际上并不公允。④

如果说，布鲁克斯、沃伦在各章（尤其是在第二章至第四章）

① ［美］布鲁克斯、沃伦编著：《小说鉴赏》（中英对照），主万等译，世界图书出版公司 2006 年版，第 367 页。

② 同上书，第 366 页。

③ 马新国主编：《西方文论史》，高等教育出版社 2008 年版，第 443 页。

④ 美国批评家韦恩·布斯在其《小说修辞学》中，提出“小说修辞的最终问题，是决定作者应该为谁写作”，作者不是为修辞而修辞，而是从美学和伦理上“创造他的读者”。我们以为，布鲁克斯、沃伦这里关于“文学与人生经验”的思考，与韦恩·布斯修辞伦理并不矛盾。韦恩·布斯的思想，参见韦恩·布斯《小说修辞学》，北京大学出版社 1987 年版，第 421—444 页。

引言部分关于小说情节、人物性格、小说主题等的理论思考，比较容易把握；那么，散见于《小说鉴赏》各章“讨论”“问题”部分的一些论见，因为淹没在文本批评的“汪洋大海”之中，不易受到关注和重视。本书的重点，就是通过全面爬梳整理，对“隐匿”在布鲁克斯、沃伦小说批评实践中的一些重要理论观点进行归纳和总结，以期引起学界的关注。从布鲁克斯、沃伦的小说批评实践中，大体上可以归纳出如下几个方面的批评理论。

（一）情节巧合理论

（二）小说结尾理论

（三）情节设置与人物塑造的关系

（四）情节设置与小说主题的关系

（五）视角类型与人物塑造的关系

（六）叙述主体与人物塑造的关系

（七）叙述语调与人物塑造的关系

（八）“感伤情调”之于人物塑造的危害

（九）作家风格与小说主题

（十）小说细节与小说主题

（十一）叙述层次与小说主题

（十二）作者意图与小说主题

（十三）环境描写与小说主题

（十四）人物形象与小说主题

（十五）视角设置与小说主题

（十六）叙述时间与小说主题

上述十六个方面，都是布鲁克斯、沃伦在其具体的批评实践中，面对具体的小说文本并根据其艺术特性，在运用已有的小说批评理论的同时，比照所讨论的小说文本，对“章节引言”部分提出的相关理论，做了必要的发挥和补充。正是这些发挥和补充，极大地丰富了我们关于小说的理性认识及“感性直观”。上述十六个方面，前面四个方面、中间四个方面、后面的八个方面，均围绕着小说情节、人物性格、小说主题三个要素，做了较为全面的补充。尤为值得注意的是，他们的“小说结尾理论”围绕着“什么是好的小说结尾”“结尾之于人物塑造的意义”“结尾之于小说主题的作用”等做了非常全面的思考；布鲁克斯、沃伦对欧·亨利《带家具出租的房间》的批评，极大地深化了我们对小说结尾的理解；他们从语调方面对《带家具出租的房间》《田纳西的伙伴》《鹰溪桥上》等的批评，更是极大地丰富了已有的小说理论，扩大了结构主义叙事学的理论幅度；布鲁克斯、沃伦对《县城的医生》的发问①，实际上与叙事学关于“叙述层次”的研究有异曲同工之妙②。还需要特别指出的是，上述十六个方面，不仅在观念上启迪着我们，而且还具有一定的可操作性。

纵观国外小说理论的发展，布鲁克斯、沃伦的小说批评，应该占有一席之地。首先，布鲁克斯、沃伦的小说理论与英美小说理论

① 针对屠格涅夫的《县城的医生》，布鲁克斯、沃伦提出：“注意这篇小说叙述角度的复杂性——故事套故事，再套故事：第一层，是作者讲的（他被赋予了某种个性并似乎有一个故事要讲，但是中途刹住了）；第二层，是那个病人讲的（所讲的故事就是我们所说的中心故事）；第三层，是医生讲的（他讲的是自己的生活经历）。你能理解使用这种方法的原因吗？”布鲁克斯、沃伦提醒读者，那个医生年轻时期与病人的爱情故事，与他“后来的生活倒是一种人所共有的生活”形成了一种鲜明的对比。正是那种梦幻般浪漫的爱情与庸俗不堪的现实的强烈对比，才表现了理想的幻灭和人生的无奈。参见布鲁克斯、沃伦编著《小说鉴赏》（中英对照），主万等译，世界图书出版公司2006年版，第171页。

② 里蒙-凯南在讨论到“故事与叙述的关系”时，特别论及“叙述层次”的作用。在里蒙-凯南看来，叙述层次有多方面的作用，即“行动的作用”“解释的作用”和“为主题服务的作用”。详见里蒙-凯南《叙事虚构作品》，姚锦清等译，生活·读书·新知三联书店1989年版，第161—169页。

有密切的渊源关系。布鲁克斯、沃伦的小说理论，是对英美小说理论的发展，特别是他们二人对詹姆斯、卢伯克以及福斯特的相关理论，在有选择地继承的同时，做了不少创造性发挥，因而对20世纪中期以后的美国小说批评也产生了重要影响。其次，布鲁克斯、沃伦的小说批评与结构主义叙事学，亦有着非常复杂的关系：从理论上看，结构主义叙事学，以其对深层结构的追求、以其建构系统理论体系的自觉、以其丰富多元的理论思想，极大地丰富了我们对于小说的认识。结构主义叙事学及其后来的发展，无疑大大超越了布鲁克斯、沃伦的"零星散见"式的小说批评；但是从实践层面看，没有哪个叙事学理论家在建构其叙事学理论大厦的过程中，论及那么多篇幅不等、风格各异的作品[①]的，布鲁克斯、沃伦《小说鉴赏》中大量的文本批评实践，在某种程度上检验并推广了广义的叙事学理论（狭义的叙事学特指结构主义叙事学及其后来的发展）。某种意义上，如果说布鲁克斯、沃伦的《小说鉴赏》推广和普及了叙事学，并不为过。

就《小说鉴赏》在国外小说批评理论中的历史地位而言，它固然比不上那些结构主义叙事学的经典著作，也比不上詹姆斯、卢伯克以及福斯特等人的著作，但它应该占有小说理论的一席之地。更为重要的是，《小说鉴赏》中的相关理论及批评实践，对中国当代文学教育，对我们的理论建设和小说批评实践，具有重要的借鉴意义：真正的文学教育，必须回到文本本身；真正的小说批评，不能仅仅从理论出发、从概念出发，而应该从实际的文学体验、文学感觉出

① 热拉尔·热奈特（1930— ）《叙事话语》主要讨论了马塞尔·普鲁斯特（1871—1922）长篇小说《追忆逝水年华》，罗兰·巴特（1915—1980）《S/Z》主要讨论了巴尔扎克（1799—1850）短篇小说《萨拉辛》。布鲁克斯·沃伦在《小说鉴赏》中共讨论分析了36篇小说。

发；文学批评和文学研究，不是用已有的一般性理论宰割作品，而应在艺术体验的基础上以作品验证理论。正是在这个意义上，布鲁克斯、沃伦的《小说鉴赏》，与中国古代小说评点，比如金圣叹评点《水浒传》等，都值得我们学习和借鉴。

受“新批评”和中国古代小说评点传统的启发，国内有学者在文学教育、文学批评和文学研究过程中，做了不少切实工作。孙绍振先生，长期在文本分析理论及实践方面孜孜以求。孙绍振为国内少有的文本分析方面的专家，被谢冕先生称为“文本分析方面的工程师”。孙绍振在国内首次强调，文学研究既要注意宏观研究，又要注意微观分析；对西方文学理论的学习和借鉴，既要注意“求同”，又要注重“求异”，并运用中国古典文学名著检验西方文论的有效性，发展、丰富、补充、超越西方文论。孙绍振不仅倡导文本分析、文本细读，他自己还身体力行，对 500 多种不同体裁、不同风格的文学作品，进行深入细致的解读。孙绍振的《名作细读》（上海教育出版社 2006 年版）一经出版，在中学语文界和文学研究、文学批评领域，掀起巨大的文本分析“风暴”。笔者以为，孙绍振的文本分析，既承接了中国古代的诗文解读传统，也与“新批评”存在某种联系，尤其是他提出的“文本分析就是分析差异、分析矛盾，而不是分析一致”的思想方法，深得“新批评”实践家的精髓（尽管他本人对“新批评”颇有微词）。孙绍振提出的文本分析方法，诸如还原法、比较法，分析矛盾和差异而不是分析统一和一致的方法等，都给我们提供了不少启发。藏策在《超隐喻与话语流变》中的一系列文学研究论文，诸如《互文与对话——再读小说〈杀人者〉》《一封发给读者的求救信——解读〈万卡〉》《你也在故事之中——解读〈理发〉》《白日梦与心理防卫机制——解读〈华尔脱·密蒂的隐秘生活〉》等，对于“问题式”文本分析方法的实践和运用，也值得我们学习。藏策认为，在小说批评和研究中，“追问一篇小说是否‘真实’，这注定是一个永无答案的问题。如果我们去思考这样一些问题则会有意义得多——这篇小说是如何叙述的，为什么？它所使用的话语与现实生活中的各类话语有哪些联系？与其他文本又有哪些联系？要分析一篇小说的文本，主要就是对其话语的各个层面加以研究。分析的方法多种多样，叙述学的、符号学的、修辞学的，等等，不一而足”①。

需要指出的是，“问题式”文本分析方法，是一个开放的、未完成的状态，是布鲁克斯、沃伦在大量的文本批评实践中总结出来的。其中，有不少宝贵的理论财富和思想启迪，需要中国学者在总结域外理论经验的基础上不断探索、不断创新。也只有在大量的批评实践中，我们才能找到适合自己、适合批评对象的文本分析方法。

① 藏策：《超隐喻与话语流变·“血”之讽喻——解读余华的小说〈现实一种〉》，天津人民出版社2006年版，第120页。

附录 《小说鉴赏》选录小说（部分）故事梗概

《小说鉴赏》总共选录了48个短篇小说。从第一章到第四章，布鲁克斯、沃伦重点对其中27篇小说进行了讨论，以此为基础提出了一些“诱导性”的问题。布鲁克斯、沃伦小说批评理论的提出和运用，都是在对相关具体作品的讨论和提问中展现出来的。我们认为，布鲁克斯、沃伦小说理论的有效性和局限性均与这些具体的小说文本密切相关。二人对于批评理论与批评实践关系的思考，也建基于对这些短篇小说的“问题式”的赏鉴过程中。为了便于读者对《小说鉴赏》及本书的理解，本附录提供了《小说鉴赏》第一章至第四章选录的27个短篇小说的故事梗概。

1. 弗朗西斯·帕克曼（1823—1893）《进攻堡垒》

黑脚和克罗都是印第安人的一个部落。有一次，三四十人的黑脚部落杀死了“路上孤单的”克罗人。克罗人的战士在后面紧紧追赶，黑脚人情急之下在一片悬崖绝壁下用大木头垒成一道半圆形的防御墙。人数10倍于黑脚人的克罗人，除了做一些没有意义的牺牲外，既没有联合攻击对手，也没有更好的办法，场面一直僵持不下。

吉姆·贝克沃思是一个有着法、美及黑人血统的混血儿，“他是一个极其恶劣的流氓，阴险狡诈，杀人不眨眼，毫无廉耻和信义”。这时候，吉姆·贝克沃思正在克罗人的一个大村庄里做买卖。他看到人多势众的克罗人对势单力薄的黑脚人毫无办法，开始“不耐烦”起来，最终打破了僵局：他带领四五十个克罗人，拿着武器，自悬崖峭壁之上跳入敌阵，在克罗人正面部队的策应下，很快解决了战斗，“屠杀工作不一会儿就结束了，一个黑脚人也没有逃脱”。

布鲁克斯、沃伦认为，《进攻堡垒》这段文字，虽然是一个结构完整的生动叙事，但“它所记载的事件纯粹是外界的，它没有充分涉及人物与人类行为的动机”，只能说是一件“轶事”（anecdote），算不上是真正的小说。

2. 马克·吐温（1835—1910）《艾赛亚·塞勒斯船长》

艾赛亚·塞勒斯船长，身材高大、体格结实、一表人才。他是一个善良的人，更是一个心高气傲的人，也是一个处于转折时期的人物：他是汽艇时代中第一个舵手；此前，他早已是一名龙骨船上的舵手了。艾赛亚·塞勒斯船长是这个行业里的老前辈，他自认为是最熟悉那条大河掌故的人了，往往在同行兄弟们面前“随意而漫不经心地闲扯一些往事”，“总缅怀往事，讲到一些失踪了的岛屿和更改了的河道”，为此，同行弟兄们十分敬畏地看待他、对待他。但是叙述者告诉读者，艾赛亚·塞勒斯船长所讲的那些关于河道的故事，往往是含混不清的、浮夸的和惊人的，因而是荒诞无稽的、不真实的。

布鲁克斯、沃伦称这篇文字为“特写”（sketch），“只有潜在的情节和最少限度的我们可以称为主题的东西”，所以不能称为真正的小说。

3. 乔万尼·维尔加（1840—1922）《格拉米格纳的情人》

格拉米格纳是一名被警察追捕的强盗。骑兵、步兵和民兵骑警队追踪了他两个月始终没有逮到他，每当人们提及格拉米格纳时都会感到惊恐万分。佩帕是利科迪亚的美貌女子之一，她将和镇上帅气能干的菲努结婚，佩帕的母亲因女儿结交的好姻缘而高兴，但就在此时，佩帕突然提出退婚，因为她说她爱上了从未谋面的格拉米格纳，全镇的人对此议论纷纷，她的母亲把她关在屋子里以防女儿听到有关格拉米格纳的消息，但当得知格拉米格纳被困在帕拉戈马的沙漠丛中时，佩帕逃了出去并去找格拉米格纳。佩帕为格拉米格纳找水而肩上中枪，就这样她跟着格拉米格纳，经常因找吃食晚归而遭到他的暴打。有一天晚上他们被警察抓到，后来佩帕的母亲卖掉自己的金银首饰将女儿赎了回来，她一直被悄悄关起来待在厨房里直到她的母亲因操劳过度而死，她便卖掉房子家具带着孩子到关着格拉米格纳的牢房外租了一处房子住下，尽管那时格拉米格纳已经被带走了，但她无处可去只得待在这儿靠给士兵和监狱看守干点零星活儿糊口。后来她又对那些骑兵产生一种恭敬而体贴的心情，一种对蛮力的兽性的崇拜，她总是在兵营四处走动，她的孩子和一些小顽童在监狱前玩儿，每当他们跟在他后面叫“格拉米格纳的小崽子”时，她就勃然大怒，用石子把他们赶走。

这篇小说用致友人书简的形式写成，布鲁克斯、沃伦认为它是一篇“强调情节”的小说。

4. 詹姆斯·瑟伯（1894—1961）《沃尔特·米蒂的隐秘生活》

沃尔特·米蒂开车去镇上与太太一同去杂货店买东西。沃尔特·米蒂是个喜欢幻想的家伙。当太太抱怨他将车开得太快时，他幻想自己是一个英勇的轰炸机飞行员正竭力带领自己的队伍冲出去，就在这时太太将他拉回现实告诉他把车子停在自己去弄头发的那座大楼前面，并告诉他买鞋套以及一些杂物。接下来，他又开始幻想自己成为一个技艺超群的医生并正在进行手术。突然又再次回到现实他记起妻子让他买的东西了，抱着杂物从铺子走到街上时，觉得自己好像少买了什么，又再次开始幻想，自己成为一个勇敢的枪手，当突然有人骂他“你这卑鄙的狗杂种”时他又弹回现实发现自己忘买小狗饼干了。买完所有的东西后，沃尔特·米蒂坐在旅馆的椅子上等太太出来。当米蒂太太与他会合，一起路过一个杂货店时，她发现自己忘买了一些东西，告诉沃尔特·米蒂在这儿等她一分钟，此时他又再次沉浸于幻想之中。

这篇小说几乎没有什么情节，几乎不构成什么冲突的“情节”，只不过是米蒂内心活动的“挂物架”（aconvinient rack），被布鲁克斯、沃伦称为一篇“强调人物”的小说。

5. 纳撒尼尔·霍桑（1804—1864）《年轻的布朗大爷》（又译《年轻的布朗先生》《年轻小伙布朗》）

年轻的布朗和费思（Faith）新婚燕尔。主人公布朗是一个单纯善良的年轻人，一天晚上，他不顾妻子费思的再三劝阻，告别了新婚三个月的妻子，只身一人应约去参加一个午夜林中聚会并加入一个团体。在阴暗的林中路上，在漆黑一片的荒林深处，他陆陆续续地遇到许多平日他所尊重的人，而这些人却给他带来了深深的恐惧感。当故事达到高潮时，他竟然在这群人中发现了他的精神支柱——纯洁善良的妻子费思！他痛苦绝望地喊叫。此刻，费思被领去准备接受邪恶的洗礼。不久，布朗在惊愕中醒来，树林沐浴在晨光中，四周一片恬静。一夜的见闻究竟是梦幻还是现实，不管这个答案如何，反正他已变得同以前判若两人，年轻的布朗大爷失去了对生活的信心。虽然他又回到费思身边，但他再也不能保持内心的平静，失去信仰的布朗拖着没有灵魂的躯壳郁郁终生。

这篇作于1835年的小说，充满了浓郁的象征主义色彩。它提出了一个关于人性的根本问题，即人类生性是邪恶的吗？对于这个问题，每一代人都会给出不同的答案。因此，布鲁克斯、沃伦把它看作一篇“强调主题”的小说。

6. 欧·亨利（1862—1910）《带家具出租的房间》

小说由两部分组成，第一部分是小说的主体部分：写男主人公为寻找自己的女友，住进一个带家具出租的房间后，闻到了一股“浓烈而甜美的木樨香味”，这种香味正是其女友喜爱和特有的；他去问女房东，他的女友是否在这个房间住过，得到否定回答；他回到房间后，打开煤气自杀了。第二部分很短，在女房东珀蒂太太与她朋友的交谈中，给读者透露了事情的原委：一个星期之前，男主人公的女友就是在同一个房间、用同样的方式（用煤气自杀）结束了生命的。

在《带家具出租的房间》中，欧·亨利运用“巧合”来结构前后两个部分，小说男主人公与他的女友，先后用同样的方式、在同一个房间结束了自己的生命。对此，布鲁克斯、沃伦提出了严厉的批评：作者用这种方式是为了“摆脱自己的困境”，运用“拙劣的骗局”欺瞒读者，违背了小说情节的连贯性及统一性。

7. 安东·契诃夫（1860—1904）《万卡》

九岁的万卡被爷爷送到靴匠铺子做学徒已经三个月了。在圣诞节的前夜，一等老板夫妇和师傅出去，他便偷偷从老板立柜里拿出纸笔给爷爷写信。信中，他叙述了自己三个月来苦难而又悲惨的生活：吃不饱、睡不够，老板的毒打和师傅的欺凌；迫切地希望爷爷尽快带他离开这儿。万卡在写信的同时，脑子里不时浮现出爷爷慈祥的模样以及时常跟在爷爷身后的两条狗，他想到爷爷或许站在门口和仆人、厨娘开玩笑，给狗闻鼻烟；万卡想到爷爷带着孙子们去砍圣诞树的情景，想到妈妈还活着时给他糖果教他念书的情景，他想到许多美好的事情。小万卡写好了信，信封写了“寄交乡下祖父收 康斯坦丁玛卡雷奇”几个字。小万卡带着全部希望把这封地址不明的信投进邮筒后，很快就睡着了，之后他梦见那封信顺利地到达目的地，他的爷爷正在大声念信。

布鲁克斯、沃伦认为，《万卡》的成功之处在于，它不靠动人哀怜的词句，而是运用了质朴无华的事实。

8. 约翰·科利尔（1901—1980）《埋葬》

兰金大夫（50 岁）与艾琳（30 岁左右），是一对老夫少妻。一个是老实巴交、正经八百的丈夫，一个是水性杨花、有些放荡的女子。艾琳的放荡，使镇上的人们经常在背地里嘲笑兰金大夫。巴德和巴克是镇上的年轻人，他们不仅经手卖给大夫地产，还知道艾琳的许多风流韵事。一天，艾琳独自出门拜客去了，兰金大夫在自己家的地窖里给地坪上的一大块破窟窿铺一层水泥，免得老是冒地下水。来约兰金大夫去钓鱼的巴德和巴克，看到新铺的一层水泥，就与大夫打趣：“是在把你的一个病人埋掉，还是干别的什么事呀?”这篇小说也分作两个部分。第一部分，一个很长的“破题”占去了十分之九的篇幅，两个年轻人——巴德和巴克在兰金大夫家的地窖里，在与兰金大夫打趣的同时，告知大夫许多艾琳的往事，还时不时地暗示说，水泥地坪下面埋的不是地下水而是艾琳。巴德和巴克的一些玩笑话，使老实巴交的兰金大夫内心世界发生着剧烈变化：知道艾琳真相的兰金大夫“弄得很窘”—困惑—气愤—困惑—“说话显得很吃力”。第二部分，很短，写巴德和巴克离开后，艾琳因为没有赶上火车，回到了家里。艾琳问大夫：“你手头那个零活儿弄完了没有？”大夫回答：“恐怕我还得从头再弄一遍。快下来，我的宝贝，让我看看你。”

9. 安布鲁斯·比尔斯（1842—1914）《鹰溪桥上》

《鹰溪桥上》分两部分。第一部分，小说的主人公叫贝顿·法夸，一个35岁左右的种植园主，因为给南方军做掩护，将要被北方军绞刑处死。在被处死前的一刹那，奇迹出现了：贝顿·法夸以迅雷不及掩耳之势跃入水中，躲过密集的射杀，挣脱绳索、成功逃脱，并回到自己的家门口。这一部分几乎占去了所有篇幅。第二部分，只有短短两句话：“贝顿·法夸死了。他的尸体连同那个折断了的脖子，在鹰溪桥的枕木上慢悠悠地晃来晃去。”原来，那些“奇迹”是主人公临死之前的幻想。

安布鲁斯·比尔斯，美国小说家、评论家、诗人，以恐怖悬疑的鬼怪故事和具有神秘色彩的短篇小说名世。他与爱伦坡齐名，曾被誉为美国19世纪最好的短篇小说作者。布鲁克斯、沃伦认为，这篇小说犯了“欺瞒读者”的错误。

10. 艾萨克·巴贝尔（1894—1940）《进入波兰》

叙述者“我”是第六师一名辎重车队的战士，在完成了撤退任务后，于深更半夜投宿到一个住着犹太人的屋子。屋子里污秽不堪，住着一个怀孕的妇女和两个红头发、瘦脖子的犹太人，另一个犹太人则贴着墙边睡着了。这个士兵命令犹太人，尽快把屋子拾掇干净。士兵疲惫不堪，很快睡着了，睡梦中梦见第六师司令官击毙了让全旅人马撤退的某旅司令官，子弹穿过后者的脑袋，两颗眼珠子一下就掉落在地上。这时，士兵突然醒来，原来他是被那个怀孕的妇女推醒的，怀孕妇女抱怨说：“你睡觉大喊大叫，身子翻来覆去……总是把我父亲推开去。”士兵定睛看去，才发现那贴墙而睡的犹太人原来是一个早已咽气的老头子，他的喉管被割断了，脸孔被劈成了两半，胡子上的污血已凝成蓝色的铅块。怀孕妇女控诉了父亲被波兰人杀害时的惨状后，突然发出一阵可怕的狂叫声：“我真想知道，任凭你走遍天下，哪能再找到像我父亲那样的父亲呢?”小说戛然而止。

作品中，“只有那个月亮正用她蓝幽幽的手捂住自己闪闪发亮、无忧无虑的圆脸孔，活像窗外一个流浪汉在四处漂泊一样”的比喻，很是巧妙。这篇小说几乎没有什么情节，布鲁克斯、沃伦建议读者注意小说中的景物描写和突然的转折。

11. 盖伊·德·莫泊桑（1850—1893）《项链》

女主人公罗瓦塞尔太太因家庭出身，虽漂亮迷人，却只能嫁给教育部的一个小科员。为参加教育部部长的家庭舞会，罗瓦塞尔太太向好友福莱斯蒂埃太太借了一串钻石项链。在部长家舞会上，罗瓦塞尔太太出尽了风头。不幸的是，她回家路上不慎将项链丢失。为按时归还项链，罗瓦塞尔太太东拼西凑、借高利贷，用3.6万法郎买了一串一模一样的项链。归还项链时，她隐瞒了丢失项链、借高利贷买项链这一事实。为此，罗瓦塞尔夫妇债台高筑，用了整整10年才还清所有债务。10年后的一个星期天，罗瓦塞尔太太偶遇好友，告之以丢失项链、借高利贷、10年还清债务的辛酸。好友惊讶地告诉她，那串项链是假的，“顶多也就值500法郎”!

这篇小说，以充满讽刺和象征意味、出人意料的结尾而著称。小说中的女主人公虽是一个被讽刺的对象，但她“横下一条心都要还清债务”、恪守做人基本原则、维护自我尊严等，也值得深思。

12. 路易吉·皮兰德娄（1867—1936）《战争》

故事发生在一辆驶离罗马的普通列车上，天刚蒙蒙亮，二等车厢里，6男1女7个旅客。故事的聚焦点在一对刚上车的夫妻身上，丈夫是一个气喘吁吁、唉声叹气、瘦弱不堪的小男人，妻子是一个身穿丧服、悲痛欲绝的大块头女人。其他旅客从丈夫那里得知，他们夫妻唯一的儿子，本来还在读大学，说好只要志愿入伍至少6个月就不会被送到前线，可是仅仅只有3个月的时间突然就要派往前线，他们为此痛不欲生。其他旅客听后，一个说，自己也是一个儿子，战争的头一天就上了前线，战场上两次负伤，伤愈后又被派到前线；另一个说，自己的两个儿子和三个外甥都上了前线。于是，人们就一些问题开始争论：是两个儿子被派往前线值得同情，还是独子被派往前线更值得同情？还是说，不论有几个儿子，做父母的都要心甘情愿地送子上前线？听了这几个旅客的介绍和争论后，有一个红脸的大胖子男人，黯淡无光的蓝眼睛里布满血丝，发了一通宏论：我们做父母的，生儿育女要想着国家，不能只想着自己。好男儿为国捐躯是天经地义的，是光荣的。为国捐躯的好男儿不需要眼泪，每一个人都应该停止哭泣，每一个人都应该放声大笑。这个大胖子男人说，自己的儿子虽然死了，自己连丧服都不肯穿，因为他们死得其所！听完这段宏论后，那个独子要上前线的大块头女人觉得自己仿佛到了一个“陌生世界”，她不解地问：“那么……你儿子是真的死了吗？”那个发宏论的男人好半天说不出话来，“他的脸孔一下子收缩，变成怪样；随后，他连忙从口袋里抓出一块手帕来，猛地发出一阵催人泪下，心肝欲裂，而又难以抑制的啜泣声，不由得使四座为之一惊”。

小说结尾处，作者一下子把叙事焦点转移到发宏论的老人身上了。这种突然转折，把前面所有的讨论，一下子照亮了，非常巧妙地深化了小说题旨。

13. 路德亚德·吉卜林（1865—1936）《国王迷》

两个英国赋闲绅士皮奇·卡内汉和丹尼尔·德雷沃特，在印度共同签了一份合约，合约条款规定：二人共同当上卡菲里斯坦国王；当了国王后，二人应拒绝任何美酒和女人；二人举止态度应保持尊严、审慎，如果其中一人遇到麻烦，另一人仍应留在伙伴身边。皮奇和德雷沃特跋山涉水来到卡菲里斯坦，在得到一些部落的信任后，逐渐征服了40个部落，并教会他们种植、射击和打仗，最后终于如愿以偿当上国王，各个部落的酋长把他们奉若“天神”。两个国王，尤其是德雷沃特曾设想着，如何把卡菲里斯坦打造成一个“帝国”，如何把头上的王冠献给维多利亚女王并加官晋爵。一天，德雷沃特突发奇想，告诉皮奇他想讨一个老婆。无疑，这与合约条款是相违背的。皮奇劝告无效，德雷沃特一意孤行。“天神”要老婆这件事，让卡菲里斯坦众部落的酋长们，看出德雷沃特和皮奇不是什么“天神”，而是一个尘世俗物，他们揭竿而起，向德雷沃特和皮奇发动进攻。最后，这两个国王迷众叛亲离，德雷沃特落入万丈深渊，并被斩首示众；备受折磨、不成人形的皮奇，带着德雷沃特的首级和金冠找到了“我”（记者），给我讲述了他与德雷沃特的奇遇，后因中暑而悲惨地死于济贫院。

这篇小说是故事中套故事，其中有两个第一人称“我”：记者和皮奇。记者作为第一层叙述者，讲述皮奇及其伙伴德雷沃特做国王前的故事；皮奇作为第二层叙述者，讲述他自己与德雷沃特做国王的传奇经历和不幸遭遇。布鲁克斯、沃伦对这篇小说的情节设置、人物性格、叙述视点以及象征意义都大加赞赏。

14. 布雷特·哈特（1836—1902）《田纳西的伙伴》

小说写了这么一个人，即小说中的“伙伴”对其朋友田纳西的赤诚之心。那个叫田纳西的人，之前跟他的伙伴的妻子私奔了，但是两个男人之间的“友谊”并未因此破裂，而是经受住了严峻考验。有一天，当伙伴的妻子抛弃田纳西再次与人私奔后，田纳西回到了原来的地方，伙伴与田纳西二人言归于好，小说中写道：“当田纳西有一天没带他伙伴的老婆……从马里斯维尔回来的时候，田纳西的伙伴却是第一个亲热地跟他握手来欢迎他的人。”再后来，当田纳西因在公路上抢劫而被处死后，他的伙伴还领回他的尸体并尽其可能以体面的仪式埋葬了他，他自己也日益颓唐而死去。在田纳西的伙伴临死之际，作者让他说了这么一段话：“现在，是去找田纳西的时候了，我得把‘珍妮’（一头驴）套上车子”，“喂，留神，‘珍妮’——留神，驴儿。多么黑呀！留神车道——还要留神着他，驴儿”。

布鲁克斯、沃伦批评这篇小说充满了“感伤情调”。

15. 詹姆斯·乔伊斯（1882—1941）《阿拉比》

这篇小说，写一个12岁的小男孩暗恋邻家玩伴曼根的姐姐的故事。这个小男孩处于青春期，偷偷喜欢上比自己大很多岁的姐姐，是典型的“姐弟恋”，曼根的姐姐却一无所知。小说以第一人称视角叙写道：“除了随便招呼一下之外，我从未同她讲过话。可是，她的名字总是使我愚蠢地情绪激动。”“她的形象甚至在最不适宜于有浪漫想象的场合也陪伴着我。……有时，在莫名其妙地做祷告或唱赞美诗时，她的名字几乎从我嘴里脱口而出，我时常热泪盈眶。……我不知道自己究竟会不会同她说话，要是说了，怎么向她倾诉我迷茫的爱慕。这时，我的身子好似一架钢琴，她的音容笑貌宛如拨弄琴弦的纤指。”羞于表达情感的小男孩将这段暗恋深藏心中，饱受相思之苦的他成天神思恍惚，越发孤独。有一天，“她终于跟我说话了。她一开口，我就慌乱不堪，待在那儿，不知道说什么好。她问我去不去阿拉比”。这篇小说中的阿拉比，是指一个以此命名的、布置成阿拉伯集市式样的百货商场。由于女孩去不了阿拉比，小男孩便承诺说：“要是我去的话，一定给你捎点什么的。”于是，小男孩决定星期六晚上到阿拉比的集市去。“生活中的正经事使我厌烦”，经过烦躁不安的等待，终于等到时候了，晚上九点后，征得叔叔和姑姑的同意后，捏着一枚两先令银币，乘车赶往阿拉比集市。当晚9：50最终赶到阿拉比集市时，差不多所有的货摊都已收了。小男孩在一个陈列着瓷花瓶和印花茶具的货摊前驻足片刻后不久，就传来熄灯的喊声。小男孩一无所获。小说最后写道：“我抬头凝视着黑暗，感到自己是一个受到虚荣心驱使和拨弄的可怜虫，于是眼睛里燃烧着痛苦和愤怒。”

布鲁克斯、沃伦认为，这篇小说的特点在于“戏剧性的生动材料比较少”。

16. 伊凡·屠格涅夫（1818—1883）《县城的医生》

这篇小说，也是故事套故事。其中，有两个叙述者，打猎途中受风寒的猎人与县城里给猎人看病的医生。核心故事，是由县城的医生讲述的，小说由此得名。

医生主要讲述了自己早年昙花一现的爱情生活及其冗长乏味的现实生活。在医生年轻的时候，曾经在深更半夜到离城20里的地方给一个20岁左右的漂亮姑娘看病。起初，姑娘热病发烧已不省人事，经医生诊治后，逐渐清醒过来并朝医生微笑。病人的病却一天重似一天，医生却被病人的美貌迷住了，尽管他知道自己的社会地位与姑娘有不小距离，也知道病人已无可救药，但还是爱上了这个叫亚历山德拉·安德列耶芙娜的女病人。他一直陪伴并且宽慰着女病人，却因最终无法医治好她而焦虑痛苦。生命垂危的病人在临终前，告诉医生，自己活到20岁没有爱过一个人而死去，毕竟是遗憾之事。病人还把自己的戒指给了医生。但不多久，病人就在医生的陪伴下去世了，临终遗言说："请您相信，我没有比爱您更深地爱过别人，请您别忘记我……保存好我的戒指……"

昙花一现的爱情生活，几乎占去了这篇小说的所有篇幅。医生后来冗长乏味的家庭生活只有短短几句话：他也与常人一样娶妻生子，婚后老婆吵吵闹闹，孩子哭哭啼啼，妻子很凶，但有7000卢布的陪嫁。

医生讲述完自己的故事后，与"我"玩了把纸牌游戏，赢了两个半卢布，"到很迟的时候才离去，十分满足于自己的胜利"。

17. 卡森·麦卡洛斯（1917—1967）《侨民》

约翰·费里斯是一个新闻记者，他要在纽约逗留一天，准备第二天上午飞回巴黎。这天早晨，费里斯在早餐之际，打开通讯录查看一份地址，猛一抬头，看见前妻伊丽莎白正走在窗外的人行道上。他匆匆付款赶到外面的人行道，看着前妻熟悉的背影，不禁身心骚动、心烦意乱。回到旅馆，拨通伊丽莎白家的号码，前妻说全家虽已定好晚上去戏院，但还是非常希望他去他们家吃晚餐。黄昏时分，费里斯如约而至。尽管他早已知道伊丽莎白再婚了，可伊丽莎白现任丈夫贝利和儿子比利的出现，还是很让他"惊讶"，内心总是不愿意承认他们。谈起此行目的，他告诉伊丽莎白，自己是一周前从巴黎赶回故乡佐治亚州，来参加父亲的葬礼的。伊丽莎白说："真叫人难过。我最喜欢爸爸了。"小男孩不解地问，为什么妈妈叫老费里斯爸爸。贝利解释了费里斯和伊丽莎白的关系后，就带着孩子去外间吃饭。房内只剩伊丽莎白和费里斯二人，为避免尴尬，伊丽莎白弹奏了她擅长的钢琴，她所弹奏的曲子让费里斯思绪纷飞。席间，坐在男女主人之间的费里斯，大发人生无常之感。他撒谎说自己很快要和一个歌唱演员——珍妮结婚（他们压根就没有提过结婚的事，并且珍妮是个有夫之妇），还撒谎说时常带珍妮 6 岁的小儿子瓦伦丁去退列里公园玩（实际上只去过一次）。这里，费里斯吃到了主人为他 38 岁生日准备的蛋糕。谢过伊丽莎白一家，主客道别。第二天，费里斯带着焦渴的心情，飞回巴黎。半夜时分，为他开门的是珍妮 6 岁的儿子瓦伦丁，珍妮还在夜总会里演唱。费里斯怀着一种复杂的感情，把瓦伦丁抱在怀里，答应以后经常带他去公园骑马、看木偶表演。

18. 弗兰克·奥康纳（1903—1966）《醉汉》

作者通过第一人称的叙事视角为我们展现了一对有趣的父子。父亲，有酗酒的毛病，但又有孩童般的天真；儿子，关心家庭利益，对父亲酗酒一事表现得忧心忡忡，能时刻提防自己孩子气的弱点，还知道什么是“坏兆头”。

小说以儿子“我”的视角，重点叙述了一次儿子醉酒后弄得父亲六神无主、心慌意乱的滑稽故事。儿子是一个上学的小孩，父亲要去参加“挚友”杜利先生的葬礼。杜利先生因生前常和父亲谈起许多小道消息，显得很有地位。因为父亲有酗酒的毛病，妈妈不放心他独自去，所以让儿子跟着去。在葬礼上，父亲在向熟人炫耀他和杜利先生的交情后，便带着儿子抢先赶到酒店。在用果汁抚慰了儿子后，打算慢慢享受自己的啤酒。儿子怕父亲酗酒，就趁他不注意偷偷喝光了啤酒，并在醉酒后撞坏了脑袋、咒骂了街坊，闹得不可开交，父亲试图通过“哀求”来阻止我，但是并没有成功。这次葬礼，儿子出尽了洋相，父亲因此以后不再酗酒，母亲很满意儿子的做法。

19. D. H. 劳伦斯（1885—1930）《请买票》

一个名叫约翰·托马斯的年轻电车线路检票员通过游艺场的一次“偶遇”，勾搭上了一个名叫安妮的年轻女售票员，当他得知安妮在认真对待他的感情时，却又抛弃了她。约翰·托马斯并没有认真对待安妮的这份感情。为了“报复”，安妮就纠合了一些曾受过约翰·托马斯同样对待的姑娘，在一个小休息室里“狠狠”教训了约翰·托马斯一顿，逼迫他“从她们中选择一个”。托马斯选择了安妮，这却使一心复仇的安妮十分迷茫、惊慌。实际上，安妮她们虽然揍了约翰·托马斯几下，并且还撕破了他的短上衣，但并未把他伤得很重。约翰·托马斯离开后，姑娘们非但没有为自己的胜利欢呼雀跃，反倒“对自己的所作所为感到惶惑不解，有点昏昏然，甚至有点害怕”。小说以“姑娘们都急于离开。她们匆忙地收拾着，脸上带着呆痴麻木的神情”，结束了全篇。

布鲁克斯、沃伦认为，《请买票》是一篇有“内在情节”的小说。

20. 林·拉德纳（1885—1933）《理发》

这是一篇“我”讲给“你”的关于“他”的故事。小说中，“你”“我”“他”都出现在作品中，“你”并不是一般意义的读者，而是作品中的“你”。小说写了一个爱搞恶作剧的怪人——吉姆，此人粗野、自私、自大，毫无一点儿爱心、同情心、廉耻心，特别喜欢搞恶作剧。比如，吉姆在旅行途中，从车窗里瞧出去，看到有一家商店写着“亨利·史密斯，布匹服装”之类的招牌，到了目的地就在明信片上写上“向你老婆打听打听上一个星期消磨了一个下午的那个书商”或“问你太太，上星期你在卡特维尔的时候，是谁使她不觉得寂寞的”之类捉弄人的话，并寄给这个人。他捉弄本镇一个叫保尔的可怜孩子，让他去买根本不存在的左旋扳手，去买别的什么人家的钥匙；以假声骗理发师在大冬天跑好几英里去为去世的老约翰修面，理发师去了后，开门的正是那位“死者”。吉姆不仅作弄别人，连自己的妻儿也作弄。有一次，吉姆明明答应要带着老婆孩子去看马戏表演，老婆孩子在表演场等了大半天，他都没有露面，并且记恨帮家人买票的医生。吉姆想勾引、霸占本镇一个叫朱莉·格雷格的姑娘，在软硬兼施都没有得手的情况下，又伺机恶意报复。吉姆利用假声，让暗恋医生的朱莉在深更半夜去找医生约会，可医生压根就不在诊所。弄得朱莉大出其丑，好久都不敢露面。最后，吉姆与保尔一起划船去打野鸭（原本打算再捉弄一回保尔的），不料保尔让枪走了火，吉姆就倒在船里死了。

布鲁克斯、沃伦特别注意到这篇小说的叙述者及叙述方式，认为像作者这样“通过理发师把故事转述给我们”，比那种直接把吉姆的故事“赤裸裸地表现出来的方式，要艺术得多”。

21. 盖伊·德·莫泊桑（1850—1893）《爱情：某猎人笔记上的三页》

小说以第一人称口吻讲述，叙述者与表兄去沼泽地打猎为这篇小说的叙述框架。小说从某报纸上的一则爱情悲剧（一个男的杀了女的，然后自杀了）写起，叙述者由此想起年轻时期某次打猎经历中一对野禽的爱情故事。

小说的主体部分是：一年深秋时分，卡尔表兄邀我一起去他的沼泽地打野鸭。表兄是一个40来岁的乡下绅士，快活随和而又有点任性。沼泽地是表兄一直作为禁猎区保护着的，那里就成了很多奇鸢珍禽的庇护所，也就自然成了最好的猎场。在表兄家住了一宿后，第二天凌晨3点半起床，“我”穿了一件羊皮大衣，卡尔表兄穿着一件熊皮大衣，4点半左右就到了早已选好的可供潜伏瞭望的地方。天亮之后，当成群的野鸭一字排开、疾飞而过之时，“我”与表兄几乎每一分钟都可以打到一只野鸭，两只猎狗忙不迭地衔回一只又一只血淋淋的野禽，累得气喘吁吁。太阳升起，碧空万里，“我”与表兄打算离开之时，两只飞禽从头顶飞过，“我”开枪打落一只银色胸脯的水鸭，雌的。这时，蓝天里另一只失偶的飞禽，发出短促而又悲怨指责之声，哀痛欲绝，叫个不停。卡尔表兄说：“你打下那只雌的，这只雄的是不会飞走的。”“你把那只雌的扔在地上，雄的过一会儿就会飞进射程的。”卡尔开枪了。小说最后写道：“我把它俩——它们已经冰凉——一起装进猎物袋。当天晚上我就回巴黎去了。”

布鲁克斯、沃伦认为，这篇小说的特点就是主题突出。

22. 杰西·斯图尔特（1906—1984）《爱情》

小说以第一人称视角叙事。

第一个场景，强烈阳光直射的一个午后，在“我”家的玉米地。“我”与父亲带着牧羊犬鲍勃，去保护玉米地，玉米总是遭到土松鼠、毒蛇、铜头蛇的糟践。鲍勃是一只很能干的猎犬，入春以来，已经咬死28条铜头蛇，它并不蛮干，总是从容不迫地对付一条蛇，懂得怎样咬死一条蛇。在玉米地，他们碰到一条雄性大黑蛇（后来才发现是一条雌蛇）。父亲恨蛇，他要鲍勃咬死大黑蛇，“我”对父亲说：“黑蛇是无害的。它在田里捉的老鼠比猫捉的还要多。别打死这条蛇。”大黑蛇不愿意跟狗斗，想跑，但狗不让它逃。鲍勃听从了父亲的话，它咬住黑蛇，像甩马鞭子一样把蛇长长的身体在空中甩来甩去，然后猛地往地上一掼，37 个蛇蛋都从雌蛇肚子里甩了出来。不一会儿，蛇就全然不动了，血染红了蛇身周围的沃土。第二个场景，第二天早晨，“我”与父亲去玉米地干活，没有带鲍勃。在前一天鲍勃咬死雌蛇的地方，看到一条雄性黑蛇，躺在已死去的伴侣身边。雄黑蛇发现自己的爱人已经死去，就盘绕在她的身旁。雄蛇是昨天夜里就来了。父亲说：“拿根棍子来，把他扔到山那边，这样鲍勃就不会找到他了。你见过什么东西能不那样呢？我听人家说，什么东西都是那样的。不过今天我还是头一次亲眼看到。”“我”用一根粗枝把雄蛇扔过堤岸，扔到山崖上那接着露珠的嫩苗丛里去了。

父亲对于黑蛇态度的变化，是这篇小说的重心。布鲁克斯、沃伦认为这是一篇“强调主题”的小说。

23. 厄内斯特·海明威（1899—1961）《杀手》（一译《杀人者》）

海明威的《杀手》是一篇对话体的小说，整篇小说几乎全是对话描写，类似于戏剧剧本。小说由几个戏剧性场景构成，其中有一个长场景和三个短场景。小说描写了一对杀手埋伏在亨利餐馆准备杀死一个瑞典拳击手奥勒·安德森的故事。杀手听说安德森六点钟会来亨利餐馆吃饭，五点钟就埋伏于此，当晚安德森没来，杀手等了差不多两个小时才作罢。热心的餐馆伙计尼克跑到安德森的公寓通风报信，而奇怪的是，安德森知道了这件事之后，既不打算逃走也不愿意告诉警察。在小说中，安德森最终没有被杀死。但杀手要杀死与他们素不相识的安德森这件事，以及安德森知道了这件事的反应（他“什么打算也没有”），在餐馆伙计乔治、尼克以及黑人厨子山姆内心深处及日常生活中造成不同的反响。厨子山姆和乔治仍然像往常一样生活，而尼克在这件事情里发现了什么，他忍受不了安德森“明知道要被杀害还在屋里等待着”这件事，打算离开这个市镇，乔治劝他说：“得啦，你最好不如别去想着这件事吧。”

对于这篇小说的主题，见仁见智，布鲁克斯、沃伦认为，这篇小说的主题是“尼克发现了罪恶”。

24. 舍伍德·安德森（1876—1941）《林中之死》

小说用第一人称视角，讲述了一个无名老妇人死亡的故事。

小说的主人公是一个老妇人。老妇人年轻时是个养女，在一个德国人的农场做女佣，曾被农场主强奸。一年的6月份，一个叫杰克·格赖姆斯的年轻人来德国人的农场里打工，靠武力把这个姑娘弄到手，做了老婆。婚后，他们住在镇外4英里一条小河边简陋的小屋子里，并生了一儿一女，女儿没有成活。丈夫杰克很粗暴，主要靠偷东西和做马皮买卖为生，在村镇里被人瞧不起；儿子也很粗暴，虽只有21岁，但已坐过一次牢。有时候，父子俩会为争什么东西而大打出手。老妇人在家里没有一点儿地位，父子俩对她非打即骂。她每日每时都在忙碌着，忙着喂养“马，牛，猪，狗，人”等，喂养就成了她的职业。一年冬天里的一天，老妇人带着几个鸡蛋、一个谷子袋和4只格赖姆斯家的狗，到了镇上，卖掉鸡蛋后换回一些咸肉、一点儿砂糖、一点儿咖啡，又问屠夫要了一些牛肝和一些狗肉，就想趁天黑之前回家。回家走大路的话，得多走一英里路。于是，她就走了一条近路。她钻过篱笆，穿过田野，过了山顶。老妇人实在太累了，就在茂密树林中间的一片空地上停了下来，将身子靠在树干上，很想睡一会儿。这时雪后天晴，月亮也出来了。老妇人昏昏欲睡，就在明亮的月光下，在家狗与另外3只野狗一圈一圈的奔跑嬉戏中，慢慢地、平静地死去了。发现老妇人死了，那些狗们一起啮咬她背上的谷子袋，把她的尸体拖到空地上。它们把谷子袋里的那些咸肉、牛肝、狗粮、骨头等吃了个精光，虽然没有动她的身体，但她的衣服已被全部撕去。老妇人死在林中的空地上，她静静地在月光、冰雪和宁静里躺着，可实际上她还不到40岁。老妇人死的那天夜里，没有一个人知道她是谁，第二天才被人认出来。

小说由五部分构成，前三部分描述老妇人之死，后两部分是叙述者对老妇人之死的议论。

25. 理查德·赖特（1908—1960）《人，差点儿》

17岁的大福，是种植园黑人佃户的儿子，深感自己不被当人看。他在霍金斯的种植园里打工，工钱如数被父母拿去了。他特别想拥有一把枪，那样以来，别人就不敢再小瞧他了。一天晚饭后，他硬是缠着母亲给了他两元钱，当即就直奔老乔店铺买了把枪。第二天一大早，大福悄悄带上新买的枪来到种植园，想在没有人的地方试一试枪。他以前从来没打过枪。不料，却一枪把骡子打死了。当日黄昏，人们准备埋葬骡子，大福的父母也赶来了。霍金斯问骡子是怎么死的，大福撒谎说，是骡子发疯身子撞到犁尖儿上死的。在众人的追问下，大福承认是自己不小心用枪打死的。霍金斯说，这头骡子值50块钱，以后要从大福的工钱中每月扣除2元还清。大福的父亲火冒三丈，要大福把枪还给店铺，把2元钱拿回来，要不就扒他的皮。当天夜里大福一夜未睡，他既为自己轻而易举打死骡子兴奋和伤心，又为自己遭到周围人嘲笑、父亲的粗暴和每月要还给霍金斯2元钱等而愤怒。大福趁着月光找到自己的枪，打完了剩余的3发子弹后，带枪跳上驶向远方的列车。

理查德·赖特是一个南方作家。布鲁克斯、沃伦称赖特的这篇小说与《阿拉比》《县城的医生》《杀手》等一样，“写的也是少年初熟，开始涉及世物时的情形”，“提出了少年最初进入成年时期的某些更为普遍的问题”。

26. 威廉·福克纳（1897—1962）《纪念爱米丽的一朵玫瑰花》（亦作《献给艾米丽的一朵玫瑰》）

小说的主人公爱米丽·格里尔生，是南方大户人家的未婚小姐，作品主要描写了她在父亲去世后40余年大半生的经历。

爱米丽父亲咽气后，爱米丽·格里尔生固执地告诉人们，父亲并没有死，当人们要诉诸法律和武力时，她才垮下来让“他们很快埋葬了父亲”。爱米丽32岁的那年夏天，当局铺设人行道，北方黑人工头荷默（他只是一个拿日工资的，与贵族出身的爱米丽门不当户不对）进入了爱米丽的生活。很多妇女认为这有伤风化，是对全镇人的羞辱，但爱米丽依然我行我素，在人们的“可怜”中置办了结婚用的首饰和服装。当铺路工程结束，荷默即将离开时，爱米丽小姐去药剂师那里买来了砒霜，人们开始议论“她要自杀了”。在爱米丽后来40余年的生涯中，她除了有那么六七年“开授瓷器彩绘课”外，绝大部分时间都没有离开过她那栋与世隔绝的宅子，在这期间，她曾“连人带马”地打败了上门收缴税款的人们。爱米丽在74岁那年去世，第二天就举行了葬礼。葬礼过后，楼上那个40年来无人见过的房间被撬开后，人们发现床上躺着一具布满灰尘的男尸，枕头上有人头压过的痕迹，还有一绺铁灰色的头发，男尸是荷默，头发是爱米丽的。

威廉·福克纳的小说，主要描写美国南方社会，1949年获诺贝尔文学奖。《纪念爱米丽的一朵玫瑰花》写于1930年，主要采用倒叙的方式，以爱米丽的死作为开端展开。

27. 弗兰纳里·奥康纳（1925—1964）《好人难寻》

小说写一个很讨嫌的老奶奶与一家人出外旅行，碰上了一个心理变态的杀人狂（叫“不合时宜的人”），最后一家人被全部杀死的恐怖故事。一个啰唆的老奶奶在一次家庭外出游玩前，执意想去东田纳西而不是佛罗里达州，她先是想用一条“那个自称不合时宜的人，从联邦监狱里逃出来了，正向佛罗里达州逃窜”的新闻来吓住贝雷——她的独生子，见儿子没答理她，她继而又冲着儿媳说情，然而还是没有得到回应，却遭到了自己一对没有教养没有礼貌的孙子孙女的挖苦和嘲笑。然而第二天清晨，老奶奶还是为了她的虚荣心穿戴得很讲究地第一个上了车，并且带着她的猫。一路上老奶奶一直絮絮叨叨地说着话。一家人到了一家餐厅用餐，老板和老板娘都是热情并且善良的人。老板跟老奶奶抱怨说现在的好人越来越少，两个星期前还碰到了那位“不合时宜”的逃犯和他的同伙，免费为他们灌好了汽油。一家人用完餐后，继续上路。老奶奶打完盹之后，对她的童年回忆提起兴趣的孙子孙女非要吵闹着去看一看“有一堵秘密的夹板的老宅子”，但不幸的是，一家人在去的那条土路上翻了车，老奶奶这才意识到她记错了地方。更加不幸的是，他们以为遇到可以救他们的人正是那位臭名昭著的逃犯——“不合时宜的人”。“不合时宜的人”一边彬彬有礼地跟早已吓得魂飞魄散的老奶奶聊天，一边让同伙将那一家四口依次杀掉。最后，“不合时宜的人”连开三枪杀死了嘴贫的老奶奶，并说要是一辈子每分钟都有人没完没了地冲奶奶开枪射击，她会成为一个好人的。

弗兰纳里·奥康纳是美国南方女作家。

参考文献

一 著作类

（一）英文文献

Cleanth Blooks & Robert Penn Warren, *Understanding Poetry*, Beijing: Foreign Language Teaching and Research Press, 2004.

Cleanth Blooks & Robert Penn Warren, *Understanding Fiction*, Beijing: Foreign Language Teaching and Research Press, 2004.

Cleanth Blooks, *The Well Wrought Urn : Studies in the Structure of Poetry*, New York: Harcourt Brace, 1975.

William J. Spurlin & Michael Fischer, *The New Criticism and Contemporary Literary Theory: Connections and Continuities*, New York and London: Garland, 1995.

（二）“新批评”著述

［美］布鲁克斯、沃伦编著：《小说鉴赏》（中英对照），主万等译，世界图书出版公司 2006 年版。

［美］布鲁克斯：《精致的瓮：诗歌结构研究》，郭乙瑶、王楠、

姜小卫等译，上海人民出版社 2008 年版。

［美］雷内・韦勒克、奥斯汀・沃伦：《文学理论》，刘象愚、邢培明、陈圣生、李哲明译，生活・读书・新知三联书店 1984 年版。

［英］F. G. 利维斯：《伟大的传统》，袁伟译，生活・读书・新知三联书店 2009 年版。

［美］雷内・韦勒克：《近代文学批评史》（第六卷），杨自伍译，上海译文出版社 2009 年版。

［英］托・斯・艾略特：《批评批评家》，李赋宁等译，上海译文出版社 2012 年版。

［英］威廉・燕卜逊：《朦胧的七种类型》，周邦宪、王作虹、邓鹏译，中国美术学院出版社 1996 年版。

［美］约翰・克娄・兰色姆：《新批评》，王腊宝、张哲译，江苏教育出版社 2006 年版。

史亮编：《新批评》，四川文艺出版社 1989 年版。

赵毅衡编选：《“新批评”文集》，中国社会科学出版社 1988 年版。

（三）其他外文著作中译本

［美］M. H. 艾布拉姆斯：《镜与灯：浪漫主义文论及批评传统》，郦稚牛、张照进、童庆生译，北京大学出版社 2004 年版。

［美］爱德华・W. 萨义德：《世界・文本・批评家》，李自修译，生活・读书・新知三联书店 2009 年版。

［英］爱・摩・福斯特：《小说面面观》，苏炳文译，花城出版社 1984 年版。

[德] 奥尔巴赫：《摹仿论：西方文学中现实的再现》，吴麟绶等译，商务印书馆 2014 年版。

[苏] 巴赫金：《陀思妥耶夫斯基诗学问题》，白春仁、顾亚铃译，生活·读书·新知三联书店 1988 年版。

[法] 保尔·利科：《虚构叙事中的时间的塑形》，王文融译，生活·读书·新知三联书店 2003 年版。

[法] 贝尔纳·瓦莱特：《小说——文学分析的现代方法与技巧》，陈艳译，天津人民出版社 2003 年版。

[美] W. C. 布斯：《小说修辞学》，华明、胡苏晓、周宪译，北京大学出版社 1987 年版。

[英] 戴维·洛奇：《小说的艺术》，王峻岩等译，作家出版社 1998 年版。

[法] 狄德罗：《狄德罗美学论文选·论戏剧诗》，张冠尧等译，人民文学出版社 1984 年版。

[美] F. A. 狄克森、S. 司麦斯合编：《短篇小说写作指南》，朱纯深译，辽宁教育出版社 1998 年版。

[美] 弗拉基米尔·纳博科夫：《文学讲稿》，申慧辉等译，上海三联书店 2005 年版。

[英] A. 杰弗逊、D. 罗比等：《现代西方文学理论流派》，李广成译，北京大学出版社 1992 年版。

[美] 杰里·克利弗：《小说写作教程——虚构文学速成全攻略》，王著定译，中国人民大学出版社 2011 年版。

[美] 哈罗德·布鲁姆：《西方正典》，江宁康译，译林出版社 2005 年版。

[美] 华莱士·马丁：《当代叙事学》，伍晓明译，北京大学出

版社 1990 年版。

［美］凯伦·马蒂森·赫斯：《文学鉴赏辅导》，赵太和、金宏达译，北京十月文艺出版社 1986 年版。

［英］拉曼·塞尔登、彼得·威德森、彼得·布鲁克：《当代文学理论导读》，刘象愚译，北京大学出版社 2006 年版。

［美］利昂·塞米利安：《现代小说美学》，宋协立译，陕西人民出版社 1987 年版。

［美］理查德·泰勒：《理解文学要素——它的形式、技巧、文化习规》，黎风、李杰、杜险峰、吴兴明译，四川大学出版社 1987 年版。

［以］里蒙·凯南：《叙事虚构作品》，姚锦清、黄虹炜、叶宪、邹溱译，生活·读书·新知三联书店 1989 年版。

刘禾：《跨语际实践》，宋伟杰等译，生活·读书·新知三联书店 2008 年版。

［英］罗杰·福勒：《语言学与小说》，於宁等译，重庆出版社 1991 年版。

［英］卢伯克、福斯特、缪尔：《小说美学经典三种》，方土人、罗婉华译，上海文艺出版社 1990 年版。

［法］路易·阿尔都塞：《保卫马克思》，顾良译，商务印书馆 2010 年版。

［法］米兰·昆德拉：《小说的艺术》，董强译，上海译文出版社 2004 年版。

［法］米歇尔·福柯：《知识考古学》，谢强等译，生活·读书·新知三联书店 2007 年版。

［美］乔安尼·科克里斯、多洛西·洛根：《文学欣赏入门》，

王维昌译，安徽文艺出版社 1986 年版。

［美］乔纳森·卡勒：《文学理论》，李平译，辽宁大学出版社、牛津大学出版社 1998 年版。

［美］苏珊·S. 兰瑟：《虚构的权威——女性作家与叙述声音》，黄必康译，北京大学出版社 2002 年版。

［英］特里·伊格尔顿：《二十世纪西方文学理论》，伍晓明译，北京大学出版社 2007 年版。

［法］热拉尔·热奈特：《叙事话语：新叙事话语》，王文融译，中国社会科学出版社 1990 年版。

王佐良编选：《美国短篇小说选·编者序》（上册），中国青年出版社 1986 年版。

［美］威尔弗雷德·L. 古尔灵、厄尔·雷伯尔、李·莫根、约翰·R. 威灵厄姆：《文学批评方法手册》，姚锦清、黄虹炜、叶宪、邹溱译，春风文艺出版社 1988 年版。

［德］沃尔夫冈·伊瑟尔：《怎样做理论》，朱刚、谷婷婷、潘玉莎译，南京大学出版社 2008 年版。

［古希腊］亚里士多德：《诗学》，罗念生译，中国戏剧出版社 1986 年版。

［意］伊塔洛·卡尔维诺：《新千年文学备忘录》，黄灿然译，译林出版社 2009 年版。

［美］伊恩·P. 瓦特：《小说的兴起》，高原、董红钧译，生活·读书·新知三联书店 1992 年版。

［美］约翰·盖利肖：《小说写作技巧二十讲》，梁森译，北京十月文艺出版社 1987 年版。

（四）中文专著及教材

程锡麟、王晓路：《当代美国小说理论》，外语教学与研究出版社 2001 年版。

代迅：《西方文论在中国的命运》，中华书局 2008 年版。

傅修延：《文本学——文本主义文论系统研究》，北京大学出版社 2004 年版。

何文焕辑：《历代诗话》，中华书局 1981 年版。

胡亚敏：《叙事学》，华中师范大学出版社 2004 年版。

桂青山：《欧·亨利短篇小说选·序》，王永年译，人民文学出版社 2003 年版。

金圣叹：《金圣叹批评本·水浒传》（全二册），岳麓书社 2006 年版。

李渔：《闲情偶寄》，杜书瀛评注，中华书局 2007 年版。

李卫华：《价值判断与文本细读》，中国社会科学出版社 2006 年版。

梁实秋：《梁实秋批评文集》，徐静波编，珠海出版社 1998 年版。

刘禾著：《 语际书写——现代思想史写作批判纲要》，上海三联书店 1999 年版。

马新国主编：《西方文论史》，高等教育出版社 1994 年、2002 年、2008 年版。

欧阳子：《王谢堂前的燕子——台北人的研析与索隐》，《白先勇文集》（2），花城出版社 2006 年版。

潘幸龙：《新视角下的欧·亨利及其作品》，上海三联书店 2011 年版。

钱锺书:《宋诗选注》,中华书局 1958 年版。

申丹、韩家明、王丽亚:《英美小说叙事理论研究》,北京大学出版社 2005 年版。

盛宁:《二十世纪美国文论》,北京大学出版社 1994 年版。

孙绍振:《名作细读》,上海教育出版社 2006 年版。

王富仁:《王富仁自选集》,广西师范大学出版社 1999 年版。

王先霈:《文学文本细读讲演录》,广西师范大学出版社 2006 年版。

王先霈、胡亚敏主编:《文学批评导引》,高等教育出版社 2005 年版。

王一川主编:《批评理论与实践教程》,高等教育出版社 2005 年版。

袁可嘉:《论新诗现代化》《论新诗戏剧化》,生活·读书·新知三联书店 1988 年版。

叶嘉莹:《迦陵论词丛稿》,河北教育出版社 2000 年版。

藏策:《超隐喻与话语流变》,天津人民出版社 2006 年版。

张一兵:《问题式、症候阅读与意识形态——关于阿尔都塞的一种文本学解读》,中央编译出版社 2003 年版。

赵炎秋主编:《文学批评实践教程》,中南大学出版社 2007 年版。

赵宪章:《西方形式美学——关于形式的美学研究》,上海人民出版社 1996 年版。

赵毅衡:《重访新批评》,百花文艺出版社 2009 年版。

赵毅衡编选:《符号学文学论文集》,百花文艺出版社 2004 年版。

朱刚编:《二十世纪西方文论》,南京大学出版社 2006 年版。

朱立元主编：《当代西方文艺理论》，华东师范大学出版社 2005 年版。

二　连续出版物

［美］韦恩·C. 布斯：《当代美国文学理论》，程锡麟译，《外国文学评论》1990 年第 1 期。

付飞亮、曹顺庆：《克林思·布鲁克斯的小说理论与批评实践》，《文艺理论研究》2013 年第 5 期。

古远清：《评欧阳子对〈台北人〉的研析与索隐》，《湖北商业高等专科学校学报》2001 年第 1 期。

胡燕春：《新批评派的理论与实践之间的诸种悖论》，《辽东学院学报》（社会科学版）2009 年第 2 期。

胡燕春：《新批评派在中国的接受与启示》，《新疆大学学报》（哲学·人文社会科学版）2009 年第 2 期。

刘畅：《从新批评角度谈欧阳子〈游园惊梦〉的写作技巧和引申含义》，《鞍山师范学院学报》2009 年第 1 期。

钱晶：《布鲁克斯与沃伦的小说批评理论——以〈小说鉴赏〉为讨论对象》，《合肥师范学院学报》2012 年第 2 期。

孙绍振：《超出平常的自己和伦理的自由——〈荷塘月色〉解读》，《名作欣赏》2003 年第 8 期。

孙绍振：《美国新批评"细读"批判》，《中国比较文学》2011 年第 2 期。

王棋君：《从悖论、反讽到结构的张力表现——以〈小说鉴赏〉为例看布鲁克斯的张力观》，《科技信息》2013 年第 8 期。

王有亮：《第一人称叙事法的妙用——对〈理发〉的"问题式"

文本分析》,《名作欣赏》2008 年第 24 期。

徐学:《〈王谢堂前的燕子〉批评方法漫谈》,《台湾研究集刊》1985 年第 4 期。

杨周翰:《新批评派的启示》,《国外文学》1981 年第 1 期。

易玮玮:《反观布鲁克斯、沃伦对〈带家具出租的房间〉之批评》,《华北水利水电学院学报》(社会科学版)2011 年第 4 期。

尹凤莉:《美国南方逃亡派诗人的尴尬处境——论兰色姆、塔特、沃伦的身份》,《和田师范专科学校学报》(汉文综合版)2007 年第 2 期。

张惠:《“新批评”及其在中国的“理论旅行”》,《社会科学家》2013 年第 5 期。

张慧、胡玲:《美国作家罗伯特·潘·沃伦在中国研究述评》,《湖北经济学院学报》(人文社会科学版)2014 年第 2 期。

张哲:《“理解小说”——简析布鲁克斯和沃伦短篇小说观》,《淮阴工学院学报》2007 年第 2 期。

赵宪章:《也谈思想史与文学史》,《当代作家评论》2002 年第 1 期。

赵毅衡、姜飞:《英美“新批评”在中国“新时期”——历史、研究和影响回顾》,《学习与探索》2009 年第 5 期。

赵毅衡:《新中国六十年新批评研究》,《浙江大学学报》(人文社会科学版)2012 年第 1 期。

三　学位论文类

陈治宇:《布鲁克斯、沃伦小说理论研究》,硕士学位论文,重庆师范大学,2012 年。

何欣：《逃逸与追寻——罗伯特·潘·沃伦诗歌研究》，博士学位论文，南开大学，2013年。

胡珂：《布鲁克斯“文本细读法”研究》，硕士学位论文，南京大学，2012年。

黄冬菊：《罗伯特·佩恩·沃伦诗学研究》，硕士学位论文，湖北大学，2013年。

黄沈俊：《“新批评”细读法在高校文学批评教材中的变异研究》，硕士学位论文，重庆师范大学，2015年。

卢世炬：《回归文本与小说阐发——金圣叹“三境”说之理论阐发与比较研究》，硕士学位论文，西南交通大学，2006年。

张惠：《“理论旅行”——“新批评”的中国化研究》，博士学位论文，华中师范大学，2011年。

赵桂香：《有机整体小说观指导下的文本分析——读布鲁克斯与沃伦的〈小说鉴赏〉》，硕士学位论文，河北师范大学，2009年。

后　　记

本书属教育部人文社会科学研究规划基金项目“批评理论与批评实践的相互发明——新批评实践家布鲁克斯、沃伦小说批评研究”（10YJA751001）的最终成果。

就笔者所见，中国学界对布鲁克斯、沃伦编著的《小说鉴赏》尚无专门研究。学界仅有的一些研究，对布鲁克斯、沃伦的小说批评多有误解。比如，中外学界都以为布鲁克斯、沃伦的理论方法仅仅适合于诗歌批评和诗歌研究，其小说批评只是对其诗歌批评方法的简单套用。

本书即以布鲁克斯、沃伦合著的《小说鉴赏》为研究对象，我们试图对该书各章引言部分、讨论部分及问题部分做较为全面系统的研究，在此基础上对他们小说批评理论与批评实践的互相关系、对他们小说批评的特质做了专门研究，并提出了某些思考。

在某种意义上，本书是集体合作的结晶。王巧霞女士参与了附录部分的撰写工作；我的研究生黄沈俊在书稿形成过程中，参与了第二章、第三章第三节的撰写工作。从初稿到定稿，尽管有很大幅度的修改甚至重写，但黄沈俊的勤奋、努力和执着，给我不少支持。

特此说明和感谢!

这个书稿还是一个草稿，原来的很多设想还没有完全落实，不少地方甚至还只是搭了一个架子。因此，本书稿尚有很多不足之处。

我个人深深体会到，一项研究课题的“结束”，只是表明其阶段性工作暂且告一段落。因此，呈现在各位读者面前的这本小书，只是意味着它才重新“开题”。我们愿悉心听取各位专家的批评和赐教，听取读者的意见和建议，使它于再版之日“获得新生”。

王有亮

2017 年 5 月